文学学术丛书

中外文学研究丛书

U0609437

中外晚晴文学研究

主　　编　　韩宝成
副主编　　钟　欣
顾　　问　　岳松涛
编　　委　　柏　寒　　青格乐　　邵　维　　蓝　天
　　　　　　周述字　　蓝　红　　石　亓

中国出版集团
世界图书出版公司
广州·上海·西安·北京

图书在版编目（CIP）数据

中外晚晴文学研究/韩宝成主编 . —广州：世界图书出版
广东有限公司，2012. 11
　ISBN 978-7-5100-5123-4

　Ⅰ. ①中… 　Ⅱ. ①韩… 　Ⅲ. ①文学研究—世界
Ⅳ. ①I106

中国版本图书馆 CIP 数据核字（2012）第 204130 号

中外晚晴文学研究
ZHONGWAI WANQING WENXUE YANJIU

责任编辑：杨贵生
责任技编：刘上锦
出版发行：世界图书出版广东有限公司
　　　　　（广州市新港西路大江冲 25 号　邮编：510300）
电　　话：020 - 84469182
http：//www. gdst. com. cn
编辑邮箱：edksy@ qq. com
经　　销：全国各地新华书店
印　　刷：广州市怡升印刷有限公司
版　　次：2012 年 11 月第 1 版　2012 年 11 月第 1 次印刷
规　　格：880mm×1 230mm　1/32　8. 375 印张　258 千字
书　　号：ISBN 978-7-5100-5123-4/I · 0258
定　　价：38. 00 元

若因印装质量问题影响阅读，请与承印厂联系退换。

中外100位文化名人

泰戈尔　鲁迅　屈原　福楼拜　孔
子　柯南道尔　莎士比亚　雨果
凡尔纳　狄德罗　巴斯德　莫里哀
卢梭　左拉　大仲马　司汤达　席
勒　海涅　塞万提斯　薄伽丘　安
徒生　但丁　裴多菲　列夫·托尔
斯泰　陀思妥耶夫斯基　屠格涅夫
契诃夫　果戈理　普希金　高尔基
马克·吐温　别林斯基　克雷洛夫
海明威　车尔尼雪夫斯基　狄更斯
马雅可夫斯基　聂耳　冼星海　帕
格尼尼　威尔第　贝多芬　德彪西
舒曼　门德尔松　巴赫　海顿　约
翰·斯特劳斯　舒伯特　莫扎特

圣·桑　格林卡　柴可夫斯基　萧
邦　李斯特　德沃夏克　关汉卿
梅兰芳　萧伯纳　卓别林　易卜生
勃拉姆斯　萧斯塔科维奇　韩德尔
柴门　霍甫　高乃依　齐白石　徐
悲鸿　雪舟　列宾　达·芬奇　提
香　米开朗其罗　富凯　鲁木斯
伦勃朗　丢勒戈雅　毕加索　塞尚
张衡　富兰克林　僧一行　哥白尼
哈雷　爱因斯坦　皮埃尔·居里
居里夫人　开普勒　伽利略　牛顿
达尔文　李时珍　祖冲之　哈维
门捷列夫　诺贝尔　米丘林　哥伦
布　罗蒙诺索夫

福如东海

寿比南山

空海广场乐游原

沧海桑田万木春

李白墨迹上阳台

杜甫草堂凤凰山

王维

白居易

曹雪芹

鲁迅

苏轼

巴金

夕阳红

茅盾

冰心

海明威

列夫·托尔斯泰

但丁

歌德

莎士比亚

莫里哀

马尔克斯

多丽丝·莱辛

托马斯·特兰斯特勒默

人间真善美　文学总关情

——《中外晚晴文学研究》前言
韩宝成

时间，无界。空间，无限。

2009 年春节，中国科学院公布世界各国有关文化指标显示，中国文化影响力位居世界第七，而中国文化生活现代化指数则位居第五十七。文化生活，主要包括文化的生产、传播、消费、保存和参与等指数。与此同时，据《老年文摘》等报刊介绍，中国城乡 1.78 亿 60 岁以上居民，目前空巢家庭分别为 49.8% 和 49%。显然，人们超越时空间界，将会在文化生活等领域创造无界的发展机遇和无限的合作空间。

上下求索，文化学术活动是可以跨越时空的。读天之史，顿悟苍茫；读地之卷，领略浑厚；读人之书，倍感清新。我们发展民族的、科学的、大众的社会主义文化，需要体大思精、旁征博引、古今互见、中西贯通、探幽入微、钩玄提要的学术著作。梁启超的《学与术》写道，"学也者，观察事物而发明其真理者也。术也者，取所发明之真理而致诸用者也。"学的内涵在于能够揭示出研究对象的因果关系，在学理上有所发明，术则是这种理性认识的具体运用。

古往今来，什么是人类物质文明、精神文明、政治文明和生态文明的共同话语？联合国原秘书长安南宣布我们进入长寿时代以后，世界性赡养难题引起了全球各国和地区社会成员的关注。据联合国《人口年鉴》统计，2000 年世界总人口 60.91 亿，其中世界与中国 60 岁以上人口分别为 6.02 亿和 1.28 亿。海外人士预言，世界进入 2025 年，60 岁以上人口达 10 亿以上，老年人才将成为最有发展潜力的人才之一。显然，程千帆先生等关注的晚晴文化论坛热点聚焦，也将是桑榆情结的题中应有之义。

晚晴文学，对于不同的作家作品来说，或许会有乐山乐水的文本解读。"晚晴风歇数枝雪，晴绝此情谁共识！"晚晴时分，范成大面对雪梅疏影的词章，这等美景情思如何向人诉说？"深居俯夹城，春去夏犹清。天意怜幽草，人间重晚晴。"桂林夏雨时节，曲城云开日霁，李商隐诗篇中的幽处小草平添生意。岭南社区如此人格化的景物，更是赋予晚晴氛围以深邃的生命内涵和神奇的人生意蕴。

学科的形成，往往来源于某一领域研究课题的集合。在任何领域中，都存在着已经发现的和尚待发现的课题。创立控制论学科的科学家维纳指出，在科学发展上可以得到最大收获的领域，是各个部门之间的边缘地区。我国当今社会文化体制的深刻变革与经济财富的流动组合，造就着多方面的边缘化生活群体。我国每年出版长篇小说 2000 部，超过明清 500 年 1800 部白话小说的总和。歌德说，文学是走向社会生活与化解矛盾纠葛的同义语和谐趣园。惟其如此，如何将晚晴文学理论、文学批评和文学史结合起来进行研讨，大致说来是《中外晚晴文学研究》总体构想、价值取向、研究方法等方面阐述的内容。全书以晚晴文学的内容、特征和发展规律为经，以著名作家作品为纬，通过论述曹操、司马迁、李商隐、苏轼、曹雪芹、茅盾、巴金、沈从文和但丁、歌德、莎士比亚、莫里哀、巴尔扎克、莫泊桑、海明威、马尔克斯等名人大师的创作实践，从某种程度上展示世界晚晴文学的风貌。

《中外晚晴文学研究》是北京、黑龙江、山东、海南、内蒙古等省份文化传媒与高等院校的同志共同参与编写的。本书作者借助《资治通鉴》"举撮机要"的编辑构想，力图展现视野开阔、取精用宏的文本特色。包括 100 位文化名人雕像及相关文献图片，几百位中外作家作品介绍。

任何学科或文化品牌，都要经历自身走向完善与获得社会承认的过程。古人说过，《唐诗三百首》所选 80 首五律，不少是李白、杜甫、孟浩然、王维等人名篇，变格出范者则有 45 首之多。近年来，海外出版界适应社区读者退休前后走向第二春的需要，经典文学名著热销。欧洲年均每人纸质书阅读量，相当于亚洲人的 20 倍。而巴西和天津等地忘年大学正在呈现中青年学员日益增多的趋向。我们要发挥近 5 万所老年学校和 40 万个老年人协会的联谊协调作用，拓展内生性增长文化事业，丰富艺术、体育、旅游、保健等多种项目的乐活人生。大学不是养老的地方。文化领域是放飞梦想的舞台。许多同志倡议，要设立全国小鸟乐巢书香节和读者节。这样看来，全国首次推出的《中外晚晴文学研究》既可作为忘年文学课程爱好者的备份文档，也不失为社区文化工程研究者的参考文本。

当今时代网络文化异军突起，为特定人群的文学展示提供着巨大发展机遇。目前，全球互联网已有 20 亿用户，其中我国占 1/5 以上，未成年人家庭互联网普及率为 77.5%。远古时期，欧罗巴、尼格罗和蒙古人同属三大原始人种，而人们今日自然会理解各地在线读者见仁见智的文化理念。现在请出版社审定出版《中外晚晴文学研究》这一抛砖引玉的探索性文本，正是期待引起更多部门单位、专家学者和广大读者的关注，为实现中国社会科学创新学科体系的构想以尽绵薄之力。

目　　录

绪论　时代呼唤晚晴文学

人文科学是社会文明程度的标志。一个国家的人文科学的发展繁荣，反映着一个民族的思维成果和文化水平。

什么是人文科学研究？章学诚说："形而上者谓之道，形而下者谓之器。"人文科学概而言之，就是器以明道，学成致用。许多有识之士认为，人文科学研究，要认真继承和扬弃前人的成果，时刻保持对于现实社会的冷静关注。这种研究，不是研究者个人的自言自语，不是学者之间的唱和，而应该是研究者与社会的对话。从这个意义上来说，人文科学不需要绝对非功利的清谈家，也不欢迎明码标价式的批评家，这里呼唤着真正有功力的学术大众化的理论家。

从文艺复兴以来，对世界文学名著《神曲》、《浮士德》产生过重要影响的圣经文学告诉我们："智慧和正义乃是伴随老年人而来的成熟的标志。"（《所罗门智训》第 4 章）1988 年 1 月，全世界诺贝尔奖获得者聚会法国巴黎发表宣言："如果人类要在 21 世纪生存下去，必须吸取 2500 年以前孔子的智慧。"

孔子曰："文学子游、子夏。"（《论语·先进》）章太炎云："文学者，以有文字著于竹帛，故谓之文；论其法式，谓之文学。"（《国故论衡·文学总略》）梁启超在评论古代散文时说："《左传》文章优美，其记事文对于极复杂之事项，如五大战役等纲领提挈得极严谨而分明，情节叙述得极委曲而简洁，可谓极技术之能事。其记言文渊懿美茂而生气勃勃，后此亦殆未有其比。"（《饮冰室文集》）韦勒克的《文学理论》指出："我们承认虚构性、创造性、想象性是文学的突出特征，同时还承认更多地运用修辞手段的文字也是文学。"

晚晴文学，随着人类人文科学建构的崛起一展风采，焕发着各种优秀文化积淀、凝聚、孕育而成的人文精神。一部晚晴文学史，乃是艺术再现社会与经济、文化生活中老当益壮有所作为和代际和谐开拓创新的历史，也是不断揭示与摒弃人类文化传承中的负面影响的过程。王国维说，科学不可无系统。面对人类历史长河中晚晴天地无与伦比的绚丽画卷，如何从文化建构、文学元素和文章赏析原理的角度，将晚晴时空的文学理论、文学批评和文学史结合起来进行研究，显然是长寿时代向人们提出的一个桑榆情结夕阳红的学术命题。

晚晴文学，从时间范畴上来说是晚晴，从社会意识形态上来说是文学。晚晴文学作品，是适应晚晴天地广大读者审美情趣与欣赏习惯，反映其思想倾向与心态特征，具有内容的深邃性和哲理的思辨性的作品。晚晴文学研究，是对作家、作品、文学思潮等作出及时的、敏锐的、活跃的反应的"运动的美学"（《别林斯基论文学》第 324 页），对过去各个时代文学实践的状况加以概括和总结，探索文学这种独特的精神现象的各种表现形式及其本质、特征、发展规律的科学。

20 世纪末，英国年逾花甲的物理学家朱利安·巴布尔出版《时间的终结》一书，向人们公布他的一项"石破天惊"的研究成果，"世界是由无数个宇宙构成的，从量子力学的观点看来，时间是不存在的。"如果说，巴尔布向牛顿、爱因斯坦挑战的这种理论可以成立的话，那么，我们回眸晚晴文学创作中的千秋仙翁，或许就不会是神奇莫测的人物。中华民族家喻户晓的麻姑献寿的主人公，历经环宇三次沧海桑田的变化。李商隐诗云："从来系日乏长绳，水去云回恨不胜。欲就麻姑买沧海，一杯春露冷如冰。"（《谒山》）神州大地孕育的这种穿越时空的超凡思想，或许更能使人们领略海南长寿岛南山海山奇观的晚晴文化氛围。

知识爆炸、知识经济的传媒网络，与联合国秘书长安南所说的长寿时代，在 20—21 世纪之交展现在我们面前。安南在国际老年人年启动仪式上的讲话说：到 2050 年，全世界 60 岁以上的老年人口将为总人口的 1/3。目前，80 岁及以上高龄人口占 60 岁以上老年人口的 10%，而到 2050 年，将增加到 25%。由此可见，把 1999 年确定为国际老年人年是适时的。我们的目标是建立不分年龄人人共享的社会，而不是代际之间相互分离，年轻人、成年人和老年人分道扬镳的社会。他认为：我们正面临一场无声的革命。它已超过了人口学的范畴，对经济、社会、文化、心理和精神等各方面有着重大的影响。

随着科学养老的赡养经费一系列事项成为世界性的难题，相应的文化事业发展也正在日益受到人们的关注。它作为老有所养、老有所为、老有所医、老有所学、老有所言、老有所安、老有所乐、老有所依"八面来风"的重要内容，作为长寿时代精神文明建设的关键环节，是一项摆在我们面前需要认真研究和实践的社会课题。人文社会科学研究的价值和方向，在于把握、理解和解决时代重大课题的程度和水平，走出一条实现人文社会科学研究成果社会化的道路。

19 世纪中叶，法国文艺评论家丹纳说过，莎士比亚不是"从别个星球上来的陨石"，"精神文明的产物和动植物界的产物一样，只能用各自的环境来解释。""只要翻一下艺术史上各个重要时代的材料，就可以看到某种艺术是和某种时代精神与风俗情况同时出现，同时消灭的。"这位撰写过《〈英国文学史〉序》的著名评论家，尽管不可能真正科学地阐明文学发展与社会发展的关系，不可能正确地揭示文学发展适应社会经济发展的客观规律，但是，他所归纳的种族、环境、时机等文艺发展的要素，已经承认文艺发展变化以社会环境发展变化为转移的事实。

20 世纪 90 年代初，首都等地报刊相继组织关于长寿时代的报道，提出开展以老有所养为基础、老有所为为主导的老年发展战略方针，以及国家、社会、家庭和个人积蓄相结合的养老方式的研究（1993 年 2 月 5 日《人民日报》、1990 年 7 月 28 日《新闻出版报》）。1998 年夏天，正当全国性报刊与复旦学报展开关于养老方向等晚晴学科问题的论争时，南方传媒界及时组织跨世纪赡养难题的讨论。这次讨论认为，"深入研究和贯彻执行我国跨世纪历史时期的老年事业发展战略方针，论证各种养老方式的可行性、操作性和规范性，应当是我们老中青几代人肩负的共同使命，更是各级政府尤其是涉老机构面临的一项聚焦'老吾老'的紧迫任务。由此，还可以帮助企业界制定若干新对策，兴建老年公寓和相应的文化生活配套设施。"（1998 年 8 月 23 日《羊城晚报》）

文学不能没有灵魂。人文科学面向社会，学术和文学的生命在于创新。中外历史上的晚晴文学，并非一定是与经济的发展成正比的。然而，它始终要作为社会经济生活的镜子反映客观现实。随着一个国家或民族不同时期经济利益新旧格局的调整，将会在其社会成员中间出现代际收入转移乃至代际收入负转移，以及社会群体为个体生命延长所定位的成本变化等诸多问题，从而引起广大社会成员的密切关注，并且在晚晴文学创作中得到充分的反映。蒙古族作家包丽英创作《成吉思汗》时说，一代天骄的歌声，曾经回荡在人类三分之二以上原住民的家园。蒙古大学教授认为，美洲有 20 多个岛屿名称与蒙语相同，南美居民的基因密码含有蒙古人种特征。日本明治时代学者的《东洋史说苑》，则谓 13 世纪蒙古族"捕获野兽为食物，生活非常节俭"。"士兵根据需要一两天不进食若无其事"，"甚至可以数日不食穷追敌寇"。可见，环境影响生存，生态传承文明。资源节约的社会理想，不啻是人类与生俱来的繁衍进取之梦。2007 年，中国 60 岁以上老年人达到 1.5 亿人。据《老年世界》报道，当时我国养老金缺口约 2.5 万亿元（国家审计署公示，2012 年8 月，全国社会保障基金节余 3.11 万亿元）。从这个意义上来说，全球 21 世纪 64 万亿美元的赡养难题，中国 1982—2025 年之间抚养比低的经济发展黄金时期，与中原等地 100 多岁超级寿星的长寿之歌，显然不无某种适应社会发展规律的内在联系。

刘勰曰："文律运周，日新其业。变则可久，通则不乏。趋时必果，乘机无怯。望今制奇，参古定法。"（《文心雕龙·通变》）面对展现长寿时代社会变革生活画卷的晚晴文学，这里有个不揣冒昧的想法，即似可留意刘心武的《建立体系是硬道理》的主张："对于搞学术的而言，仅仅是博学强记，善于旁搜杂引，或者仅能在一枝一叶上有所研究，也都不免显得'软弱'，到头来，还是构建出自己独特的学术体系，方是硬道理——哪怕这道理现在还大可推敲，商榷。"科学的本质在于创新。晚晴文学研究成果的创新，要求我们及时分析、研究、把握这一科学研究领域的学术动态和理论前沿问题，对其特点规律有新的发现，形成新的理论体系和新的理论观点。在这个具有前沿性、鲜活性、广博性的科学边缘地带，我们根据中国社会科学院提出的创新学科体系的构想，将从中国发展的战略需要和世界科学前沿的前景出发，真正搞出中国特色、中国风格和中国气派的创新体系来。

一　晚晴文学总体构想

晚晴文学理论，作为人文科学领域的重要内容，其任务是要通过对于这一学科的研究，揭示晚晴文学的特点和客观发展规律，推动晚晴文学创作的繁荣，满足人们日益增长的精神文化生活的需要，为促进社会进步和经济崛起做出贡献。在中外历史上，许多著名作家和无数作者以其文学实践活动，创作了大量反映不同时期社会生活的晚晴文学作品。现在，我们试图从中华民族的文化传承需要、世界文明进步的客观基础等方面，阐述晚晴文学的地位、作用和总体构想。

人文社会科学的新领域
——上庠透视晚晴文学的崛起

我国人文科学历史悠久。中央电视台播出《上书房》，就是上庠学府的一个文化版本。《易经》曰："刚柔交错，天文也；文明以止，人文也。观乎天文以察时变。观乎人文化成天下。"《矛盾论》告诉我们，"科学的区分，就是根据科学对象所具有的特殊矛盾性。""我们的研究工作必须着重这一点，而且必须从这一点开始。"人文科学，是对社会现象、文化艺术进行研究的有关学科，它致力揭示社会群体与个体的思想品格、文明规范及其发展变化规律，堪称人们上下求索建功立业、治国安邦的战略科学。

文学研究是发展人文科学的重要任务。文学创作中贯穿的人文精神，不能简单地等同于文人精神。"人文精神的本质内容、思想形式及其特征，莫不受到历史时代、具体条件的制约。"（《清华大学学报》1998 年第 2 期）人们一般认为，中国人文传统强调适应时代的社会人格，而印欧语系人文精神则重在社会变革中的个人独立。

中国传统学术以史学知识为主要内容，以历史叙事为主要形态。对希腊来说，则从亚里士多德开始形成科学叙述和逻辑分析的学术分科制度。

中华民族人文科学的历史，如果将孙中山 1905 年（清光绪三十一年）建立同盟会时定为"中国开国纪元 4603 年"，20 世纪末应为黄帝纪元 4698 年。苏珊·伍德福特的《剑桥艺术史》说，在欧洲，"人文主义是历史学家给 15 世纪这种整体现象所起的名字，文化的再生或文艺复兴就是人文精神所引起的文化运动。"我们知道，拉丁美洲的秘鲁文化、玛雅文化，歌德、托尔斯泰的创作生涯，马可·波罗的中国游记，莫不和东方人文科学有着密切联系。有人甚至说，孔子和杨贵妃的影响漂洋过海，在日本乃至太平洋彼岸撒下炎黄子孙的人文科学种子。我们的人文精神与海外人文科学互相影响、互相补充，推动着世界文明历史的前进。

中国应当对于人类有较大的贡献。马克思说过，"对立统一是否就是这样一个万应的原则，这一点可以从中国革命对文明世界很可能发生的影响中得到明显的例证。"（《马克思恩格斯选集》第 2 卷第 113 页）我们不能夜郎自大，也不能有贾桂思想。曾几何时，黎巴嫩诗人纪伯伦慨叹："怜悯这个智者因年高而变成聋哑，强者则依然躺在摇篮里的民族吧！"我们始终记住恽代英所写的《中国青年》发刊词："中国希望她的国民都能尽他的责任。中国需要强健的国民。只有强健能打倒一切魔鬼，为中国前途开一个新纪元。"

自古以来，巍巍上庠是中华民族传承文明的象征。上庠，是上古社会天子"承师问道"的最高学府。《礼记·王制》云："有虞氏养国老于上庠，养庶老于下庠。"在学府养老的致仕官吏，以养为主，博览史书，考究典籍，探求国策。这是当时卿大夫最高规格的养老方式。而电视剧《上书房》所说的尚书房，即清代故宫皇家子弟学校。雍正年间创建的这种学校，标榜"立身至诚，读书名理"、"后天不老"，道光以后称为上书房。皇子皇孙入学，每天寅时起学习语言、国史、词赋、骑射等。周恩来对文艺工作者说过，希望退休以后去当导演，在晚年为文化事业做贡献。年过花甲的于右任位居名卿巨公，对人微身贫的霍松林期许甚殷。于先生"上庠讲学"时所书"放怀宇宙外，得气山水间"、"崇山怀万有，大水会群流"、"雄风盖百世，大度包群伦"，便是这位天水籍晚晴秀才子弟的集句。

乐山乐水，文采风流。文学是一个海洋。晚晴文学，在我国台湾省、新加坡和南亚称为遐龄文学与乐龄文学。它和儿童文学、女性文学、知青文学、打工文学、军旅文学，拥有文学天地的同一个太阳。晚晴文学通过形象思维和典型化创作过程，以自己的作品表达前辈人对人生的回顾与眷念和对社会的关注与思考，倾注老一代对未来的憧憬与希望和对后人的激励与期待，从而在价值取向上展示出自强不息的精神，鞠躬尽瘁的风范与坦然豁达的情怀。通过真切地描绘晚晴世界潇洒人生、忧患人生、达观人生、超然人生的广阔生活画卷，呈现着风格凝重、节奏和谐、语言洗练的艺术特色。晚晴文学史的发展规律，概括起来表现在反映社会变革的适应性、顺应文学发展潮流的一致性、作者创作思想的深邃性与创作生活丰富性等方面，具有自己的显著特征。

纵览世界范围的晚晴文学，其不仅包括广大作家晚年从事文学创作的丰富成果，同时兼容不同年龄层次的作者反映人生遐龄时期生活风貌的创作收获。我国自周秦以来，从年逾花甲到百岁高龄的300多位著名文学家，留下了很多晚晴文学作品。《全宋词》作品总数21055首，其中寿词竟达2554首。英国作家莱辛和哥伦比亚作家马尔克斯，则以88岁高龄和《百年孤独》获得诺贝尔文学奖。《愚公移山》、《龟虽寿》、《卖炭翁》等历代名篇，以及《老人与海》、《悭吝人》、《高老头》等海外作家力作，更使读者尽人皆知耳熟能详。

"天意怜幽草，人间重晚晴。""天人合一"作为古代文学思想的哲学基础，和"天人之分"、"与天地参"的思想学说一样闪烁着人类生存智慧的光辉，表达着中华民族的宇宙精神与审美理想。从20世纪80年代开始，人们对包括晚晴文学在内的老年问题作过一定研究。伴着跨世纪的历史步伐，1999年国际老年人年向人们昭示着"人人共享的社会"的前景。分别评述世界各国与地区不同历史时期的文学概况，晚晴文学创作成就、主要特征及其影响，这对于老中青几代人了解中外文学发展历程尤其是晚晴文学特点与发展规律，不啻是小鸟乐巢你我他的文化传承经典聚焦。1998 年 8 月《博览群书》卷首语说过："我们拥有的思想资源是一座巨大的冰山，纵观思想、学术、文化演进中的思想断裂，我们要让思想的冰山浮出海面。"邓小平在十一届三中全会召开以前就指出，"要用马克思主义观点研究经济、历史、政法、哲学、文学等等。"如果就晚晴文学研究来说，我们深深感到以创新精神构建爱晚文化工程更是迫切需要。

"一切历史都是当代史。"中外晚晴文学史，应当说是一部民族的历史，时代的历史，晚晴文学形象性格发展的历史。梁启超说：学术也者，观察事物发明真理而致诸用者也。按照现代晚晴文化发展构想，其文学创作乃是再现以老有所养为基础、老有所为为主导的社会生活画卷的缩影。因此，民族性、时代性和人物个性，便成为晚晴文学述略关注的焦点、热点和亮点。众所周知，国家的经济竞争力，实质上取决于文化的竞争力。从这个意义上来说，弘扬敬老爱幼天伦之乐的东方文化传统与提倡子女独立公平务实的现代生活时尚互为依存，也许可以成为风姿绰约、风情万种、风光旖旎的晚晴文化天地话语特色。

聚焦世界难题，弘扬人文精神，我们的目的在于发展面向现代化、面向世界、面向未来的民族的科学的大众的社会主义文化。美国影片《泰坦尼克号》，以鲁迅所说"撕破有价值的东西"的方式，叙述了一个震撼人心的冰山沉船的故事。透过画面上像浮雕一般凝重的 101 岁老太太露丝的形象，回味那首用中国唐代乐器"尺八"奏响的有如天籁之音的主题歌，观众仿佛看到晚晴文学领域闪烁的跨越时空的生活之光。我国和新加坡电视机构录制的 30 集电视剧《东游记》，为广大观众展示了"八仙过海"除魔卫道、拯救苍生的画卷。它跨越天地人三界，包罗人鬼神三类，试图使一个个反映善与恶、情与理、爱与恨的神话传说呈现于屏幕。

巍巍上庠，文论几何？评论家雷达说过：文学评论，既是一种价值的判断，又是一种科学，还是一种创作活动。它以作家作品、文学思潮、文学流派等为研究对象，通过批评家主体的审美和思辨、判断与归纳，完成一种评价活动，达到影响读者，推动创作，甚至促进和引导形成新的思潮、新的流派的作用。（1998 年 8 月 21 日《人民日报》）面对人类社会"八仙过海"的长寿时代，人文学科领域呼之欲出的划时代晚晴文学评论，必将对于创作活动起着深远的揭示、引导和规范的作用，为人间上庠奏响"天籁之音"和"曹雪芹奖"的神奇交响乐章。

中华民族的文化传承需要

——曹操、琼瑶与遐龄文学

晚晴文学，和儿童文学、知青文学等类别的文学一样，是我国文学发展事业中的重要组成部分。晚晴文学研究，意味着我们要思接千载，视通万里，上下求索，继往开来，从中华民族过去、现在和未来的文化构建中去探索晚晴文化的真谛。在文化生活时空，在传统戏曲舞台和现代影视银屏，曹操的形象与琼瑶的作品，或许引起观众产生过不同程度的争论。然而，他们关于晚晴题材的创作，却无不受到海内外炎黄子孙的认同和赞许。显然，我们将曹操、琼瑶与遐龄文学列入研究范畴，这是题中应有之义。

曹操（155—220 年），字孟德，沛国谯（今安徽亳县）人。他是三国时期的杰出政治家、军事家和诗人。曹丕说："上（曹操）雅好诗文籍，虽在军旅，手不释卷，每每定省从容，常言人少好学则思专。"（《典论·自叙》）曹操一生著述甚丰，文学创作活跃。钟嵘《诗品》说："曹公古直，甚有悲凉之句。"敖陶孙《诗评》则认为："魏武帝如幽燕老将，气韵沉雄。"

鲁迅在《魏晋风度及文章与药及酒之关系》中说过："汉末魏初这个时代是很重要的时代，在文学方面起了一个重要的变化，……总括起来，我们可以说汉末魏初的文章是清峻、通脱。在曹操本身，也是一个改造文章的祖师，可惜他的文章传的很少。"明代《魏武帝集》收入诗、文 160 篇。他的散文，挥洒自如，简约畅述。而其反映汉末社会动乱、民生疾苦，表现作者理想、抱负和积极进取精神，以及涉及超凡世界的诗歌，则继承《诗经》、《楚辞》和汉乐府的人文精神，气魄宏伟，苍劲雄浑，代表了"建安风骨"的特色。

我国文学史上的"建安风骨"，是指建安时代诗歌所具有的慷慨悲凉、激昂苍劲的风格和特点而言的。刘勰所说的"志深而笔长"、"梗概而多气"便是"建安风骨"的集中概括。这种风格的诗歌，感情真实，笔力刚健，在伤时忧乱之中寓有建功立业之志，其语言朴素无华、清新自然，一反两汉时期歌功颂德、藻丽繁富、铺张夸饰的文风。按照意气骏爽、情志飞扬而遒劲有力的风格特征，这里列举曹操的诗文加以分析，可以看出他能够在最后写出《步出夏门行》（龟虽寿）的思想轨迹。

魏代的散文，在汉代散文的基础上向清新通脱的方面发展，曹操的《让县自明本志令》堪称其代表作。他说：

孤始举孝廉，年少，自以本非岩穴知名之士，恐为海内人之所见凡愚，欲为一郡守，好作政教，以建立名誉，使世士明知之。故在济南，始除残去秽，平心选举，违迕诸常侍，以为强豪所忿，恐致家祸，故以病还。

去官之后，年纪尚少，顾视同岁中，年有五十，未名为老。内自图之：从此却去二十年，待天下清，乃与同岁中始举者等耳。故以四时归乡里，于谯东五十里筑精舍，欲秋夏读书，冬春射猎；求底下之地，欲以泥水自蔽，绝宾客往来之望。然不能得如意。

这篇自叙怀抱的文章，坦率地披露了作者慷慨用世的旨趣而又进退两难的情势。他年轻时，认为不是"岩穴"隐居名士，希望做郡守做出政绩。做济南相时改革弊政得罪宦官，所以托病回家。辞官以后，年纪还轻。准备住在乡间，筑好房子，读书、射猎，在僻远的地方隐居。

曹操在赤壁之战时写于嘉鱼簰洲湾附近舟中的《短歌行》，充分表现了诗人把酒临江，横槊赋诗的英雄气概。这首诗写道：

对酒当歌，人生几何？譬如朝露，去日苦多。慨当以慷，忧思难忘。何以解忧？唯有杜康。青青子衿，悠悠我心。但为君故，沉吟至今。呦呦鹿鸣，食野之苹。我有嘉宾，鼓瑟吹笙。明明如月，何时可掇？忧从中来，不可断绝。越陌度阡，枉用相存。契阔谈宴，心念旧恩。月明星稀，乌鹊南飞。绕树三匝，何枝可依？山不厌高，水不厌深。周公吐哺，天下归心。

全诗八解，诗情雄姿豪放，笔调低迴沉郁。从慨叹时光易逝功业无成、引《诗经》所云求贤苦乐，到反复申明"心念旧恩"、效法周公广纳贤才，反映了诗人"悠悠我心，天下归心"的愿望和"对酒当歌，建功立业"的情怀。

《三国志·武帝纪》有云："太祖运筹演谋，鞭挞宇内，揽申、商之法术与韩、白之奇策，名因其器，矫情任算，不念旧恶，终能总御皇机，克成洪业者，惟其明略最优也。抑可谓非常之人，超世之杰矣。"刘勰《文心雕龙·时序》曰："魏武以相王之尊，雅爱诗章。"曹操以其直率坦诚的文笔，清峻通脱的风格，开启着魏晋一代文风。他那《龟虽寿》的"老骥伏枥，志在千里"的名句，更是成为中华民族志士仁人的格言，具有内涵深刻的哲理之美、自然粗犷的阳刚之美。随着年龄的增长、生活阅历的丰富，人生会呈现出不同的心理状态。郁达夫说："以年龄为标准，吾人一般的倾向、偏爱对象，一生中有三四次的移易。第一，少年时代爱侦探冒险的作品。第二，青年时代爱恋情的作品。第三，中年时代爱描写人生疾苦的作品。最后，老年时代爱回忆的哲学的神秘的作品。"《龟虽寿》这首抒情哲理诗，其主旨在于反映诗人的主观能动性，展现进击者老当益壮的情怀。

作为晚晴文学的光辉篇章，曹操的《龟虽寿》奏响着人类社会生活中老有所为的主旋律。"神龟虽寿，犹有竟时。腾蛇乘雾，终为土灰。老骥伏枥，志在千里。烈士暮年，壮心不已。盈缩之期，不但在天。养怡之福，可得永年。"曹操不仅是建安时代的杰出作家，而且是建安文学的倡导者。因而，他的作品思想深刻，慷慨悲壮，最能代表建安风骨的特点。当时，面对军阀混战百姓流离失所的悲惨情景，曹操写下不少同情人民疾苦表达理想抱负的诗篇。作为富有远见的政治家，他的作品始终洋溢着乐观主义精神，即便是老骥伏枥，依然展现着志在千里建功立业的英雄气概。"神龟虽寿，犹有竟时。腾蛇乘雾，终为土灰。"曹操尊重生命的自然法则，不信天命鬼神，显然不会像秦始皇、汉武帝乃至后来的雍正那样求仙访道醉心丹药方术。这位政治上的进取者，在养生方面注意揭示"盈缩之期，不但在天"的辩证关系，因而能够作出"养怡之福，可得永年"的科学论断。毛泽东同志十分欣赏曹操的《龟虽寿》，并多次书写这首诗，以慰勉他人注意锻炼身体，学会延年益寿的养生之道。

在晚晴天地，人们爱好富有哲理意味的文艺，冲淡而含蓄的诗句，优雅而徐缓的舞姿。琼瑶说过，一对年事已高的白发伴侣，手挽手迎着晚风向夕阳走去，该是一幅何等瑰丽的图画！作为海峡彼岸的著名作家，琼瑶十分关注港澳台的遐龄文学。晚晴文学研究者观照长寿时代的社会生活画卷，自然会注意审视遐龄文学的创作风貌。

作家出版社出版的《梦的衣裳》，是琼瑶花甲之年的遐龄文学代表作，也是她在小说中编织的一个晚晴天地的神奇之梦。琼瑶，原名叫陈喆，字凤凰，1938年7月生于北京。她从小酷爱文学，24岁时在台湾《皇冠》杂志发表《窗外》一举成名。至今，琼瑶已创作《在水一方》、《六个梦》、《还珠格格之真相大白》等50多部小说，并且先后拍成影片或电视剧，因而被人们称为"织梦大师"。

《梦的衣裳》，属于遐龄文学，也属于青年文学。可以说，它是人类文化传承中需要诠释的一种互助互爱的思维方程式的延伸。这个故事的情节，十分适应遐龄文学读者的阅读心理。老奶奶的几个儿子，相继在战争中死去，或者因飞机失事而丧命，留下两个孙女一个孙子。小女儿桑雨兰发誓终身不嫁，陪伴老人度过晚年。

人生如梦，人生如歌。琼瑶的《梦的衣裳》是八旬老人和年轻人共同谱写的梦幻之歌。正当老奶奶的宝贝孙女桑桑去美国念书时，这个姑娘又遇不测风云命归黄泉。为了不使奶奶伤心，桑尔凯、桑尔旋连续3年以妹妹桑桑的名义写信，直到寻得一个酷似桑桑的姑娘，在奶奶80寿辰时前来祝寿。圣经文学说过，我们尊重老年人，并不仅仅因为他活得长寿。充当桑桑与老人团聚的姑娘陆雅晴，被"这种人类的挚情所感动"，认定"这件事只许成功，而不许失败！"

在这个编织"梦的衣裳"的人生舞台，演出最成功的人应该说是孩子的奶奶。她在临终前几天悄悄告诉陆雅晴说："我比任何人都敏感，猜到桑桑已经不在了。""桑桑怎么可能一连三年之间，连个长途电话都舍不得打呀？"老人曾经见到孩子编造的"洋文"版书信原件，她捎到邮局请人翻译出来，才知道桑丫头真的不在人间了。奶奶还跟雅晴说："孩子们用了那么多心机让我开心，如果我说穿了，会伤他们的心呢！而且，说真的，我当时并没有不开心，反而很高兴。桑桑去了，也是件不能更改的事。我有没有告诉过你，如果去哀悼已经失去的人，不如把这份感情怜爱眼前的人？"

老人是成熟的标志。作为人类文明传承的艺术形象，奶奶不仅仅在《梦的衣裳》中传播着智慧和关爱，而且在不知不觉中给孩子们牵起了红线。奶奶离开这个世界时问过雅晴："肯不肯真正做我们桑家的人？"当雅晴表示要嫁给尔旋时，老人脸上泛起了笑容。马克思说过，含笑与过去告别，从未来汲取诗情。这应当说是人类进步文化的真谛。琼瑶以其小说中纤柔而美丽的人物，淡雅而细腻的风格，将亲情、友情、柔情、恋情融于笔端，编织了包括遐龄文学在内的一个个梦幻故事。然而，她一直呼唤其主人公从梦幻里回到现实中来，因为"孤独的仙子恐怕比凡人更悲哀。"这也是中华民族文化传承的需要吧。

世界文明进步的客观基础
——歌德、海明威与乐龄文学

晚晴文学，像民俗文学、旅游文学那样别具一格，谱写着文学史上的重要篇章。通过晚晴文学研究我们可以进一步开阔视野，观照外国文学时空，领略各国优秀作家奉献的晚晴题材精品力作，共享人们在不同地域文化舞台创造的精神文明成果。

马克思在《路易·波拿巴的雾月十八日》中写道："人们自己

创造自己的历史，但是他们并不是随心所欲地创造，并不是在他们自己选定的条件下创造，而是在直接碰到的、既定的、从过去承接下来的条件下创造。"他和恩格斯还说过："新的工业建立已经成为一切文明民族的生命攸关的问题"，"物质的生产是如此，精神的生产也是如此。各民族的精神产品成了公共的财产。民族的片面性和局限性日益成为不可能，于是由许多种民族的和地方的文学形成了一种世界的文学。"在第七届上海电视节"白玉兰奖"颁奖仪式上，来自34个国家888个影视机构的来宾欢聚一堂，欣赏由法国巴黎喜剧歌剧院、上海歌剧院、周小燕歌剧中心等联合演出的著名法国经典歌剧《浮士德》，体现了这次国际电视节目交流注重营造与国际接轨的文化氛围。戴文妍等记者当时说，1859年在巴黎首演的这一剧目成为申城歌剧听众的"公共财产"，上海大剧院几个售票点顿时门庭若市。

约翰·歌德（1749—1832年），是德国古典文学和民族文学的杰出代表。19世纪中叶以来，许多国家文艺评论家将荷马、但丁、莎士比亚和歌德并列为世界四大诗人。歌德年轻时与法国莫里哀、高乃依、拉辛等人的戏剧艺术结缘，继而大量阅读莎士比亚、荷马、斯威夫特、菲尔丁等人的作品。在莱比锡大学，他没有选文学教授的课程，而自己一边念法律系，一边钻研电学、生物学和古希腊艺术。早期创作的《普罗米修斯》取材希腊神话，具有强烈的反封建精神。《少年维特之烦恼》的主题在于揭发与批判封建社会腐朽的东西，是第一部产生重大国际影响的德国文学作品。1796年，曾计划写作中国题材的小说。1827年，他以78岁高龄写了诗集《中德四季晨昏杂咏》。歌德的创作延续60年而在81岁时完成的《浮士德》，是欧洲启蒙运动最杰出的艺术珍品。它取材于德国16世纪关于浮士德的民间传说，概括了作者的全部生活与艺术实践，具有深刻的社会历史意义。

歌德将文学史与文学理论、文学批评作为整体进行综合研究时说过：写诗靠天赋是不够的，只有当他能驾驭世界和表达世界时，他才是诗人。他还说：人们常常谈论古人的著作，但是古人著作除了说注意现实和尝试去表现它，还有什么意义呢?《浮士德》作为叙事诗、抒情诗、诗剧的结合，结构复杂，人物众多，场景奇幻。全剧1万多诗行，由魔鬼靡菲斯特与天帝、浮士德两次赌赛和浮士德经历的五个阶段的悲剧组成。全剧开端，魔鬼靡菲斯特和浮士德订下契约，当浮士德感到满足喊出"你真美"时，灵魂即归魔鬼所有。经过知识探索、爱情解脱、政治梦幻、美的追求几个阶段的悲剧情节，浮士德的故事演绎到人生最后阶段的事业悲剧。主人公从神话世界回到人间。晚年的浮士德经历生前种种幻灭，只想轰轰烈烈干出一番事业永载史册。

百岁老人浮士德屹立海滨，倾听着大海滚滚波涛的轰鸣。靡菲斯特猜想浮士德要成为大都市的首领，万人仰慕的中心。浮士德说，"人们看到的人口增长，各自饱食，心广体胖，其实那只能是一场灾难，这不是我的心愿!"魔鬼又猜想，他要脱离地球登上月球。浮士德反驳说："我不爱这种现代的颓废的享乐生活。我的事业在地球上，地球上有我干大事的领域，我要做出令人震惊的成绩。我要知道，'事业最要紧，名誉是空言'!"

这时，骄奢淫逸的皇帝不理朝政，国家一片混乱，人民不堪忍受举起义旗攻占朝廷。浮士德借助魔鬼的妖术，用火攻和水攻使皇帝走出困境，得到海滨一片封地。那里，正是浮士德当初屹立海滨试图开发经营的地方，不过那儿只是一片浩瀚的大海，而没有什么陆地。壮心不已的浮士德，要在那里建立自己的理想王国。

歌德在海滨展示的是晚晴天地一位"烈士暮年奋斗不息"的文学形象。然而浮士德跟恶魔结交创业，束缚着心灵自由，违背了自己的意愿，内心世界让钥匙孔冒出的"忧愁"之魂乘虚而入。"忧愁"不甘心人们通过奋斗取得成功，她总想让人始终庸庸碌碌一事无成。尽管浮士德毕生不承认生活的"忧愁"，而"忧愁"却挥之不去，竟然吹口阴气使浮士德终生失明。浮士德热心从事工程指挥，部署他所招聘的八方英才填海造地，加紧进行开发海滨土地的工作。而急于想得到浮士德灵魂的魔鬼，则下令手下的鬼怪给他掘墓。浮士德在生命的最后时刻，错把这种掘地的声音当成填海造地的劳动音响。他情不自禁地喊出"你真美呀，请停留一下！"这样，便永远离开了人间世界。天使们从海滨背着浮士德的灵魂，高唱"凡是不断努力的人，我们都能将他搭救"的曲子，回到岩叠林深、飞泉落瀑的天界。

歌德在 81 岁写完的这部诗剧，反映了自文艺复兴至 19 世纪的欧洲资产阶级进步人士的思想面貌。据民间传说，浮士德博士原来是 16 世纪的一位德国著名的学者、天文学家，也有人说他是魔术家、炼金术士、江湖骗子。几百年间，德国流传的不少著作都说浮士德是一个集知识与妖术于一体的矛盾人物。英国作家马洛将浮士德塑造成神权的反叛者形象，莱辛则提出过浮士德的灵魂拯救问题。歌德正是在这个人物形象传承文明的基础上拓展文学创作领域，昭示着浮士德百年后的灵魂归宿。

人们审视欧罗巴晚晴文学的目光，如果移到东南亚一带，将会发现华人后裔聚居的新加坡有个孙中山故居晚晴园。然而，当时的孙中山正处于意气风发挥斥方遒的年代。我们所说的晚晴文学，新加坡则有个"乐龄文学"的别名。今天论及世界范围的"乐龄文学"，海明威的《老人与海》或许更具盛名。

欧内斯特·海明威（1899—1961 年），现代美国小说家。这位风格和文体独具一格的作家，不仅以其"迷惘的一代"的文学创作在欧美风靡一时，而且以《老人与海》塑造的桑地亚哥老渔夫的"硬汉性格"誉满全球，并在 1954 年获诺贝尔文学奖。

海明威出生于芝加哥郊区的一个医生家庭。中学毕业后当过记者，在前线负伤，依然顽强从事写作。经过刻苦磨炼，形成了自己的简洁、清新、含蓄的写作风格。在发表《太阳照样升起》、《永别了，武器》、《有的和没有的》、《战地钟声》后，1952 年发表《老人与海》。这部小说作为乐龄文学的代表作，表现的是海明威一贯的创作主题——人类在同外界不可抗拒的力量的搏斗中导致希望破灭。然而，《老人与海》这部被称为"一辈子所能写的最好的一部作品"，却深刻地反映着小说主人公虽败犹荣的思想品格。"一个人并不是生来要给打败的。你尽可以把他消灭掉，可能就是打不败他。"

海明威在描述桑地亚哥老人同鲨鱼搏斗中表现的非凡毅力，不禁会使人们进一步领略到中华民族"老骥伏枥"、"鞠躬尽瘁"的精神。

列夫·托尔斯泰说："艺术品中最重要的东西，是它应当有一个焦点才成，就是说，应当有这样一个点：所有的光集中在这一点上，或者从这一点放射出去。"（高登维奇：《与托尔斯泰的谈话》）海明威的乐龄文学创作，正是通过老渔夫的形象找到他身上这个历尽艰险的焦点，将所有的光集中在他与鲨鱼搏斗这一点上，从而绘声绘色地描述着主人公创造的业绩。金圣叹云："别一种书，看过一遍即休。独有《水浒传》，只是看不厌，无非为他把一百零八个人性格，都写出来。"（《读第五才子书法》）他还说："《水浒》所叙，叙一百零八人，人有其性情，人有其气质，人有其形状，人有其声口。夫以一手而画数画，则将有兄弟之形，一口而吹数声，斯不免再映也。施耐庵以一心所运，而一百零八人各自入妙者，无他，十年格物而一朝物格，斯以一笔而写百千万人，固不以为难也。"（《水浒传序三》）如同金圣叹所说，海明威"一心所运"，"格物而物格"，则能将老渔夫桑地亚哥之性情、气质、形状和声口描绘得栩栩如生，因而获诺贝尔文学奖"固不以为难也"。

福楼拜说过："伟大的天才与常人不同的特征即在于：他有综合和创造的能力；他能综合一系列人物的特征而创造某一种典型。"海明威的《老人与海》在《生活》杂志发表后，发行商头两天一举就将53万册刊物批发一空。桑地亚哥主人公对读者产生的巨大反响，说明乐龄文学正以倔强的性格、坚毅的形象、沉着的心态展现着独特的艺术形象。桑地亚哥，是大洋彼岸一位长年出海捕鱼的老渔民。热带海洋生活的熏陶，飓风怒涛的洗礼，使他已成为"后颈上凝聚了深刻的皱纹，显得又瘦又憔悴"的老人。可是，他尽管生活孤独、贫穷而年老力衰，其精神品格却依然像以往那么自信而顽强。

作为乐龄文学创作的艺术典型，海明威塑造的桑地亚哥和歌德刻画的浮士德等艺术形象一样，构建着晚晴文学的人物画廊。古往今来，随着这一风景线的崛起，它正在为世界文明进步奠定着客观基础。

二 晚晴文学价值取向

人类社会发展到 19 世纪中叶，开始由蒸汽时代进入电器时代。这时，价值学说有如一道思想的闪电，进而引起人们的惊喜和关注。今天，观照人类创造的宝贵精神财富，深入研究晚晴文学在社会理想、娱乐审美等方面的核心价值取向，无疑是长寿时代向我们提出的一个重要课题。

马克思在揭示人类社会发展规律阐述价值理论问题以后，100 多年前出现的新康德主义者开始思考价值问题。弗莱堡学派认为哲学家的任务就是研究普遍的价值。这种哲学价值论或价值哲学，超越以往人们关注的经济学领域，逐渐拓展到文学、艺术、历史等领域。梁衡谈到文学价值时说过，一万篇写小情小景的东西，也抵不上一篇反映重大社会生活主题的作品（1998 年 11 月 10 日《新闻出版报》）。这里，我们透过出版传媒的编辑哲学眼光，可以从许多著名晚晴文学作品的社会影响得到明显的启示。

思想睿智启迪人生

——《红楼梦》纲领与中外名著

书是人类进步的阶梯，价值规律是个伟大的学校。毛泽东说过，鲁迅的价值，在于他是中国的第一等圣人。现在以小说为例，我国目前每年出版长篇小说2000 部，超过明清 500 年间 1800 部白话小说的总和。我们研究晚晴文学，不能不对价值本质、物质价值、精神价值以及价值观与真理观、价值观与历史观的统一等问题进行必要的探讨，从而把握以人民为价值主体和评价主体，以实际效益、效果、影响为标准的价值评价理论来确定文学作品的价值取向。

《红楼梦》的价值何在？冯其庸先生认为，《红楼梦》是中华民族五千年传统文化思想的最高综合和体现，读不读"红"应当是衡量知识分子文化修养高低的起码标准。因此，清人竹枝词所说的"开谈不说红楼梦，读尽诗书也枉然"，可以说是人们对《红楼梦》这部旷古奇书最贴切的评价。

在中外出版历史悠久而尚无著作权法的情况下，曹雪芹和莎士比亚的署名权问题，或许是海内外的两大公案。茅盾写作《关于曹雪芹》引用的史料说，当演员被认为是"瘟疫的传播者"时，"威廉·莎士比亚"是"偶然挑上的名字"。普遍的观点是，那位英国"地球仪"剧院的演员塞士比亚乃莎士比亚。而俄罗斯莎学专家伊·基利洛夫于1997年推出一本专著认为，与莎士比亚同时代的雷特伦德伯爵才是《哈姆雷特》等伟大剧作的真正作者。针对红楼梦研究所张庆善等人士关于曹雪芹对《红楼梦》"拥有无可辩驳的著作权"这一论点，四川大学张放教授说，曹雪芹生于清雍正二年，5岁时被抄家，后来成为喜尚空谈的隐士，显然与《红楼梦》成书无关。他认为，《红楼梦》的作者系努尔哈赤后人，即乾隆侍卫墨香（1998年8月7日《中国文化报》）。

《红楼梦》好在哪里，它的纲领是什么？中国俗文学会副会长路工说，毛泽东批阅《红楼梦》时写道："第六回从'千里之外，芥豆之微，小小一个人家'起，写得很好，其价值，非新旧红学考据家所能知。一边是宁荣府，一边是小小人家。"

按荣府一宅中，合算起来，人口虽不多，从上至下也有三百余口，事虽不多，一天也有一二十件，竟如乱麻一般，并没有个头绪，可作纲领，正思从那一件事，那一个人写起方妙？却好忽然从千里之外，芥豆之微，小小一个人家，因与荣府略有些瓜葛，这日正往荣府中来。因此，便就这一家说起，倒还是个头绪。

曹雪芹写刘姥姥三进荣国府，这里是人物首次出场。中国古典小说人物出台亮相，是人物性格和情节发展的需要，对于作品结构的整体安排有很大作用。《红楼梦》作为一部反映封建贵族家族生活的作品，作者将乡下"小小一个人家"刘姥姥进大观园"作纲领"，牵一发而动全身，产生着"四两拨千斤"的效果。这种精心的艺术构思，对比强烈，思想鲜明，使全书 400 多个人物得以织成一个错落有致的关系网。

作为一部以包举万象的布局，旁敲侧击、前呼后应的技巧使全书浑然天成的杰出作品，《红楼梦》的结构胜于《水浒传》、《三国演义》，其人物首尾照应，内容疏密相间的技巧比《聊斋志异》、《儒林外史》和《金瓶梅》更臻完善。刘姥姥一进荣国府，作者正式展现了《红楼梦》的现实生活画卷。"上了正房台矶，小丫头打起猩红毡帘，才入堂屋，只闻一阵香扑了脸来，竟不辨是何气味，身子如在云端里一般。满屋中之物都耀眼争光的，使人头悬目眩。刘姥姥此时惟点头砸嘴念佛而已。""那凤姐儿家常带着秋板貂鼠昭君套，围着攒珠勒子，穿着桃红撒花袄，石青刻丝灰鼠披风，大红洋绉银鼠皮裙，粉光脂艳，端端正正坐在那里，手内拿着小铜火箸儿拨手炉内的灰。"随后，"只听一路靴子脚响，进来了一个十七八岁的少年，面目清秀，身材俊俏，轻裘宝带，美服华冠。"刘姥姥从后门踏上归途时，接到凤姐"给丫头们做衣裳的二十两银子"，她"喜的浑身发痒"说，"'瘦死的骆驼比马大'，凭他怎样，你老拔根寒毛比我们的腰还粗呢！"

《红楼梦》第三十九回，作者让刘姥姥再进荣国府，借助这位乡下老人的目光和语言，勾勒了当时贫富贵贱的社会经济生活状况，揭露了封建统治阶级奢侈、贪婪、腐朽、没落的本质特征。"平儿等来至贾母房中，彼时大观园中姊妹们都在贾母前奉承。刘姥姥进去，只见满屋里珠围翠绕，花枝招展，并不知都系何人。只见一张榻上歪着一位老婆婆，身后坐着一个纱罗裹的美人一般的一个丫环在那里捶腿，凤姐儿站着正说笑。"刘姥姥向贾母"福了几福"，"请老寿星安。"贾母说"什么福，不过是个老废物罢了。"这次大观园之行，还记述了刘姥姥看到了荣国府"一顿饭钱够我们庄稼人过一年"的挥霍情景，从而预示着封建贵族的衰败命运。凤姐没有想到，曾几何时由她打发"二十两银子"从后门回去的刘姥姥，最后竟成了救她独生女儿性命的观音菩萨。

茅盾说："平心论之，索隐派着眼于探索《红楼梦》之政治、

社会的意义，还是看对了的。"（《关于曹雪芹》，1963 年第 12 期
《文艺报》）贾府这个"官养"消费集团，过去向皇帝献出过一个贵
妃，组织过一篇《姽婳词》之类的文稿，其经济来源除了礼部"赏
银"、贾政"官俸"之外，主要是靠八九个庄子每年"二三千两银
子"的租赋。开支起来丫头月银一吊至几十钱，贾母月银 40 两，凤
姐过一次生日就用掉 160 两银子。至于说到腐败，凤姐拖欠上下月
钱放高利贷，几年捞到"五七万金"黑钱；她从铁槛寺老尼姑手里
包揽官司，一次拿到 3000 两银子。夏太监一个眼神，便"借"得银
两成千上万；邢夫人摆着"大太太"的架势，三钱五钱从不放过。

　　辛亥革命后，蔡元培为《石头记索隐》所写的自序说："《石头
记》者，清康熙朝政治小说也。作者持民族主义甚挚，书中本事，
在吊明之亡，揭清之失，而尤于汉族名士仕清者，寓痛惜之意。当
时既虑触文网，又欲别开生面，特于本事之上，加以数层障幕。"近
几年还有人指出，《红楼梦》原名《石头记》，说的是大荒山无稽崖
下有一块女娲补天时的石头，幻化为神瑛侍者用甘露之水浇灌绛珠
仙草，因而引出悲金悼玉的《红楼梦》。（见《光明日报》中的《白
山赋》）《山海经》曰，"肃慎之国大荒之中有山，名不咸。"不咸，
蒙古语为"不尔干"，即神仙和巫仙的意思。《红楼梦》的作者，或
许是想在小说开篇安排一个"潇洒做顽仙"的楔子吧。

　　《红楼梦》继承和弘扬中国古典文学的优秀传统，从而以作者
"堪与刀颖交寒光"的笔触勾画了贾、史、王、薛四大家族的崩溃过
程，剖析故宫慈禧自比贾母的政权、官僚集团和地租官僚资本的腐
朽实质。从世界文学的历史看来，前无古人的《红楼梦》比欧洲的
批判现实主义整整早 100 多年。据红学家胡文彬介绍，1793 年《红
楼梦》从浙江乍浦港传至日本长崎，19 世纪 30 年代传至欧洲，现在
已被译为 25 种语言，译本达 130 种以上。

　　鲁迅说："我们曾在文艺批评史上见过没有一定圈子的批评家
吗？都有的，或者是美的圈，或者是真实的圈，或者是前进的圈。
没有一定的圈子的批评家，那才是怪汉子呢？"（《鲁迅全集》第 5
卷第 348 页）18 世纪中叶，《红楼梦》诞生在清朝统治者大兴文字

狱的时代。当这部小说处于传抄状态时，它的读者也是有一定圈子的。不过，那些文网编织者无视鲁迅所说广大读者心里"美的圈"、"真实的圈"、"前进的圈"，而对《红楼梦》这部小说进行百般毁谤，"指赀收毁，请示永禁。"（毛庆臻《一亭考古杂记》）封建统治者推行文化禁锢政策扼杀《红楼梦》，这就证明以刘姥姥进大观园为"纲领"揭示四大家族穷途末路的社会意义和思想价值。与《红楼梦》的命运相同，《水浒传》、《三国演义》都在同治光绪年间遭到严禁，《庄子》、《列子》、《山海经》一类典籍均于秦汉时期被列为禁书，进而说明文化专制主义危害之深远。

诚然，文化专制并非中国封建社会的专利。但丁的《神曲》，以其抨击教会的内容在当时受到统治者的指控，1497 年佛罗伦萨教会下令予以焚毁，法国、葡萄牙等国亦将它列为禁书。歌德创作《浮士德》以后，德国封建教会势力将其视为"危险品"禁止出版。直到 1939 年，西班牙佛朗哥政府还宣布歌德为"可耻作家"，和丹麦等国将《浮士德》从图书馆予以清除。对于巴尔扎克展示法国上流社会现实主义生活画卷的《人间喜剧》，欧美的意大利、俄国、西班牙和加拿大等国均以"散布消极情绪"等罪名不准出版。雨果、果戈理、莎士比亚等著名作家思想睿智启迪人生的巨著，都曾在国内外被列为禁书。

祈寿康乐颐养天年

——沈从文自寿诗祥和效应

人类在社会实践中，如同恩格斯所说，一要生存二要享受三要发展（《马克思恩格斯全集》第 1 卷第 349 页）。晚晴文学的价值取向，充分反映了这种从社会现实生活中概括出来的客观法则。《沈从文全集》中收录的 70 岁生日《咏怀诗》，颇具这类文艺创作的桑榆情结。可以说，他的诗作代表着我国晚晴文学中一种产生过深远影响的祥和效应。

十年动乱时，沈从文南下"五·七干校"，"移居咸宁，索居寂外，亦复自娱"。"祸福相依伏，老氏阅历深。"他的这首《咏怀诗》，依仿老子的朴素辩证法，生动地叙述了鬻熊与周文王"坐策国事"的对话："鬻熊年九十，仆仆长安道。搏虎臣无力，谋国实年少。虚心能受物，食道易健好。路逢荣启期，相对还一笑。"孔子会见九旬老翁荣启期的故事，出自《列子·天瑞》。据柳宗元、朱熹、宋濂、梁启超、冯友兰考证，《列子》为晋人罗致历史材料汇编而成，而刘勰、洪迈、王世贞和日本学者武内义雄则不怀疑其为先秦作品。

邓小平说："我国历史悠久，地域辽阔，人口众多，不同民族、不同职业、不同年龄、不同经历和不同教育程度的人们，有多样的生活习俗、文化传统和艺术爱好。雄伟和细腻，严肃和诙谐，抒情和哲理，只要能够使人们得到教育和启发，得到娱乐和美的享受，都应当在我们的文艺园地里占有自己的位置。英雄人物的业绩和普通人们的劳动、斗争及悲欢离合，现代人的生活和古代人的生活，都应当在文艺中得到反映。"诚然，文学欣赏中的娱乐享受，是晚晴文学不同于其他类别作品的一个特征。老年人一般已经退出原来的工作岗位，离开快节奏的社会生活舞台，希望有可能平心静气地观看自己乐于接受的作品。罗马诗人贺拉斯（公元前 65 年—公元 8 年）晚年写过一本诗体著作《诗艺》，集中反映了他的美学和文学思想。这位年过七旬的文艺批评家指出："诗人的愿望应该给人以益处和乐趣，他写的东西应该给人以快感，同时对生活有帮助。"作为一位主张"寓教于乐劝谕读者"的长者，贺拉斯认为青年"兴致勃勃，喜新厌旧"，成年人"作事战战兢兢"，而老年人"得来的钱舍不得用，左右顾虑缺乏热情"，以诗人的笔触评述了不同年龄社会成员的性格模式。

《尚书·洪范》云："五福：一曰寿，二曰富，三曰康宁，四曰攸好德，五曰考终命。"中国通常以长寿为五福之首，沈从文的七旬自寿诗，显然表达了人们希望安康长寿永享天年的颐和心理。自古以来，我们从诗文书画作品中可以感受到作者反映的中华民族广大同胞对于长寿的强烈愿望。《小雅·天保》的"如南山寿，不骞不崩"，《天问》的"受寿永多，夫何久长？"《泊松滋江亭》的"今宵南极外，甘作老人星"，《纪德陈情上致政太傅杜相公》的"事国一心勤以瘁，还家五福寿而康"，以及《全宋词》中的 2554 首寿词（占作品总数的 12.13%），以寿为重，祈寿拜寿，层出不穷，蔚为大观。广西巴马和新疆、海南等地长寿老人之乡，人们不仅将山川、动物、植物比拟为"南山之寿"、"龟龄鹤寿"、"松柏之寿"，而且为祈寿文化创造出 300 多种"长寿"或"圆寿"图案。

文学创作中的祈寿心理，在养生之道方面反映得更为充分。《红楼梦》的老寿星贾母享尽荣华富贵而在荣国府得以长寿，按照曹雪芹的描述，大致有三个特点：一是爱好玩乐，兴趣较为广泛。她不是整天待在深宫，而乐于游玩散步，"疏散筋骨"。因为她喜欢热闹"极爱快乐"，儿孙、媳妇在节日总要伴她娱乐一番。二是注重养生，"乐得都不管，说说笑笑，养身子。"三是调节饮食。大观园设宴，她颇能喝酒行令，但注意寒温调摄，量不多，有营养，"爱吃甜烂之物"。

白居易的乐天精神，可以说是晚晴文苑达观延年的生动写照。诗人享年 75 岁，一生留下了 3000 多首脍炙人口的诗篇。他通过《海漫漫》、《濯缨歌》等诗作展示着自己豁达乐观的情怀，描述了韩愈、元稹、杜牧等人服石带来祸患的情景。"退之服硫磺，一病讫不痊；微之炼秋石，未老身溘然。杜子得丹诀，终日断腥膻。崔君夸药力，终冬不及棉。或疾或暴夭，悉不过中年。唯予不服食，老病反迟延。"同时，白居易还在许多诗歌中提出了他的养生主张。一是气功锻炼，疏通血脉。"杲杲冬日出，照我屋南隅。负暄闭目坐，和气生肌肤。初似饮醇醪，又如蛰者苏。外融百骸畅，中适一念无。旷然志所在，心与虚空俱。"在诗人笔下，坐在冬天的阳光下练出温和的元气，可使皮肤健美。修炼武当功法，领略马王堆导引功神韵，好像喝着美酒一样，犹如进入旷远清静的世界。二是勤于劳作，栽种花木。每日荷锄仍决渠。"持钱买花树，城东坡上种。但有购花者，不限桃李梅。"白居易年过半百，在长安购得一处二手房。他带领僮仆开渠引水遍种花卉，美化环境，颐情养性，可谓其乐无穷。

三是游览名胜，寄情山水。"晨游紫阁峰，暮宿山下村。""自为江上客，半在山中住。""闲心对定水，清静两无尘。"白居易面对名山胜水，心灵就像悠悠白云，以道家安然的心态静观一泓清泉一尘不染，真是赏心悦目情趣盎然。

唐代诗苑与白居易齐名而被他称赞为"诗豪"的刘禹锡，晚年和白居易一样患有眼疾和足疾。他们交往之间的酬和诗作，自然不乏有关病老题材内容。"诗豪"刘禹锡正是以其与病魔抗争的顽强意志，赋予诗作以豪迈旷达的品格与激情。刘禹锡和柳宗元等人一起，曾参与王叔文革新活动。永贞革新失败后，刘禹锡被贬为朗州（湖南常德）司马。而他却能以自强不息的乐观情绪调适自己的生活，注意从巴山楚水的民歌中吸取丰富的养分，创作了令人耳目一新的《竹枝词》、《杨柳枝词》等作品。这位心胸豁达的"诗豪"，以其"莫道桑榆晚，为霞尚满天"的情怀，"经事还谙事，阅人如阅川"的眼光，"废书缘惜眼，多炙为随年"的见解，在祈寿延年乐观进取的诗作中独具风格，引人注目。

刘禹锡研读《药对》、《素问》等医书编成的《传信方》歌诀，曾流传到日本和高丽。古代帝王祈寿延年，莫过于秦始皇不惜重金到东瀛寻找长生不老之药的传说。现代科学研究证实，秦始皇要采集的仙草，其实就是具有延年益寿、清淡补气功能的藻类海菜，如丽江市古城区长何贵林介绍的程海螺旋藻和内蒙古螺旋藻，台湾学者则认为是南海三沙七叶草。南海藻类脑黄金，亩产达 5000 千克。海菜包括海带、紫菜、裙带菜。100 克干紫菜含维生素 A 14000 国际单位。诚然，万物异于人体细胞 90% 为细菌矣！

1000 多年前，我国沿海居民就将紫草列为给皇帝的贡品。海南以长寿岛闻名于世，紫菜等 35 亿年前的植物活化石（脑黄金）藻类海菜与人们有着不解之缘。尽管曾在海南生活多年的苏轼为其东坡肉大写广告诗，但是孙中山却针对人们所谓中西方饮食文化的植物性格与动物性格写道："中国常人所饮者为清茶，所食者为淡饭，而加以蔬菜、豆腐。此等之食料，为今日卫生家所考得为最有益于养生者也。故中国穷乡僻壤之人，饮食不及酒肉者，常多上寿。"

（《建国方略》）中国南阳 160 多岁的超级寿星吴云青，出生于清道光十八年（1838 年）。他的长寿歌诀云："酒色财气四道墙，世人都在墙里藏。有人能跳墙外去，不是神仙便寿长。"

叶剑英诗云："老夫喜作黄昏颂，满目青山夕照明。"豁达乐观，处变不惊，具备良好的精神状态，方能经受住外界环境的考验。在"文化大革命"中，费孝通成了中央民族学院在湖北一所"五·七干校"的体力劳动者。"毁誉在人口，沉浮意自扬。"他对自己的人生追求和学术价值充满自信，始终保持积极乐观的心态。这样，不论是当炊事员、邮递员，还是盖房、下田、开沟、收棉花，能与不能，样样都干。尽管年满花甲，他居然在一年半的时间出得满勤。当时，费孝通在一封信写道："在旷野田间劳动时，呼吸万里，感到人生很真实。密切的团体生活，对人的表现也容易全悉，深刻得多，是活小说。较之旧生活，似乎更有意义。"

在晚晴文学天地，年逾八旬的女作家草明，半个世纪发表 100 多部小说。她几十年孑然一身，对奥斯卡奖"奔金钱"的《老无所依》（《夺命奇案》）一类作品自然感到奇怪。她家里，不铺地毯，不讲究装修，更没有豪华家具，精神愉快是人生最大的幸福。而书法界幽默而洒脱的大家启功，其自撰"墓志铭"可谓盖世良方："中学生，副教授。博不精，专不透。名虽扬，实不够。高不成，低不就。妻子亡，并无后。六十六，非不寿。"二月河说，他的家就在黄河之滨的太阳渡。黄昏时，天上地下一片金色。太阳渡的两边是壁立万仞的太行山，阳光洒在奔涌自如的黄河上，河水就像一河黄金那样壮观与雄浑。

沉雄、达观、从容、深情。惟其如此，李商隐笔下的"夕阳无限好"的意境，才能化为乔羽创作的中央电视台栏目片头主旋律——"最美不过夕阳红，温馨又从容。夕阳是晚开的花啊，夕阳是陈年的酒。夕阳是迟到的爱，夕阳是未了的情。多少情爱化作一片夕阳红。"这真是，桑榆可曾"近黄昏"，朝霞情系"夕阳红"。颐养天年的祥和效应，原是可以寄情于人生第二轮朝阳的。

文化时空美感情趣

——晚晴文学的审美特征

"今宵南极外，甘作老人星。"1200多年前，杜甫长吟一曲《泊松滋江亭》，把我们引向茫茫星空下的静谧之夜，从而使人领略到人间长寿仙翁的美好心境。千百年来，晚晴文艺以其别具一格的美学特色，受到晚晴天地以至整个社会的密切关注。

作为以美感和艺术为中心的晚晴美学研究，力求通过揭示老龄特区社会成员对现实的审美关系，寻求晚晴文艺和其他艺术的共同点和不同点，分析晚晴文艺创作和欣赏中的各种因素、各种矛盾，以阐述马克思所说的美在创作实践中的规律。

马克思说过，历史的最后一幕是喜剧，人们总是含笑与自己的过去告别。一个白发苍髯的长者，喜欢漫步枫林月夜的幽静小径，或者品味散发着浓郁清香的山乡名茶。此时此际，谈古论今，神游艺苑，那含蓄的诗句，舒缓的乐章，稳健的笔触，莫不激起人们的无限乐趣和无比遐想。"真正理想的美学著作"，正像宗白华所云，"它所追求的应该是学术性和趣味性的统一"。

晚晴文化特区的进取者，并非像法国思想家卢梭那样陷入"孤独的散步者的遐想"。罗曼·罗兰说，他那"学习应该怎样死"的灰色论文和伤老情调，"如同一只衰老的夜莺在寂寥的林中发出低低的奏唱"。与此相反，国内外晚晴文学史上留下了"夕阳无限好"、"人间重晚晴"、"莫道桑榆晚，为霞尚满天"、"老骥伏枥，志在千里"一类箴言以及《陈情表》、《老人与海》等名篇。透过这些作品，人们可以看到晚晴文艺创作美学在内容、技巧等方面的显著特征。

壮心不已崇高美

晚晴文艺的最大审美价值，在于作品深刻地揭示社会本质特征和老年人的晚年生活意蕴。叶剑英《八十抒怀》，一扫历代诗人伤老悲秋之情。他那"老夫喜作黄昏颂，满目青山夕照明"的诗句，壮怀激烈，沉雄苍劲，抒发着广大老同志为社会主义建设事业奋斗不息的战斗豪情。诺贝尔物理奖获得者李政道，82岁耄耋之年自强不息，坚持每天写几十页手稿。新疆、南京、陇南、潍坊、荆门、泰州老年大学，长沙、石城、瑞丽、和顺侨乡老年诗词学会，以及湖南省体育局与湘雅医学院涉老机构，开展多种文化体育活动，分别开设电脑、文学、航天、生物、干细胞等课程。

北宋时与范仲淹齐名的宰相韩琦，其诗文与事业、品德为人所景仰。韩琦镇守北京时，留下《九日水阁》诗云："池馆隳摧古榭荒，此延嘉客会重阳。虽惭老圃秋容淡，且看黄花晚节香。酒味已醇新过热，蟹黄先实不须霜。年来饮兴衰难强，漫有高吟力尚狂。"其襟怀磊落，高怀雅量，兰风梅骨，剑胆琴心，有如辛弃疾的"不念英雄江左老，用之可以尊中国"和陆游的"壮心未与年俱老，死去犹能作鬼雄"，堪称晚晴诗苑的力作。

热情、随和、健谈的著名作家秦牧，如同伏波将军马援所说的"老当益壮"，进入晚年仍然奋斗拼搏，笔耕不已。重版《艺海拾贝》几本书之后，他便着手精心修改自己的长篇小说《愤怒的海》。这部小说，描写的是19世纪中国侨民与古巴人民并肩战斗驱除西班牙侵略者的故事。卡斯特罗赞赏的"青松挺且直"的英雄史诗，弘扬着中华儿女为古巴民族独立英勇献身的崇高精神，展示着老作家永葆革命青春的精神风貌。

洞悉人生哲理美

《红楼梦》有云："世事洞明皆学问，人情练达即文章。"老人的一生，几经沧桑，阅历丰富。他们的文章，观照世象，力透纸背。三国时，曹操写下《龟虽寿》的名篇："神龟虽寿，犹有竟时。腾蛇成雾，终成土灰。""盈缩之期，不但在天。养怡之福，可得永年。"他的诗作，充分揭示出时世代序的自然法则和事物发展的客观规律。

琼瑶的言情小说，不仅描绘了年轻人挚恳纯真的友情和爱恋，同时表达了她对老年人爱情生活的关注和祝愿。她和陈晓旭说，一对老年夫妇，手挽手白头偕老，走在黄昏的晚风之中，这就是人生完美的爱情。(《林黛玉的见地》,《昔日恋情》)哲学，乃是"教人明白的科学"。琼瑶小说中充满诗情画意的文学语言，和王安石的"岁老根弥壮，阳骄叶更阴"、陶潜的"死去何所道，托体同山阿"等诗作，同样闪烁着作者朴素的辩证法的哲理光辉。

与朱光潜齐名的美学家宗白华，20世纪30年代曾担任大学哲学系主任。他与李大钊执教时创作的诗篇，蕴藏着深刻的哲理浓郁的诗情，有如潇潇秋夜嚼起新鲜的橄榄，使人领略着哲人睿语的内涵和真谛。著名摄影艺术家沈延太与郑有义《走过沧桑》一样，以《前人栽树后人乘凉》的佳作引人注目。他撷取一位老人在申城革命遗址侧边的里弄口搭起安乐椅的镜头，拍摄了纳凉消暑而令人难忘的生活场景，反映出社区百姓安居乐业生活幸福正是老一辈前赴后继英勇奋斗的结果。显然，这幅作品的深邃哲理和生活气息，将会对广大观众产生巨大的思想冲击力和艺术感染力。

内涵丰富充实美

刘向、扬雄评论司马迁的《史记》，曾经十分称赞他那"其文直，其事核"的写作风格。内涵丰富，容量充实，一向是广大作家心向往之的创作目标。学识渊博、笔力雄健的著名作家茅盾，为我国和世界文学宝库创作出大量脍炙人口的优秀作品。茅公85岁高龄，依然时常凝视郭沫若书赠他的那副对联："胸藏万汇凭吞吐，笔有千钧任歙张"，渴望挥毫抒写充实的人生。伍修权诗云："奋斗一生如一日，晚晴高唱晚节歌。"如同茅盾那样，红军时代的高尔基艺术学校校长李伯钊，年逾七旬创作《北上》这出结构恢弘的大型革命历史话剧，使老同志和广大群众为之钦佩。

"所谓其力内涵，就是把人物灵魂深处的东西真实地表现出来。"当年，白居易从群众中吸取丰富的养料，依据《顺宗实录》记载的真实故事，创作《卖炭翁》等一系列作品。其诗作饱含激愤，内涵丰富，"流于民间，疏于屏壁，子父女母，交口教授。"尽管杜牧借用李戡的话指责白氏"纤艳不逞，淫言媒语"，然而，其充实的思想内容，逼真的社会风貌，却是文学史上许多诗人所难于企及的。地处汶川"5·12"大地震重灾区的康县一带，农村长者通过内涵丰富的民间故事介绍陇原男嫁女婚的传奇习俗。当年，太平军战士失散于西秦岭地域。秦人（China）祖居地百姓厚道淡定，从容地使其化整为零安顿下来。传说，"包儿"改名换姓，成亲后世代隐居甘陕川边境。这种流传至今的家庭组合，堪称泸沽湖女儿国的摩天岭现代版本。

《周恩来》剧组为了充实创作内容，运用现代电影综合美学原理，力求达到纪实性与艺术性的和谐统一。周总理晚年重返延安，联想到长征途经"鸡鸣三省"、"干人"（穷人）奔走相告，在吃饭时要省长过去、市长过来，以及用窝窝头蘸干碗底小米粥等真实细节，就是剧组在编导人员深入生活召开座谈会时收集的第一手资料。而王稼祥夫人朱仲丽创作《朝霞润我》、《艳阳照我》、《晚霞伴我》这一人生三部曲，乃是通过对几十年医院生活经历的"厚积薄发"，因而使作品具有更为强烈的艺术感染力量。

美国现代作家海明威说过，文学创作如同太平洋上的冰山，"作品的内容正像冰山在水下的八分之七，形成于文字的东西则是看得见的八分之一。这样才能使我们的冰山坚实牢固。"海明威的《老人与海》，刻画了令人肃然起敬的硬汉桑地亚哥的形象。这位老渔夫连续84天没有捕到一条鱼。后来一条大鱼咬钩，他为此进行了三天三夜的艰苦奋战。踏上归途，又与鲨鱼展示了殊死搏斗。海明威笔下那位硬汉充实的人生和顽强的毅力，无疑是这位作家的老年观和审美观的真切写照。

形象鲜明个性美

一个艺术形象历经社会变革的活动，构成这一人物性格发展的历史。恩格斯指出：文艺创作的典型意义，在于成功地塑造"这一个"人物形象。晚晴文艺领域的许多栩栩如生的形象，无不以自己鲜明的个性特点展现着人物的精神风貌。

刘虔的诗作《生命的辉煌》，勾画着老年人何等强烈的个性："生命的辉煌，是这样/它是隆起在老渔民身上的带着海腥的古铜色的肌腱。/它是历经雷击电轰而不改颜色的苍崖。/它是浓荫匝地的参天榕树。/它是被记忆写进了史册的万古不泯的星光。"作者运用联合国老龄大会标记参天的榕树，以及古铜色的肌腱等一连串比喻来抒写长寿者的情怀，其新颖其贴切其意蕴，都令读者掩卷深长思之，回味无穷。

毛泽东年逾七旬写过七律《冬云》。在诗人笔下，国际上那些纠集一起演出反华大合唱的角色，有如害人的熊罴和凄厉抽泣的苍蝇，而革命者则像大无畏的英雄豪杰和昂首怒放的梅花，两相对照，何等鲜明。郭沫若的《洪波曲》，通过描绘传说中毛泽东、杨开慧、陶斯咏等相会留芳岭的特定环境，使我们一睹徐老的精神风采："留芳岭哟，到底是哪一位诗人替你取下了这样好的一个名号？就在这留芳岭，我会见了徐特立老先生。老人是矮个子，但那么结实，穿着一身延安制的灰布棉军服。一头斑白的长发那么纷披，这不就是挚诚本身的形象化吗？"

金圣叹说："《水浒传》只是看不厌，无非为它把一百零八人性格都写出来。"车尔尼雪夫斯基的《当代美学概论批判》写道，"人的性格是我们能感觉到的世界上最高的美。"谌容的小说《人到老年》，通过描写一位女科技工作者离休后开办信息咨询服务公司，继而与半个世纪以前的恋人邂逅的情景，生动地展示出一对昔日情侣回眸人生的丰富内心世界。《北京文艺》发表的小说《飞升的青烟》，按照"美的规律是艺术典型的规律"，捕捉老人和子女对于捐款救灾不同反应的生活镜头，塑造了这位老父亲告别人生之际令人肃然起敬的形象。而在诗人臧克家的笔下："自沐朝晖意葱茏，休凭白发便呼翁。狂来欲碎玻璃镜，还我青春火样红"，则以磅礴的气势、激昂的旋律、个性化的语言倾吐着作者炽热的革命情怀。

艺术品格庄重美

艺术品格的高下，决定着文学作品思想水准和创作质量的高低，对于创作的整体效应产生着重要影响。老年人社会阅历丰富，目睹世上疮痍，饱览人间春色。他们呕心沥血，精思傅会，以毕生智慧凝结为笔端文字，使作品具有其他艺术品难于企及的历史感和庄重美。

无产阶级诗人的许多作品以凝重的笔触抒写着伟大的革命家的高尚情怀和艺术品格。毛泽东花甲之年创作的《蝶恋花》，运用革命现实主义和革命浪漫主义相结合的创作方法，把人们带到吴刚捧出桂花酒，嫦娥欣然当空舞的天上人间，寄予着大家对先烈无比景仰的心情。

奥莱尔的《在柏林》写道，一位神志不清的老妇人，在驶出柏林的列车上反复数着"一、二、三"几个数字，顿时引起两位姑娘的笑声。当头发灰白的老兵说，面临三个儿子牺牲和老夫重返前线，他总得将老妇送进疯人院，这篇以"辨洁为能"的400来字的小说，字里行间使人感受到的该是一种何等凝重的氛围。再看晚晴文学创作中回顾湘南起义的镜头：朱德和警卫员在耒阳陷入敌人重围，县妇联会长伍若兰顾不上询问对方姓名，便催促朱德头扎毛巾，睡到自己绣纬低垂的雕龙大床上。"你好好睡一觉，别的事不管！"这位22岁的女师学生，身体颀长，面庞赤红，目光灼灼，眼梢上挑，绝非温顺可欺的神态。此时此刻，面对一伙闯进庭院搜捕朱德的敌兵，她更是呈现着一种巾帼英雄的潇洒、庄重之美。

以浩浩正气、铮铮铁骨、绵绵深情人格力量撼人心魄的中外艺术家，莫不具有严肃的艺术使命感和文化献身精神。李存葆的报告文学《沂蒙九章》，以恢弘的气势、传神的写意和细致的工笔，勾画出一幅动人心魄的艺术长卷，为我们寻觅沂蒙山那"残酷的洗礼、庄严的涅槃、伟大的觉醒、神奇的再生"。读者置身于沂南心脏的东辛庄百年老屋，仿佛又看到徐向前、罗荣桓元帅当年指挥歼敌的身影，听到许多红嫂、红妹做军鞋、煮汤圆的欢声笑语。于大娘曾经出生入死为党组织收藏文件，奋不顾身投入孟良崮战役。由于某些人主观疑惑而被开除党籍的大娘，今天却以自己珍藏的文件重见天日，而在 94 岁高龄恢复党籍。作者以其巨大的思想冲击力和艺术感染力，着力刻画了沂蒙儿女"比白云还要圣洁"的人物形象。

简洁平易朴实美

大凡艺术精品、珍品，以精炼的文字和短小的篇幅，为读者展现着广阔的社会背景和深刻的思想意蕴。有人说过，衡量艺术质量高低的尺度，从某种意义上来说就是看作者删除不必要的东西的本领。在这方面，晚晴文艺创作使人们进一步观照着简洁平易朴实美的艺术光泽。

刘大櫆的《论文偶记》云："文贵简。凡文笔老则简，意真则简，辞切则简，理当则简，味淡则简，气蕴则简，神远而含藏不尽则简，故简为文章尽境。"为此，夏衍十分重视《文赋》和《尚书》所说的"丰约之裁"和"辞尚体要"，一直认为在文艺创作中"简洁就是美"。如同郑板桥诗曰："删繁就简三秋树，领异标新二月花。"晚年刘邦等人的《大风歌》、《敕勒歌》，都以简洁凝练的文字，把我们引向令人神往的艺术天地。

"简洁是智慧的灵魂。"高尔基说契诃夫的语言艺术魅力，在于"一个词就足够创造出一个形象。"英国小说评论家贝茨指出，海明威是一位拿着板斧删节小说的作家。他以风格独特，文体简洁而获得诺贝尔文学奖。海明威用笔词斟句酌，惜墨如金，将"一千多页那么长的内容"，提炼成为五十来页篇幅的《老人与海》。而用电报从西班牙发出的《桥畔老人》，则简化到了小孩都能看懂的地步。

简洁平易，方显出朴实美的本色。唐代诗人聂夷中，继承汉魏乐府优良传统，以朴素明快的语言，写下了"父耕原上田，子劚山下荒。六月禾未秀，官家已修仓"一类传诵一时的作品。与聂夷中同为山西永济人的耿湋，曾经被称为大历十才子之一。他写的"佣赁难堪一老身，皤皤历役在青春"等诗篇，都是人们十分熟悉的忧老伤贫、朴实无华之作。今天，黄亦鸣的散文《爷爷》、潘吉光的小说《故事，没有标题》，或记叙老人饶有兴味地以家乡的槐花儿为孙女起名，或描写实习记者就老同志的住房纠纷诉诸新闻媒介，他们运用现实生活题材反映老人晚年际遇，就像蒋子龙等人描述托尔斯泰与中国退休一族的"鞋匠和鞋摊"等文字，使作品更加充满着真切朴实的生活气息。

自然隽永优雅美

意境是中国特殊的美学范畴，它是通过艺术构思所创造的形象化、典型化的社会环境、自然环境和思想意蕴的完美统一。纵览我国晚晴文艺园地，自然隽永，浑然天成的意境，更是呈现着作家创作独特的美学风格。

历代不同作家对百花的不同爱好，反映着作者各自的审美情趣和社会的时俗风尚。国际友人胡志明晚年曾经用汉语吟诗："古诗偏爱天然美，山水烟花雪月风。"周敦颐的《爱莲说》云："牡丹，花之富贵者也；莲，花之君子者也。"这种褒莲花而贬牡丹的"妙言要道"，显然倾注了宋人追求清淡幽雅的美学思想。我国第一部美学专著《乐记》曰："其爱心感者，其声和以柔"，爱抚之情，会发出柔和而缠绵的声音。叶剑英游内蒙古的《扎兰屯》诗云："雅鲁河畔扎兰屯，几派清流拥水村。"这种多讲意境的"杏花春雨江南"式的阴柔之美，不同于多讲典型的"骏马秋风冀北"式的阳刚之美。它在以强烈、豪放、雄浑、刚健为特色的开放模式之外，别具一格地构建着以深沉、含蓄、温柔、清新为特征的美学体系。

阴柔之美者，"其文如升初日，如清风，如云，如霞，如烟，如幽林曲涧，如沦，如漾，如珠玉之辉，如鸿鹄之鸣而入寥廓。"宋庆龄年近八旬学画，几分钟就画成紫色的"毋忘我"和活脱的小黄鸡，其绿叶黄蕊，其可爱神态，逼真自然，印在手帕上倍觉优雅。巴金老人年逾九旬回首往事，当年创作《团圆》的情景历历在目。他认为，这类作品的成功，就在于它是自己赴朝鲜归来深沉的内心思想感情的真切反映。

艺术源于生活，土壤遍及人间。84 岁的叶浅予老人登上泰山，面对神韵天成秀、瘦、皱、陋的石头和黑龙潭风光赞不绝口："太美了，太美了，这才是大自然真正的美。这么隽美清秀的自然景色，北京城里哪里找去？"王扶林为拍摄《三国演义》造访蒲圻赤壁，适遇老道人念念有词："一件破衲袄，洗净太阳晒。我有无穷理，使它千年在。"它和中央电视台播出节目苗寨阿婆"簸箕上的麻雀"和"老阿公喜看绿稻秧"一样，不正是孕育于山野田垅草庐茅舍的绝妙好辞么！

怡然自乐情趣美

刘勰云："特色之动，心亦摇焉。"心动引起兴趣，作品妙趣横生。富有情趣的文章，才能引人入胜，读来产生亲切感和吸引力。否则，只能对读者起着疏远和排斥作用。晚晴文艺创作注重研究读者的视觉心理和生理特点，以大量独具桑榆情结的作品将我们带到神奇的晚霞时空，从而使大家领略到人生第二个黄金时代真诚、友爱的深情。

尽人皆知的贺知章《回乡偶书》，一老一小，相映成趣，道不尽人生的沧桑之感。作为盛唐时期的重要朝官，诗人以 85 岁高龄的老大回乡，与相见不相识的儿童嬉戏里巷之间，这不正是李白所说的"镜湖流水漾清波，狂客归舟逸兴多"么！程千帆先生的《怀乡诗话》，忆及与人称当代李清照的沈祖棻教授执教益阳："一笑谢世情，渺渺空鱼浪。"当年的碧津渡雪景梦牵神系，同样别有一番情趣。

两代人之间的深切理解，给人以温暖、欣慰和欢乐。李密《陈情表》云："臣无祖母，无以至今日。祖母无臣，无以终余年。母孙二人，更相为命，是以区区不能废远。"其敬养老人之情溢于言表。而在琼瑶的小说《梦的衣裳》里面，尽管老奶奶料到孙女桑桑早已离开人间，她却是不住地夸奖冒充孙女的雅晴，但愿雅晴这个"好心的女孩"早结良缘。

朱光潜说过："没有谐趣的人大概不会做诗，也不能欣赏诗。"

清人沈德潜的"云开逗夕阳"的《晚晴》诗，漫画家华君武将姑娘画成老太婆的《误人青春》，它们都无一不是作者的神来之笔。至于香港"迷你小说"《高空猫》，颇具五四散文艺术特色的《猛洞河的美人胎》，则使我们看到退休的杂技老人和沉寂千万年的"白发老人"的生活状态，从一个极富情趣的瞬间捕捉到一种智慧，得到美的享受。

七彩晚霞瑰丽美

大江南北，长城内外，横枪跃马，叱咤风云。多少老年人揽四海于须臾，笼万物于笔端，在晚晴园地一展艺术风采，留下了七彩人生的瑰丽乐章。

"情欲信，辞欲巧。""诗人之赋丽以则。"历代不少文论家认为，作品要有真实的思想感情，同时要有合乎法度的精美之辞。言之无文，行而不远。反之，方能流芳四海，播惠九州。"灿烂红叶，绚丽杜鹃。前程锦绣，气象万千。"一部老同志创作的《井冈山诗词选》，将苍茫林海、飞瀑流泉与高山田园景观结合的风光推向读者眼帘。"绝岭峨嵯云雾间，浑如革命路途艰。"正是这些功昭日月的领袖人物，壮怀激烈的英雄豪杰，用生命和热血为人民谱写了晚晴文艺的闪光一页。

毛泽东和陈毅、叶剑英等晚年诗词，着力描绘神州大地山河画卷，表达了作者对祖国壮丽风光心驰神往的赞美之情。君不见，三日桃花雨，洒来花旋成。"红雨随心翻作浪，青山着意化为桥"的诗篇恰似一幅锦绣中华春光图。"斑竹一枝千滴泪，红霞万朵百重衣。"看到神州的巨大变革，泪洒斑竹的湘妃，从白云皑皑的天际来到人间。喜看今日芙蓉国里，满天闪烁万朵艳丽的云霞。解放后的劳动妇女，身着有如花团锦簇的服饰，过着自由幸福的生活。这又是一种何等色彩鲜明的生活图景。

刘禹锡诗云："池上芙蕖净少情，牡丹国色动京城。"崇高恢弘瑰丽之美，一度成为我国盛唐时期美学领域的主导思想。他的这首《赏牡丹》，堪称当时抑莲花扬牡丹的代表作。现在，易允武那《脖子上的钥匙丢了》中的胡子爷爷，韩棕树通过《卖君子兰的老人》描绘中俄边镜的集镇风光，更为人们奏响了老人天地七彩人生的辉煌乐章。

海纳百川壮阔美

20世纪的世界文化交流，逐渐形成一种双向交流的互动格局。如果说，老年人是一个智慧的大海，那么，正是由于它汇聚人类各个领域美学长河的激流，才得以推出智慧海洋的晚晴文艺波澜。

纵览中国美学史，周朝的文舞武舞，楚国的编钟帛画，唐宋的诗词，明清的小说，我国几千年来文化园地留下的文学、绘画、舞蹈、音乐、戏曲、雕塑等艺术品，都以独特的气派和风采展示着民族审美意识博采中外的发展历程。正是在这民族形式的诗词和书法艺术王国，毛泽东等书法名人建造了历史和现实的丰碑。毛泽东非常珍视绵延千年的书法艺术遗产，于书法传统多所采撷，胸纳万有，从而自造一境，自铸伟局。尤其是直取"颠张旭狂怀素"的华夏大写意，更使他在晚年游目骋怀，领袖书坛。

林则徐有云：海纳百川，有容乃大。北京大学校长蔡元培以致力学术，兼收并蓄为宗旨，因而使未名湖成为海内外著名学者云集之地。首都报刊举办老年人海峡两岸诗歌大赛，其名列榜者的"迎春遐想"写道："珠峰宜建顶天楼，港澳台澎一望收。春色不因山海隔，人间最美是神州。"这些深受读者欢迎的作品，无一不在透视着晚晴文艺博大深广的美学意蕴！

获得上海市文学艺术杰出贡献奖的蒋孔阳教授，曾经在他的美学论著中说："我对各家学说从来不是扬此抑彼，而是采取兼收并蓄、各取所长的态度。"他的这些话，对于一切有成就的艺术家来说又何尝不是如此呢？以金嗓鼓王著称的骆玉笙老人，几十年来在曲坛占有重要地位。现在各种艺术日益融合的优势，使骆派艺术拥有曲艺和京剧两个领域。同时，其乐坛弟子分明也在拓展着骆玉笙的新世界。

大千世界，美学几何？概而言之，艺术与审美源于实用。马克思主义告诉我们，"劳动，产生了美。"人间独具实用价值的美妙建筑物，便是黑格尔老人所说的"最早诞生的艺术"。

1956年，中外美术界的张大千、毕加索两位老画家聚会巴黎。作为西方现代艺术集大成者，毕加索感慨地说："这个世界上，中国人、日本人和非洲黑人有艺术，白种人根本没有艺术可言。"显然，毕氏之论，乃是将中国人以人生为中心的感性思维和西方人以上帝为中心的知性思维进行比较的结果。感人之美，首推东方！

几千年来，晚晴文艺美学作为中华民族文化的重要组成部分，在美学史上写下了重要篇章。从孔子的"里仁为美"、孟子的"充实为美"、庄子的"天地有大美"、蔡元培的"都丽、宏阔之美"，到《乐记》、《文心雕龙》、《原诗》等有系统的美学著作和史传、杂文、笔记、评点中的大量美学思想，无数美学家博采众长，将中和之美作为统一的审美原则，构建着我国晚晴文艺创作的理论体系。马克思说，"社会的进步是人类对美的追求的结晶。"晚晴文艺创作不断"从未来汲取诗情"，必将使美学研究领域走出"全球性困惑"，从而开辟一片新的天地。

三　晚晴文学研究方法

　　文学作品是社会生活在作家头脑中反映的产物。研究晚晴文学，要坚持以马克思主义的世界观和方法论为指导，对晚晴文学现象进行深入的考察和分析，科学地揭示时代氛围、历史环境对创作过程中的影响，以及思想意识形态和社会思潮对创作心境的制约作用。文学作品移情于物，借物达情，是艺术构想的重要因素，以至影响着整个文学作品内容意蕴的表现形态。晚晴文学，情化外物，情景交融，以情感人，为读者创造着晚晴天地浓郁的艺术氛围。准确把握作品的移情方法，才能实事求是地揭示其中的深刻内涵。

科学思辨创作心境法
——《醉翁亭记》及其他

　　研究晚晴文学，首先要通过鉴赏作家描绘的广阔社会生活画卷，注意揭示时代氛围、历史环境对作品形成过程的影响。同时，还要分析创作活动中思想意识形态、社会思潮对作者创作心境的制约作用。苏轼云："欧阳子，其学推韩愈、孟子，以达于孔氏，著礼乐仁义之实，以合于大道。其言简而明，信而通，引物连类，折之于至理，以服人心，故天下翕然师尊之。"（《六一居士集叙》）这种从"天下之大道"聚焦晚晴文学的研究方法，将会启迪我们对欧阳修的《醉翁亭记》一类作品作出应有的评价。

　　晚晴文学作家，也许并非全然时届花甲之年。欧阳修曰："环滁皆山也。其西南诸峰，林壑尤美。望之蔚然而深秀者，琅琊也。山行六七里，渐闻水声潺潺，而泻出于两峰之间者，酿泉也。峰回路转，有亭翼然临于泉上者，醉翁亭也。"太守是宋代改郡为州的最高行政长官，他以年龄最大而自号"醉翁"，"醉翁之意不在酒，在乎

山水之间也。山水之乐，得之心而寓之酒也。"而"醉翁""手植欧梅"，可谓锡类千秋也。(《滁州赋》)

朝政风云际遇，是分析创作主旨的前提。欧阳修作为开创宋代文学新风的文坛领袖和政治家，考中进士不久便以支持革新、直言敢谏而闻名。然而，1045 年庆历新政失败，他和支持新政的代表人物范仲淹等相继被罢免。他们改革时弊的政治抱负难以施展，因此寄情山水，分别给人们留下了《岳阳楼记》和《醉翁亭记》。据司马光《涑水记闻》所云，滕子京曾在泾州滥用公款，后来烧掉账目被贬谪守巴陵，"不设主典案籍"，将一批集资款"置库于厅侧，自掌之"。岳阳楼建成，"所费甚广，自入者亦解焉。"范仲淹应滕子京函请隔山买牛，点化《孟子·梁惠王下》中"忧民之忧而民亦忧其忧，乐民之乐而民亦乐其乐；忧以天下，乐以天下"句意，1046 年在邓州（南水北调中线工程渠首附近）写出传诵一时的《岳阳楼记》。欧阳修则在写作《醉翁亭记》的同一年（1046 年）为杰出诗人梅尧臣的诗集作序曰："盖世所传诗者，多出于古穷人之辞也。凡士之蕴其所有而不得施于世者，多喜自放于山巅水涯之外，见虫鱼草木、风云鸟兽之状类，探其奇怪。内有忧思感愤之郁积，其兴于怨刺，以道羁臣寡妇之所叹，而写人情之难言，盖愈穷则愈工。"欧阳修这里所说的"写人情之难言，盖愈穷则愈工"，无疑是他在不惑之年塑造晚晴文学中"太守形象"的内心独白。

州郡生活的境况，是评判作品内容的基石。里仁为美，美是生活。王安石《祭欧阳文忠公文》曰："如公器质之深厚，智识之高远，而辅学术之精微，故充于文章，见于议论，豪健俊伟，怪巧瑰琦。其积于中者，浩如江河之停蓄；其发于外者，烂如日星之光辉；其清音幽韵，凄如飘风急雨之骤至；其雄辞闳辩，快如轻车骏马之奔驰。"《醉翁亭记》宛如"文中之画"、"文中洞天"，有亭翼然置于优美的自然环境。继而，欧阳修以"山水之乐"、"四时之乐"、"宴酣之乐"、"山林之乐"、"太守之乐"、"醉中之乐"陶冶着人们的生活激情。

元稹《叙诗寄乐天书》曰："每公私感愤，道义激扬，朋友切磨，古今成败，日月迁逝，光景惨舒，山川胜势，风云景色，当花对酒，乐罢哀余，通滞屈伸，悲欢合散，至于疾恙穷身，悼怀惜逝，凡所对遇异于常者，则欲赋诗。"作为支持庆历新政被逐出滁州的欧阳修，游览时"当花对酒，乐罢哀余"，面对山水之乐"异于常者"，欣然挥笔："负者歌于途，行者休于树，前者呼，后者应，伛偻提携，往来而不绝者，滁人游也。"透过"宴酣之乐，非丝非竹，射者中，奕者胜，觥筹交错，起坐而喧哗"的景象，作者的心境已经超然物外，将目光跳出"夕阳在山"的画面，给人们传来了旅游节倡导者凝视"醉翁亭之乐"的画外音："苍颜白发，颓然乎其间者，太守醉也。"

　　文人思想的心境，是鉴赏文学水准的标尺。欧阳修的《醉翁亭记》，一反范仲淹《岳阳楼记》"进亦忧，退亦忧"的心态，而以欢快的旋律奏响着太守心中"知人之乐"的黄昏恋歌；"夕阳在山，人影散乱，太守归而宾客从也。树林阴翳，鸣声上下，游人去而禽鸟乐也。然而禽鸟知山林之乐，而不知人之乐；人知从太守游而乐，而不知太守之乐其乐也。醉能同其乐，醒能述以文者，太守也。"《醉翁亭记》揭示的回归自然，醉卧山林，乐在其中的主旨，反映着欧阳修当时旷达自放的思想心态。明代茅坤认为，"昔人读此文，谓如游幽泉邃石，入一层才见一层。路不穷，兴亦不穷。"

　　欧阳修的《醉翁亭记》曰："朝而往，暮而归，四时之景不同，而乐亦无穷也。""人知从太守游而乐，而不知太守之乐其乐也。"而他的《梅圣俞诗集序》云："内有忧患感愤之郁积"，"殆穷者而后工也。"这里，作者的"其乐无穷"、"穷而后工"，两处"穷"字，相互对照，发人深思，意味深长。处境困厄的人才能写出好诗。欧阳修这种观点出来，引得世人高度赞誉，一向被称为"古今绝调"。清人吴楚材云："'穷而后工'四字是欧公独创之言，实为千古不易之论。通篇写来低昂顿折，一往情深。"请看作者笔下的杰出诗人梅尧臣："予友梅圣俞，少以荫补为吏，累举进士，辄抑于有司，困于州县，凡十余年。年今五十，犹从辟书，为人之佐，郁其所蓄，不得奋见于事业。""世既知之矣，而未有荐于上者。"昔王文康公尝见而叹曰："二百年无此作矣！"梅尧臣这位宋诗的"开山祖师"，曾被人称为继李白、杜甫之后的"第一位作家"。欧阳修将梅尧臣一生到老的许多往事进行"穷"、"工"之比较描述，使其才华横溢与生活困厄形成巨大反差，这也反映着他提出和推行富于革新精神的文学主张所做出的重要贡献。

花甲之年的欧阳修，以其当时对"盛衰之理"的感悟和"感念畴昔"的心态，曾经在写下《石曼卿墓表》以后，又为人们留下了《祭石曼卿文》等作品。"呜呼曼卿！生而为英，死而为灵。""其轩昂磊落，突兀峥嵘，而埋藏于地下者，意其不化为朽壤，而为金玉之精。"作者通过赞颂石曼卿"生而为英，死而为灵"，想象他的英魂将成为"金玉之精"，或化作灵芝和苍松，从中也反映着自己当时不寻常的创作心境。清人金圣叹评论说："胸中自有透顶解脱，意中却是透骨相思。不知者乃惊其文字一何跌荡，不知非跌荡也。"感人心者，言为心声也。

准确领悟作品移情法
——"夕阳无限好"千秋猜想

晚晴文学，情外化物，情景交融，以情感人，为读者创造着晚晴天地强烈的艺术氛围。"情乐景乐，笔力奇横，一片深情。"（陈廷焯《白雨斋词语》）文学作品移情于物，借物达情。这种传统文艺理论，作为艺术创作的重要方法，影响着整个文学作品内容意蕴的表现形态。关于李商隐《乐游原》"夕阳无限好"的"情乐景乐"之说，便成为人们见仁见智的千秋猜想。

"情动于中而形于言。"《毛诗序》论述诗人动情抒情言志的特点，可以从郭沫若列举的中外著名诗篇得到明显例证："大波大浪的洪涛便成为'雄浑'的诗，便成为屈子的《离骚》、蔡文姬的《胡笳十八拍》、李杜的歌行、但丁的《神曲》、弥尔顿的《失乐园》、歌德的《浮士德》。小波小浪的涟漪便成为'冲淡'的诗，便成为周代的《国风》、王维的《绝诗》、日本古诗人西行上人写芭蕉的歌

句、泰戈尔的《新月集》。"（《沫若文集》第 10 卷《论诗三札》）
李商隐的一曲《谒山》云："欲就麻姑买沧海，一杯春露冷如冰。"
诗人要向三见沧海变桑田的麻姑买下整个大海，这样海水也不过像
一杯冰冷的春露罢。对李商隐来说，大波大浪与小波小浪，其艺术
功力莫不浑然一体等同视之。

李商隐是一位融不同心态于一身，聚多种风格于一体的诗人。
崔珏评价这位诗人说："虚负凌云万丈才，一生襟抱未曾开。""九
泉莫叹三光隔，又送文星入夜台。"既是凌云万丈之才不能伸展其抱
负，那就送他前往见不到日月星的九泉之下。孰道是，人间"夕阳
无限好"，诗人"股份有限"乎？

年幼时发愤苦学的李商隐，17 岁以文才受聘于节度使令狐楚幕
下。后来入节度使王茂元幕。他先后去桂林、徐州、梓州等地作幕
僚，写过以"人间重晚晴"等名句著称的作品。年仅 45 岁去世的这
位晚唐杰出诗人，怀着"欲回天地入扁舟"的理想，以诗抒怀，拥
抱人生，留下了 600 多首脍炙人口的诗篇。结合分析晚唐时期社会
生活的世情民情，观察诗人当时的心境和创作心态，我们将会进一
步领悟到晚晴文学创作中作品移情法的意义。

李商隐的作品，内容丰富，题材广泛，政治与历史，人生与爱
情，莫不进入其创作视野，从而展示着晚唐社会生活的广阔画卷。
他的长诗《行次西郊一百韵》，描述了"依依过村落，十室无一存"
的农村萧条破败景象，深刻揭露了当时"国蹙赋更重，人稀役弥繁"
的严重社会现实，被人们称为继杜甫《奉先咏怀》、《北征》后力透
纸背、令人唏嘘的诗史。他在《马嵬》诗中发出的"如何四纪为天
子，不及卢家有莫愁"的呐喊，和《吴宫》、《齐宫词》等诗作一
样，在对帝王宫廷生活作出嘲讽式描述时，揭示了休戚变化、福祸
相倚的历史规律。他那"永忆江湖归白发，欲回天地入扁舟"（《安
定城楼》）、"历览前贤国与家，成由勤俭败由奢"（《咏史》）、"可
怜夜半虚前席，不问苍生问鬼神"（《贾生》）、"蓬山此去无多路，
青鸟殷勤为探看"（《无题》）、"此情可待成追忆，只是当时已惘然"
（《锦瑟》）等名句，莫不意蕴深远，耐人寻味。

对于李商隐的《乐游原》，古典文学研究工作者一直存在不同的见解。红学家周汝昌在解释"只是近黄昏"时说，作者"此诗久被人误解，他们把'只是'解成了后世的'只不过'、'但是'之义，以为诗人是感伤哀叹好景无多，是一种'没落消极的心境的反映'云云。"殊不知，古代之"只是"，本来写作"祗是"，即"止是"、"正是"之意，与寓意大唐盛极而衰实在并不相干。

准确地把握晚晴文学作品的移情方法，才能实事求是揭示其中的深刻内涵。而李商隐《乐游原》的移情动因、移情方法、移情境界、移情感悟，则是我们分析晚晴文学创作特色时不可不引为关注的地方。

"向晚意不适，驱车登古原。夕阳无限好，只是近黄昏。"这里，诗人给我们明确地点出艺术创作中移情的动因、方位，使读者思维活动形成浮想联翩无比广阔的空间。日落而息，自卧而眠，这种生活就使诗人感到舒适么？不，欲穷千里目，只要肯登攀。登上长安东南方的乐游原，古今之情，天人之思，多少感触涌上心头。面对将大地照耀得如同黄金世界一般的夕阳，诗人移情之意蕴、境界和感悟，不禁在"夕阳无限好"的诗句中抒发得淋漓尽致。中央电视台《西沙玫瑰红》说，大海的魅力，美在晨曦，美在黄昏！

诗人精美绝伦的诗章，描绘着何等高远的艺术意境，蕴含着多少深邃的人生哲理！如果说，李商隐的"只是近黄昏"在"只是"的语意上保留着唐代特定语境的话，那么，源远流长的方言，则在古代语言与今人音韵之间架设着一座桥梁。滇西杨善洲造林奉献3个亿，不正是这种境界的写照么！

古代音韵学研究专家，对于华夏文明发祥地的《中原音韵》十九韵、《水平韵》一百零六韵、《广韵》二百零六韵莫不耳熟能详。读到"驱车登古原"、"只是近黄昏"，自然深知古代诗歌"原昏同韵"的道理。张石山的《古原夕阳》写道：山西忻州地面，特别是这一地区的原平县，老百姓的方言天然地能够"古为今用"，"原昏"同韵在他们的口语中简直是无师自通。"原平"，老乡们念作"云平"。他们不好打官腔，就以方言来读李商隐的绝句《乐游原》，可谓天作之合，押韵合辙，入耳中听。

　　古老的黄土高原方言，含蕴着中华文明的典雅音韵之美。原平，地处李商隐故乡沁水的源头。"原昏同韵"，对于丰富其创作实践，应当有着充分的生活依据。如同诗人的《乐游原》并非着意描述行将没入黄昏的古原与夕阳一样，其艺术语言对于晚晴文学的贡献，似乎也不在于面向不甚惬意的晚风低吟浅唱。言不尽意，辞达而已。其弦外之意，其朦胧之美，非移情之法而难以领悟个中意趣。巴尔扎克说过，艺术家的使命，在于寻求两个相距遥远的事物之间的内在联系。这种内在联系，不啻是当今科学家所说的太空云层相距万里而一触即发的"悟空风暴"和"蝴蝶效应"。

　　李商隐是唐代诗歌创作中最有影响的诗人之一。他的诗篇，在晚唐以后历代诗、词、戏曲，包括当代影视片《巴山夜雨》等作品中，都可以使人们感受其强烈的艺术魅力。不仅如此，电视、报刊传媒还纷纷将其名句用于栏目、期刊命名品牌。现在，我们的晚晴文学已经成为全国范围内引人注目的创作实践与研究课题，这正是李商隐的创作思想至今仍然充满活力的生动写照，也是我们在更为广阔的领域观照作家移情艺术方法的最好视角。

四 晚晴文学若干种类

"文类既殊，体裁各别。"（包世臣《与杨季子论文书》）王国维云："系统者何，立一统以分类是矣。"晚晴文学作品，按照不同体裁、特点可以分为若干种类，如神话、寓言、诗词、散文、赋曲、小说、戏剧等。通过对不同文学体裁，以及风格、流派、创作方法、内容与形式、结构与情节、文学语言等进行研究，我们可以看到作品的各个部分相互联系、相互依赖、相互制约、相互作用并具有整体功能和价值。我们了解这些特点，便可以从整体上研究作品的思想与艺术倾向，评价它的社会效果和艺术效果。

神话世界晚霞满天

——《山海经》、《圣经》长寿之王

人类童年时代的文学，与晚晴文学浑然一体，它宛如璞玉浑金，美在纯真；如璀璨群星，光照千秋。无论是我国文学史的开篇上古文学，还是写下欧洲文学史第一页的古希腊文学，无不以神话这种口头文学的形式流传各个部落，构成了文化时空引人瞩目而相映成趣的瑰丽景观。

鲁迅说过："昔者初民，见天地万物，变异不常，其诸现象，又出于人力所能以上，则自造众说以解释之。凡所解释，今谓之神话。"（《中国小说史略》）这如同马克思所论述的那样，"任何神话都是用想象或借助想象以征服自然力，支配自然力，把自然力加以形象化。"（《政治经济学批判》导言）

我国古代典籍，留下了很多盘古开天辟地的神话故事。《太平御览》卷二引三国吴徐整《三五历记》："天地混沌如鸡子，盘古生其中。万八千岁，天地开辟，阳清为天，阴浊为地。盘古在其中，一

日九变，神于天，圣于地。天日高一丈，地日厚一丈，盘古日长一丈，如此万八千岁，天数极高，地数极深，盘古极长，后有三皇。"唐杨炯《浑天赋》："盘古何神兮立天地，巨灵何圣兮造山川。"

原始社会，生产力低下，人们通过幼稚的、主观的想象，把变幻莫测的自然力加以人格化，产生了"万物有灵"的观念，因而孕育着神话这种富有艺术魅力的集体创作。我国古籍中保存神话资料较多的有《山海经》、《淮南子》、《穆天子传》、《庄子》、《列子》、《韩非子》、《左传》等书。《山海经》今传本 18 卷，旧称大禹、伯益所作，后来多数学者认为系战国、秦汉时期荆楚、巴蜀人共同创作。全书 31000 多字，包括《五藏山经》5 篇、《海外经》4 篇、《海内经》4 篇、《大荒经》4 篇，附《海内经》1 篇。主要记述古代地理、动物、植物、矿产、神话、宗教等方面内容。其中神话故事有 100 多个，描绘了 450 多个人形神、非人形神威力无比叱咤风云的情景，同时介绍了 500 多座山峰、300 多条水道的状况。

曹雪芹通过《红楼梦》开篇的《好了歌》，一再吟哦过"世人都晓神仙好"的曲子。从盘古开始，人们在口头文学创作中塑造的神话人物，一个个成为绘声绘色地展现着独具特征的远古时期生活风貌的缩影。羲和，这是《山海经》记载的帝俊妻子，她经常端出清凉的圣水，为自己生下的 10 个太阳沐浴。当太阳坐着六龙车外出时，她又给孩子们驾车，一直拉到悲泉地方才停下来，所以称为"日御"。而《海外北经·夸父逐日》所云"夸父与日逐走，入日。渴，欲得饮。""未至，道渴而死。弃其杖，化为邓林。"《海外西经·刑天》所云"刑天与帝至此争神，帝断其首，葬之常羊。"（常羊山，即陇南市西和伏羲出生地仇池。）或表现夸父牺牲自己造福民众的精神，或展示刑天死而不已英勇悲壮的气概，莫不寓意深刻，形象鲜明。《海内经·鲧禹治水》曰："洪水滔天，鲧窃帝之息壤以堙洪水，不待帝命；帝令祝融杀鲧于羽郊。鲧复生禹，帝及命禹卒布土以定九州。"《北山经·精卫填海》曰："女娃游于东海，溺而不返，故为精卫。常衔西山之木石，以堙于东海。"这些广为流传的神话故事，更是以大禹、精卫辟波斩浪的坚毅形象，激励着华夏儿女代代相传不畏艰险的拼搏精神。

神仙，是"长生不老具有特殊能力的人"。神话故事，自然是晚晴文学颇具艺术魅力的瑰丽篇章。早在《山海经》中已经出现影响达到地中海的女神之王西王母，资历比玉皇大帝长 1000 多年，一直在民间被看作万寿无疆的象征。据《汉武内传》记载，这位容貌绝世的女神从超凡世界来到人间，还曾将 3000 年结一次果的蟠桃赐予武帝。所谓蚩尤创造兵器攻伐黄帝，以及风伯雨师降下狂风暴雨，同兴风作浪的水神卷起洪水殃及四方一样，则是《山海经》中出现的另类人物形象。盘古开天辟地以来，我国文学史上无数充满神话色彩的作品，更以其仙人的笙管笛箫奏响着引人入胜的乐章。《神仙传》中的麻姑，能掷米成珠，自言曾见东海三次变为桑田。三月初三西王母寿辰，她在绛珠河畔以灵芝酿酒为王母祝寿。该书和《列仙传》记载的彭铿，为古帝王颛顼玄孙，自幼因战乱流落西域 100 多年。他善烧野鸡汤献给天帝，天帝赐以长寿，高龄达 800 多岁。八仙过海，是见于唐、宋、元、明文学作品的神话故事。明代吴元泰《八仙出处东游记传》依次列入者，为铁拐李、汉钟离、蓝采和、张果老、何仙姑、吕洞宾、韩湘子、曹国舅等八位神仙。传说张果老长期隐居中条山，唐代武则天时已数百岁。八仙中唯一的女仙何琼，年轻时日往九嶷山下采果奉母，在舜帝峰遇八仙之首铁拐李授予仙诀，以后食云母粉羽化登仙。兼有名士、军师、教主、游侠等身份的吕洞宾，曾在岳阳弄鹤、江淮斩蛟，因而最具传奇色彩。这些神话中的仙人，和人们熟悉的嫦娥、吴刚、月老、牛郎、织女，伴着"神仙佳偶"萧史、弄玉吹箫笛作鸾凤之音，为天上人间的晚晴文化时空展示着声情并茂的生活画卷。

古代神话，包括神（盘古）、人（鬼谷）、物（凤凰）、天（银河）、地（旸谷）和八卦、九韶等古籍记载，是我国文学史上现实主义文学和浪漫主义文学的渊源。它通过这些口头文学创作对天地、日月、山川、草木等起源的解释和对自然界奥秘的探索，以及对社会生活、生产斗争的反映，激励人们弘扬中华民族的创新精神，为变革现实创造未来做出贡献。如同鲁迅所说，"孔子出，以修身齐家治国平天下等实用为教，不欲言鬼神，太古荒唐之说，俱为儒者所不道，故其后不特无所光大，而又有散亡。"（《中国小说史略》）从西周初年到春秋500年间，《诗经》只收录极少神话色彩的305篇作品，显然与孔子"不语怪力乱神"（《论语·述而》）的主张不无关系。"黄帝四面"、"黄帝三百年"一类神话，说黄帝有4张脸，活了300岁，孔子则解释为"黄帝取合己者四人"、"生而民得其利百年"、"死而民畏其神百年"、"亡而民用其教百年"，也颇能反映他的经世致用的文化观。

我国神话研究领域，向来众说纷纭。茅盾先生认为："自武王以至平王东迁，中国北方人民过的是'散文'的生活，不是'史诗'的生活，民间流传的原始时代的神话得不到新刺激以为光大之资，结果自然是渐就僵死。到了春秋战国，社会生活已经是写实主义的，离神话时代太远了，而当时的战乱，又迫人'重实际而黜玄想'，以此北方诸子争鸣，而皆不言及神话。"（《神话研究》）通过先秦时期文学作品对于桑榆晚唱题材的描述，我们可以看到孔子"敬鬼神而远之"的儒家思想和道家"不争而善胜"的人生哲学的影响。然而，胡适《白话文学史》所云"中国民族是不富于想象力的民族"，显然是无视我国神话创作成就的一家之言。人们抗击丁亥冰雪时所说的雪神，出自明代文学家张岱《夜航船》中的"滕六降雪"，始见于汉代《孟子外书》。传说周代滕文公主宰冰雪，唐代滕六受晋州祭拜而降雪。

恩格斯说："按照费尔巴哈的看法，宗教是人与人之间的感情的关系，心灵的关系。过去这种关系是在现实的虚幻反映中（借助于一个神或许多神这些人类特性的虚幻反映）寻找自己的真理，现在却直接地而不是间接地在我和你之间的爱中寻找自己的真理了。"1993年8月，在美国芝加哥召开过一次世界宗教议会大会，与会者有120多个宗教组织的代表6500多人。人们通常认为世界上有基督教、佛教和伊斯兰教三大宗教。张立文教授说，宗教信仰文化系统，它包括宗教理论、礼仪、制度、戒律、文化等。这个系统以其基本经典为依据和灵魂，如基督教的《圣经》、伊斯兰教的《古兰经》、佛教的佛经、道教的道经等。它是教化、凝聚、统摄教徒的基本依据，也是吸收、皈依、信仰本教的价值根据；它对于千百万教民来说，是信仰与行为、生活与思想的根基，也是对于世界起源、人类起源、人生终极价值、因果关系的解释。

马克思和恩格斯说，宗教是彼岸世界的理论，人类辩证思维的哲学。全球 60 多亿人口，宗教信徒 45 亿。毛泽东谈到宗教文化现象时说过，释迦牟尼主张普渡众生，是代表当时在印度的受压迫的人讲话。玄奘途经喀什西行 110 国归来，佛教八大学派相继形成，庙会文化、民俗文化、科举文化、戏剧文化日益发展。唐宋诗词和以后的《三国演义》、《西游记》、《水浒传》、《红楼梦》，莫不充满无始无终无边无际因缘和合的佛学义理。

《圣经》是基督教的灵魂，也是人类文化的瑰宝。现在，世界各地已出版 1800 多种文字版本，我们熟悉的欧洲晚晴文学代表作《神曲》、《浮士德》等，都在不同程度上反映着圣经文学的审美观念。可以说，不了解《圣经》，就难以了解西方文明。马克思、恩格斯的巨著，引用圣经文学的地方就达 300 多处。

《圣经》包括《旧约全书》和《新约全书》。这部 81 卷文学巨著，其中有神话、诗歌、散文和小说等体裁。《旧约全书》是公元前 12 世纪至公元 2 世纪之间希伯来民族的作品，反映了巴勒斯坦和小亚细亚地区犹太人 1000 多年的经济、政治、思想、文化方面的发展历程。《新约全书》则是基督教本身的经典，主要内容有记载耶稣言行的《福音书》和信徒的《启示录》等。

圣经文学中关于上帝创造世界、人类改造世界等神话传说故事，对欧洲文化产生过深远影响，也是西方晚晴题材文学创作的不可或缺的组成部分。西方创造天地的上帝和东方超凡世界的神仙，拥有颇为相似的神奇力量。

《旧约》故事里，上帝耶和华创造世界之初，大地被深不可测的洪水淹没。这位造物主心想应该有光，于是就让光明和黑暗分开，这样便有了白天和夜晚。随着，上帝将水一分为二，成为天上的云和海洋的水。后来，耶和华又叫土地长出青草、蔬菜和树木，让天空升起太阳和月亮，使飞鸟、鱼类和其他动物各得其所。最后，上帝按照自己的形象克隆管理世界的人类。这位赐福人间的长寿之王，继而便在星期天安然度假。

在圣经文学里，上帝创造了地球万物，也创造了天神和超人。亚当、夏娃和他们的子孙，许多人正是上帝赐福的特级寿星。亚当活到1600多岁时，上帝不满意人间的暴力与邪恶。他希望完人挪亚能够建造一个美好的世界。在上帝吩咐下，挪亚一家造好特大的方舟，在洪水淹没大地的劫难中漂泊150天之久。终于，在方舟靠近亚拉腊山的一天，他们看到了天空中挂出美丽的彩虹。长寿之王耶和华说："你们该生长，好好传生人类。"挪亚十分感激长寿之王，为耶和华摆上最好的贡品。这位已经在人间度过600个春秋的寿星，作为人类新的始祖，整整活到950岁。

寓言王国奇妙无穷

——列子、伊索桑榆晚唱

寓言、传说是短小精悍而寓意深刻地反映社会生活和自然变化的文学形式。它们善于抓住生活中的矛盾现象，通过生动的形象和巧妙的构思揭示主题思想，运用拟人化的表现手法赋予动植物或无生物以人物性格和语言，将某些社会生活现象采用夸张或漫画的手法勾勒人物脸谱，总结人民在生活和斗争中的经验教训。我国先秦时期诸子的著作，如《孟子》、《庄子》、《列子》、《韩非子》、《战国策》、《吕氏春秋》等书都采用了许多寓言故事。外国的伊索寓言、克雷洛夫寓言等作品，在我国读者中产生着很大影响。

春秋战国时代，"学在官府"的局面随着奴隶制的瓦解而打破，私家学派伴着封建制的兴起开始出现。当时，位于南方的楚国尽管幅员最为辽阔，可是由于贵族国君昏庸无能和统治集团内部腐败，国势日益衰弱，社会江河日下。黄河流域的不少思想家，为阐述自己的主张，针对诸侯纷争的局面纷纷著书立说。战国时期的《列子》，便保存有不少民间故事、寓言、传说。这些诸子百家宣扬思想、政治、哲学观点的作品，特别讲究论辩的技巧，如同荀况所说"譬称以明之"（《荀子·非相篇》）。作者善于抓住某种富有特征意义的矛盾现象，借此喻彼，借远喻近，借古喻今，借小喻大，用以阐述寓意深刻的哲理。这些传说、寓言比现实生活中的事理意义更集中、更典型、更深刻、更带普遍性。

博采先秦寓言传说所长的《列子》一书，过去相传为列御寇所作，而据北京大学中文系《中国小说史》分析，系"晋人采集先秦诸子及其他杂书拼凑而成"。恩斯特·卡西尔曾经说过，寓言故事犹如"一个深不可测的海洋，无边无际，苍苍茫茫，时间、空间、高度、长度、宽度都在这里消逝不见。"（《人论》，上海译文出版社）《列子》的《汤问》、《天瑞》等篇章，都在不同程度上赋予着幻想、臆象的成分和浪漫主义的色彩，表达着人们追求超越时空的自由和改变人生命运、征服自然的强烈愿望。

《列子》包括《天瑞》、《黄帝》、《周穆王》、《仲民》、《汤问》、《力命》、《杨朱》、《说符》八篇，从思想内容、语言来说，或许为晋人整理而成。唐玄宗天宝元年以《冲虚真经》列为道家经典。《周穆王》有个主仆之乐的故事，为人们展示了截然不同的两个梦幻世界的情景。周朝，有个老奴终年为姓尹的主人劳役，从天不亮到天黑劳累得没有片刻休息。夜晚，当他精疲力竭地睡去以后，总会梦见自己成为一国之君主持政事，皇宫的生活享受应有尽有，真是其乐无穷。他跟人们谈到白天和夜晚的不同感受时说，"人生不过一百年，白天做奴仆，晚上做国君，各得其所，此乐何极！"而姓尹的主人因为苦心思虑经营自己的家业，弄得身心憔悴，夜晚总会梦见给别人当奴仆，时刻挨打挨骂，在梦境中唉叹呻吟。后来，他的朋友说："你有钱有势享受安乐，乐极会回到苦，那受苦的人便会回到乐。一苦一乐，这样公平，这是自然。你想白天快活，做梦也快活，天下哪有这种好事？"于是，姓尹的人对老奴的态度有所改变，采取了较为宽松的"让步政策"。这样，双方梦境的心理也有不同程度的调整。梦境的待遇，反衬出现实生活的不同状况。而作者的社会理想、创作心态，则由此可以得到充分展示。

《汤问》所描述的愚公移山的故事，更是人们熟悉的一首桑榆晚晴之曲。北山愚公，年高九旬，面对大山堵塞道路，计议全家同心合力开辟通道，大家异口同声叫好。这样，愚公带领儿孙三人，搬开石头，挖出土块，将土石运到渤海尽头。当时，山道弯弯有个老头笑着劝阻他们。愚公说："山不加多，怕什么挖不平呢？"后来，山神报告天帝，天帝派人背走了这里的大山。

风云变幻，时局动荡，是不同文化思想得以广泛传播的社会土壤。春秋战国时期，《庄子》等古籍留下的黄帝、孔子拈花微笑的篇章，莫不在传说中折射着老庄哲学和儒学思想之光。

《老子指归全译》的作者王德有说过："老庄意境，就是老子庄子及其创立的道家学派对大智大慧的体悟。"先秦以来的学者认为，老子无为出世间，孔子知为入世间。老庄憧憬夏商周三代以前之自由思想与自然哲学，而奉为自己学说的根底。老庄道家学派的大智大慧，也就是试图透视宇宙万物原生态本质，引导人生融入自由生存之境，通过认识生活主题的心灵感悟提高实践能力。

黄帝是传说中5000年前的中华始祖。他在大战蚩尤时，曾率领部落一族南下梦泽，并在沅水一带组织大家割禾舂米，作甄煮饭。洞庭湖畔的老人说，看到轩辕首领身先士卒，浑身黄土，大家喊他"黄帝，黄帝"，这就是轩辕氏又称"黄帝"的由来。这位以"人文初祖"著称的黄帝，不仅发现了饭甄等炊具，还教人制作舟车、生产蚕丝，发明医药、文字、历法、算术、音律等。黄帝巡游四海，"东至于海，登丸山，及岱宗；西至于空峒，登鸡头；南至于江，登熊湘"。同时，常到五大名山华山、泰山、太宝（嵩山）、首山、山莱游览。以"与神会"。黄帝与史官容成公和仙人浮丘公游览黔七十二峰后，人们为这里命名了黄帝轩辕峰、容成峰和浮丘峰。唐玄宗天宝年间正式册封女道士杨玉环为贵妃时，于6月17日敕令黄帝升天处黔山改名黄山。

传说，黄帝37岁做天子，巡视天下19年后，前往甘肃平凉空峒山，寻访过著名道家人物广成子。据《庄子·在宥第十一》记载，在这次空峒对话时，黄帝问广成子："请问这道的精华是什么？"广成子回答："你要问的，是事物的本质。你治理天下，云还没聚在一起就下雨，草木不等叶黄就凋落，这又怎么可以谈论那最高的道？"于是，黄帝回去向人们作了一番吩咐，自己摆脱周边日常的政事操劳，另择住处修身悟道，这样过了几个月又去见广成子。广成子告诉他："那最高的道的精华，沈远昏暗；它的顶点，静寂无声。你不要看，不要听，保养精神，绝对安静，形体就会自然康宁。""谨慎地保守你的生命，万物自然茂盛肥壮。我守住一成不变，置身于无限和谐，所以我修身1200年，身体还没有衰老。"听到他说完这番道理，黄帝感慨地说："广成子真可说是达到天然的境界了！"据说，人们后来交流思想的通用语"问道"、"答道"和"坐而论道"等，均出自当年黄帝"能成命百物"修行问道。丘处机花甲之年应召从燕京前往阿富汗北部，曾为成吉思汗解读老庄的养生之道。

黄帝以问道著称治理天下，100岁时张榜四海招贤。经过100多人公平竞争，最后他公示两个儿子玄嚣和昌益成为继承王位的预备人选。为了回答葫芦宝瓶的水如何流淌300里的难题，玄嚣和昌益一起策划联合使用宝瓶。传说，通过他们的共同努力，一对宝瓶资源共享，为我们至今在河南新郑留下了溱水、洧水和合二而一的双泊水。

在欧洲，伊索、拉封丹、莱辛、克雷洛夫等人的寓言创作中，伊索寓言占有最为重要的地位。西方很多典故、谚语来源于《伊索寓言》。传说伊索是公元前6世纪的动物寓言作者。大约他原来在希腊的萨摩斯岛或地中海东岸的腓尼基古国为雅德蒙当奴隶，以后受主人赏识获得自由。作为自由民，伊索肩负克洛索斯国王的使命前往特尔斐执行公务，结果被当地居民投崖处死。《伊索寓言》系他根据大量希腊寓言和其他寓言编辑而成的作品集。

伊索的名字和古代希腊寓言联系在一起。公元前3世纪，雅典哲学家收集近200个寓言编成《伊索故事》。14世纪初，拜占庭僧侣普拉得努斯收集了近150个寓言，成为人们出版《伊索寓言》的依据。我国明代便有《况义》的译本。经过漫长历史时期社会生活检验的这些作品，采用了卒章显其志的方式，各各不同地说明着某种道理。

现在我们看到的 400 多篇伊索寓言，它不仅是反映古代奴隶思想感情的文学作品，也是反映古代奴隶哲学的重要著作。它们作为古希腊社会生活、劳动斗争的产物，总结了当时人民多方面的经验和教训。有不少作品，暴露了奴隶主、贵族的专横残暴，表达了广大奴隶奋起反抗打碎锁链争取自由的愿望，反映了古代人民的唯物主义认识和朴素的辩证法思想。《伊索寓言》运用拟人、对比等方法，赋予动物、植物以人类的思想、性格，风格纯朴清新，内容引人入胜。

《伊索寓言》的许多故事寓意深刻，生动有趣，经常为古今中外的政治家、文学家所引用。其中，关于晚晴题材的作品，例如《老太太和医生》、《老猎狗》、《士兵和马》、《农夫和他的儿子》等故事，对于老人如何运用法律保护自己，以及处理朋友和代际之间的关系，都是不无启迪作用的。

《老太太和医生》，说的是古代信息不对称的医患关系，即原来双目失明的老太太，按照合同治疗后拒付医疗费的一场官司。老太太请医生治疗时，答应在双眼治愈后给对方一大笔钱，如果治不好，那就说什么也不付款。双方签订正式合同，那个医生不久查出了老人的病因。可是，他来探视病人未开药方，而有人带走了老人家里一些物品。最后别人搬走了这里所有的东西，终于给了老太太治眼睛的药物和医疗费的账单。老人看得见东西后，发现家里的财产洗劫一空。这时，医生等了几个月不见付款，便按合同上法院要老太太了结这件事。老太太走进法院，平静地说：医生说我的眼睛治好了，而我说没有治好。因为原来我看见家里的东西，现在没有看见什么，这怎么给他付医疗费呢？

《伊索寓言》还告诉人们，要尊敬长者，不能怠慢老朋友。《老猎狗》说，猎人有条老猎狗，比别的狗跑得快，捕的野兽多。有一次，老猎狗把野猪逼得走投无路，野猪年轻力壮，用獠牙刺痛了猎狗。老猎狗终于败下阵来。野猪逃走后，猎人气冲冲地赶来用棍子敲打老猎狗。老猎狗趴在地上喘着气说："我现在力不从心。难道你忘了我的过去吗?"《士兵和马》,描述的是军马两次参战的情况。老马当年上战场,士兵给它吃最好的燕麦,冬天盖暖和的毯子,而它则驮着主人穿过枪林弹雨凯旋归来。战争结束,老马吃着发霉的干草,住着漏的茅草房,还要整天拉大车干重活。不久,士兵又要出征。老马跪倒在地说:"主人,你像喂山羊那样喂我,我像骡子那样干活,这次你得步行上战场啦!"

《农夫和他的儿子》,记述的是一个老农传授致富秘诀的故事。老人离开人世以前,让几个孩子到葡萄园去寻找他所埋藏的宝贝。农夫去世后,他们带着铁锹到葡萄园挖金银财宝,把地翻了又翻。结果,那一年生产的葡萄比往年多。不当啃老族的新园丁,酿的美酒香甜十分畅销。

这则耐人寻味的寓言,揭示着古代农家铁锹和金钱之谜。在我国,钱本来就是锄头一类可以互换的农具。后来,人们仿其形状铸成货币。韩国、日本至今用钱作为币名,100 钱等于 1 圆和 1 日元。

诗词之苑奇葩怒放

——盛唐鲁儒诗与南宋金缕词

《尚书》云:"诗言志,歌永言,声依永,律和声。"马克思说,"从未来汲取诗情"。诗歌作为一种最集中地反映社会生活的文学样式,它力图表现生活中最有特征的、最典型的事物,饱含强烈的思想感情,具有丰富的想象、联想及节奏鲜明、音调和谐的音乐美。北京奥运期间推出《中国古代体育诗词》等,其中采用的"赋、比、兴",即直接陈述事物、用比喻的方法描绘事物和托物起兴,以引起正题要描述的事物或表现的思想感情。诗歌按内容划分有叙事诗和抒情诗,按语言音韵格律划分有格律诗、自由诗和散文诗。

唐诗是中国五言、七言律诗的高峰。盛唐时期,从唐玄宗开元元年到唐肃宗末年(713—761 年),这半个世纪是唐诗最繁盛的时期。李白、杜甫、王维、孟浩然、储光羲、裴迪、高适、岑参、王昌龄、李商隐、白居易、元结等,诗人群星闪烁,作品璀璨夺目。

清代《全唐诗》诗歌 48900 多首，作者 2200 人，为研究唐诗重要参考书。《唐诗三百首》流行最广，出格作品甚多而富于现实意义的名篇较少。《唐诗别裁集》兼容各种风格作品，是过去较好的唐诗选本。

李白（701—762 年），字太白，号青莲居士。据李白故里四川江油陈列馆 1998 年出土的碑文考证，太白公元 701 年生于江油青莲，而非目前国内流行的郭沫若所说其生于中亚碎叶（哈萨克托马克）。李白先人或为李世民王族在蜀中经商，他自"五岁育六甲，十岁观百家。轩辕以来颇得闻矣。"李白十七八岁时和名士赵蕤隐居岷山，养鸟饲禽，攻读有关政治、历史、王霸、征战的著作《长短经》。他自谓"蹉跎十年"后与许围师（唐高宗时宰相）的孙女结婚。紫烟出身名门，与太白谈及武后"不信比来常下泪，开箱验取石榴裙"的诗句，使之自愧。如《新唐书·李白传》云，李白与贺知章、李适之、汝阳王琎、崔宗之、苏晋、张旭、焦遂为"酒中八仙人"。当时，80 岁高龄的贺知章（太子宾客）读到李白首屈一指的《蜀道难》（"青泥盘盘"实指陇南徽县青泥山），便很快向玄宗荐举了这位"谪仙人"。贺知章对于"谪仙"的评价，准确地揭示了李白诗歌创作的意蕴和影响。

李白作为诗仙"仗剑去国，辞亲远游"，年逾半百时历经安陆、梁园为中心的两次漫游，其间三年应召入长安"供奉翰林"，陪唐玄宗、杨贵妃饮宴巡游。《新唐书·李白传》记载，杨贵妃认为李白不宜当"文化部长"。（"帝欲官白，妃辄阻止。"）李白于安史之乱后参加李璘幕府，途中因病转辗而在当涂县李阳冰家中去世。"大鹏飞兮振八裔，中天摧兮力不济。"李白低吟这首《临终歌》时，一生创作诗歌上万首。唐代《国秀集》、《御览诗》均不收李杜作品。李阳冰为其编《草堂集》10 卷所写的序文说：李白"当时著述，十丧其九。今所存者，皆得之他人焉。""天生我材必有用"，"直挂云帆济沧海。"李白诗歌创作，以其乐观向上、豪放飘逸、想象丰富、构思奇谲、清新自然、明白晓畅的思想内容和艺术特色，在我国文学史上屹立着一座巍峨的丰碑。

　　李白自开元二十四年（736年）至天宝十年（751年）年曾居住鲁地。这样，他对春秋时期传承的齐鲁文化理念及唐代社会生活背景便有深入的了解。纵览李白一生的隐居过程、社会活动、漫游经历、从军生涯，我们进一步剖析他的晚晴文学代表作《嘲鲁儒》，可以揭示这位诗仙的人生观、世界观和价值观。

　　鲁叟谈五经，白发死章句。问以经济策，茫如坠烟雾。足着远游履，首戴方山巾。缓步从直道，未行先起尘。秦家丞相府，不重褒衣人。君非叔孙通，与我本殊伦。时事且未达，归耕汶水滨。

　　这首以往不太引人注目的晚晴诗篇，如果放在知识经济的客观环境中来研究，或许将会有助于人们认识古代社会与经济发展的规律。知识者，从"矢"、"口"，从"言"、"音"、"戈"者也。有的放"矢"，可猎取食物养"口"。例如孔子60岁前后周游各地13年，衣食所安是人们日常生活的第一需要。老有所养、老有所安的经济之策，永远是晚晴社会传承文明的主旋律。春秋时期的汶水流域，某些学者皓首穷经，生吞活剥地吟诵《周易》、《尚书》、《春秋》、《诗经》和《礼记》，一生专攻经典的章节和句读。他们不懂得如何恪守儒家经世致用的职志，难以在社会上确立生命个体的价值，对于治理国家、经世济民的政策与策略，如坠烟雾之中茫然无知。自从李斯辅佐秦始皇统一天下以来，官府对这些行动缓慢、举止可笑的书生是不予问津的。刘邦夺取政权以后，叔孙通尚能找到这里的人制定朝廷礼仪，可是在唐王朝如果不明白时代需要的道理，将假儒、迂儒、陋儒与真儒混杂一起，在李白看来或许还是回归汶水之滨去耕田吧。

　　李白的诗篇，以精练的语言、生动的形象，表达着他思想上"遭逢圣明王，敢进兴亡言"，政治上"申管晏之谈，谋帝王之术"，经济上"苟无济代心，独善亦何益"的心态情怀，反映着这位"谪仙"知人论世的世界观、顺应时变的人生观和经世济民的价值观。这和作者在《庐山谣寄卢侍御虚舟》中所云"我本楚狂人，风歌笑孔丘"以及《赠何七判官曰浩》中所吟"羞作济南生，九十诵古文"，其饱含身世之感的用语意蕴是一致的。

李白作为面向社会"混迹渔商"的职业矿师，自运自贩矿石，持斧伐木大楼山。通过晚年在矿区创作的《秋浦歌》，他以"炉火照天地，红星乱紫烟。赧郎明月夜，歌曲动寒川"的景象赞美冶炼工人。在铜陵等地，他还写下"我爱铜官乐，千年未拟还"、"提携采铜官，结荷水边沐"等诗篇。

这位以采矿者的眼光醉语"划却君山好"，梦呓"捶碎黄鹤楼"的诗仙，创作了有关鲁叟和长者的大量晚晴诗篇。他的《梁甫吟》气势奔放，感情炽热，开篇便是凄厉激越的声声长啸：

长啸梁甫吟，何时见阳春？
君不见朝歌屠叟辞棘津，八十西来钓渭滨！
宁羞白发照清水？逢时壮气思经纶。
广张三千六百钓，风期暗与文王亲。
太贤虎变愚不测，当年颇似寻常人。
君不见高阳酒徒起草中，长揖山东隆准公！
入门不拜骋雄辩，两女辍洗来趋风。
东下齐城七十二，指挥楚汉如旋蓬。
狂客落魄尚如此，何况壮士当群雄！

"君不见"提及两个历史故事。一是姜太公原来当棘津小贩、朝歌屠夫，80岁垂钓10年，钓人不钓鱼，晚年遇文王。二是秦末长者郦食其，以其雄辩使刘邦问计高阳，在楚汉之争中一展风采。这里，诗人为人们刻画着与鲁儒迥然不同的晚晴人物形象。李白诗歌的艺术魅力，在于以奔放的感情、丰富的联想和神话传说巧妙地结合起来，使表达"经世致用"主题思想的浪漫主义诗篇具有豪迈的气势、昂扬的情调、奇特的想象和非凡的意境。正如王国维所云："文章之妙，亦一言以蔽之，曰：有境界而已。"

词是萌芽于隋，兴起于唐的文学样式。这种诗歌体裁，成熟于晚唐、五代。宋代特殊的历史条件，使词的创作进入空前繁荣、发展与提高的新时期，以至人们将宋词与汉赋、唐诗、元曲并称为中国古代文学的四朵奇葩。

词，作为配合乐曲填写歌词的音乐文学，又称曲子词。它的配乐不同于汉代乐府采集民歌所配的古乐（雅乐）和汉魏以来的清商乐（清乐），而是隋唐以来西域地区传入中国的以胡乐为主体的燕乐（宴乐）。《旧唐书·音乐志》云："歌者杂用胡吏、里巷之曲"，"依曲拍为句"的词章，依曲调为词调，依乐段分片，依词腔押韵，依唱腔用字，在取象、造境、抒情等方面具有与诗不同的面貌、特质。宋词总集，通行较早的有毛晋的《宋六十名家词》。唐圭璋的《全宋词》，"所辑词人已逾千家，篇章已逾两万。"两宋词家风格特色，北宋时期主要有以晏珠、欧阳修、晏几道、张先、宋祁为代表的旖旎柔靡风格，以王禹偁、范仲淹、王安石为代表的悲壮沉郁风格，以柳永、秦观为代表的婉约细腻风格，以苏轼、黄庭坚为代表的豪放壮丽风格，和周邦彦"集大成"的格律工巧风格。南宋时期主要有以李清照、朱淑贞为代表的婉约凄清风格，以辛弃疾、陆游、陈亮、岳飞、张元幹、张孝祥为代表的豪放愤激风格，以姜夔、吴文英为代表的格律谐婉风格。

　　宋朝是词的辉煌灿烂的黄金时代。南宋的爱国主义词章，更是在突出地反映时代的主要矛盾即复杂的民族矛盾题材中迸发着思想的光芒。如果说，岳飞的千古绝唱《满江红》表现出作者无比的爱国热情和英雄气慨，那么张元幹以76岁高龄留下的压卷之作《金缕曲》，则通过透视当时的民族矛盾和统治阶级内部矛盾，寄寓着作者怀念故国、悲愤抑郁的思想感情。

　　张元幹（1067—1143年），字仲宗，号芦州居士，福建长乐人。他作为上承苏轼下启辛弃疾的重要作家，在文学史上的地位"应当和南宋杰出的词人相提并论"。（胡云翼：《宋词选》）宋室南渡后，枢密院编修官胡铨上书请斩秦桧等人，"竿之藁街"，反被贬官福州、新州、吉阳（海南三亚）。张元幹词曰：

　　梦绕神州路，怅秋风，连营画角，故宫《离黍》。底事昆仑倾砥柱，九地黄流乱注？聚万落千村狐兔。天意从来高难问，况人情老易悲难诉。更南浦，送君去？

　　凉生岸柳催残暑。耿斜河，疏星淡月，断云微度。万里江山知何处？回首对床夜语。雁不到，书成谁与？目尽青天怀今古，肯儿曹，恩怨相尔汝？举太白，听《金缕》。

这首题为"送胡邦衡等待制赴新州"的《贺新郎》，亦称《金缕曲》，系胡铨被遣送新州（广东）时张元幹在福州所作。词的上阕表达忧国之思，下阕抒发送别之情，突出展现着爱国志士的凛然正气和蔑视群丑的英雄性格。靖康元年（1126 年），李钢任新征行营使抗击金兵，元幹官至监丞。其词送主战派胡铨，风格豪迈，感情深沉。

胡铨（1102—1180 年），南宋吉州庐陵（吉安）人。建炎进士。金军渡江时，在赣州乡里募义兵。临安（杭州）上疏主战最终谪居吉阳（三亚）。孝宗时被起用任权兵部侍郎，以资政殿学士致仕。胡铨 1148 年贬谪海南后，80 多岁的张元幹亦因坚持正义不肯稍屈而被朝廷除名。《四库全书提要》称赞其词作曰："慷慨悲凉，数百年后，尚想其抑塞磊落之气。"20 世纪 70 年代，毛泽东经常伴随着音乐吟诵张元幹的《金缕曲》。"万里江山知何处？""目尽青天怀今古。"据工作人员回忆，当董必武逝世时，毛泽东整天都在听这首词，更是说明数百年前的词章表达着一种跨越时空纵观天下、关注古今国家大事的磊落情怀。

散文天地笙管笛箫

——从《陈情表》到《难老泉》

无论是包括小说、寓言、传记、游记等在内的广义散文，还是与诗歌、小说、戏剧并列的文学散文，其共同点或许就在于这种体裁的内容、形式、语言和表现方法的灵活性、多样性。朱自清说："什么是散文？与诗、小说和戏剧并举，而为新文学的一个独立部门的东西，或称白话散文，或称抒情散文，或称小品文。"按照这种分类方法，我们可以看出散文行文从容自如、题材广泛自由、表现方法灵活、内容和形式短小精悍的特点。而根据散文内容、性质与写作方式，一般还可以将报告文学、传记、游记等称为记叙散文，通过对某一事件、人物的描写来抒发情怀的文章称为抒情散文，包括杂文、小品在内以议论、说明、方式为主的称为议论散文。

好的散文，"文史哲一体，事理情兼备。""昔人谓汉太史迁之文，所以奇，所以深，所以雄雅健绝，超丽疏越者，非区区于文字之间而已也……能尽天下之大观，以助其气，然后吐而为辞，笔而为书。"古人之《陈情表》，今人之《难老泉》，如同郝经《内游》所云，司马迁之"为辞为书"，亦乃"身之所历，目之所见，是铁门限"也。（王夫之《薑斋诗话》）

《文选》的《陈情表》，是李密（224—287 年）的一篇向来为人传诵的散文作品。表，是古代臣子给皇帝的书信。刘勰《文心雕龙·章表》曰："章以谢恩，奏以按劾，表以陈情，议以执异。"当时，晋武帝司马炎几次召他去做官，他都以祖母年迈无人奉养为由，未曾应命。如何看待古代的养老生活保障？司马迁笔下的《匈奴列传》，记述过汉代周边民族"各自久相保"的社会保障制度。李密的《陈情表》，则以"庶刘（祖母）侥幸，卒保余年。臣生当陨首，死当结草"呈表朝廷。既陈述了祖孙相依的情感关系，又表达了"臣尽节于陛下之日长"的竭诚心情。

作为一篇事理情兼备的散文，《陈情表》的尽忠情结见于卒章显志了然于心。"臣生当陨首，死当结草"，这里所用的是《左传·宣公十五年》一文的典故。传说，春秋时期，魏武子有爱妾，武子患病不久，便嘱咐魏颗说，他去世后则令妾改嫁。而武子病危之际，却又令妾殉葬。后来武子去世，魏颗按照武子清醒时的遗命令其妾改嫁。随着，魏颗出征与秦将杜回作战，一位老人结草绊倒了杜回，因而使魏颗把杜回捉住。那天夜里，魏颗梦见那位老人，他结草为之助阵，正是为了报答不使其女儿殉葬的恩德。李密引用这个典故生发的尽忠情结，表达着他对朝廷的一片良苦用心。

《陈情表》的旧臣情结，过去似乎不太为人们所关注。其实，这里有着暂辞官爵奉养祖母的丰富内涵。"且臣少仕伪朝，历职郎署，本图宦达，不矜名节。今臣亡国贱俘，至微至陋，过蒙拔擢，宠命优渥，岂敢盘桓，有所希冀？"过去，李密在蜀汉做过郎中和尚书郎。作为"亡国贱俘"，现在不愿做官，担心为晋统治者所疑忌，所以在这里一再声明自己并不想标榜名节。直到祖母去世，他才出仕为河内温县令，并有政绩。李密长于经学训法，也曾授徒讲学。据《三国志·杨戏传》记载，李密还任过太子洗马、汉中太守等职。最后，他被免去官职，63 岁终老于寿高 800 多岁的彭祖故里。

"感人心者，莫先乎情。"情动辞发，情真词切，向来是文章作者孜孜以求的功力所在。《陈情表》，正是古今称道而以晚辈敬老情深为主旨的著名散文。文章自述孤苦凄凉的身世，塑造着臣子含泪向皇帝修表的形象。字里行间，熔事、理、物、情、景和声、色、格、律于一炉，充分体现着"事出于沉思，义归于翰藻"的特点。晋武帝读过李密的《陈情表》，对作者婉拒应召而供养祖母一事表示认可，并予提供赡养祖母的费用，还给他奴婢 2 人。

亚里士多德说："只有在适当的时候，对适当的事物，对适当的人，在适当的动机下，以适当的方式发生的感情，才是适度的最好的感情。"李密的《陈情表》至情至理倾泻而出，句句在理，字字有声，读来余音袅袅，词尽而意无穷。"臣无祖母，无以至今日，祖母无臣，无以终余年"的对偶句式齐整匀称，简洁有力。文章练字练句，连续使用"察臣"、"举臣"、"拜臣"、"除臣"、"责臣"等词汇，将自己进退维谷的情状描绘得淋漓尽致，这如同朱一飞论述古代书信体散文特点时所说："《陈情表》正是运用了最恰当的叙事、抒情与议论的章法和丰富多彩的修辞手段，终于成了感人至深的千古名篇。"

散文天地笙管笛箫，如同范开《稼轩词序》所说："器大者声必闳，志高者意必远。"他还写道："知夫声与意之本原，则知歌词之所自出，是盖不容有意于作为。而其发越著见于声音言意之表者，则亦随其所蓄之浅深，有不能不尔者存焉耳。"一个文章高手，与他的思想修养的深浅有密切关系。袁宏道说："代有升降，而法不相沿，各极其变，各穷其趣"。时代不同，风格各异。今人吴伯箫的《难老泉》，思想内容深广，艺术画面开阔，堪称一篇将古迹名胜与祖国新貌交织起来着力描绘，从而赞颂中华民族英雄气概和创新精神的优秀散文。

以对法国文学的很高造诣而使法国学者认为应该授予诺贝尔文学奖的钱钟书，曾经豁达地说过"无方医老"的话。他还多次谈到，"我平生为学得益最多者，为老子及黑格尔之辩证法。"吴伯箫优化选题，文章紧扣"难老"，题眼含义隽永。字里行间，熔景物、传说、古迹、新貌于一炉，不断深化作品的主题。无方医老泉难老，辩证法的思想在文学精品中总是熠熠生辉的。

"难老泉"，泉名就"给人一种年轻的感觉"，"那喷涌的水源，那长流的碧波，永远是活泼的，青春常在的。"吴伯箫这篇散文最为奇妙之处，就在于以"难老"为题眼，或虚或实，相得益彰，逼真地描绘了历史故事和民间传说中晚晴人物栩栩如生的典型形象。

太原市迎泽路西去50里处的难老泉，"流水永远不停，雨涝不增，天旱不减"，水草"冬夏常青"。这泉，"论历史，实际倒是很老的。从地质考察，据说有两万万年或者三万万年呢。据文字记载，'难老泉'是晋水的主要源头，古时候的晋国因晋水得名，晋国若是从'桐叶封弟'算起，到现在也该有三千多年吧。"这里，作者文思迸涌，浮想联翩，还借用文学名篇勾勒了汉代两位著名的晚晴人物的典型形象；"在《滕王阁序》里王勃慨叹说，'冯唐易老，李广难封'，比较起来，这难老泉实在值得叫人赞赏羡慕。"历史上，冯唐满头白发，被汉文帝定为车骑都尉。武帝时征求贤良，有人推举冯唐，可他已经90多岁，再也难以去朝廷受任官职。而李广虽屡有战功，却一直未能封候。"见了未了，了见不见。"王勃以这两人境遇以自喻，深恐年岁易老而像冯李那样难以老有所为。

吴伯箫的《难老泉》仿佛通过科技老人的娓娓诉说，生动地描述着山泉汩汩流淌了3亿多年的漫长历程。这个优美动人的民间传说，不啻是古人对于知识经济时代用自来水为民造福的神奇预言——

传说在晋祠北边二十里的金胜村，有一个姓柳的姑娘，嫁给了晋祠所在地的古唐村。她婆婆虐待她，一直不让她回娘家，每天都叫她担水。水源离家很远，一天只能担一趟。有一天，柳氏担水走到半路上，遇到一个牵马的老人，要用她的水饮马，马仿佛渴极了，喝完后一桶水连前一桶水也喝了。挑着空桶回家，一定要挨婆婆的辱骂、鞭挞。正在踌躇的时候，老人就给了柳氏一根马鞭，叫她回家去，只要把马鞭在瓮里抽一下，水就会自然涌出，涨得满瓮。

转眼老人和马都不见了。

柳氏提心吊胆地回家，试试办法，果然灵验。小姑去看，发现秘密。婆婆破天荒让柳氏回娘家。小姑在瓮里乱抽一阵，水就汹涌喷出，溢流不止。小姑慌了，立刻跑到金胜村找柳氏。柳氏一气跑回古唐村，什么话没说，一下就坐在瓮上。从此，水从柳氏身下源源不断地流出，流千年万年，这就是"难老泉"。

《山海经》曰："悬瓮之山，晋水出焉。"人道是，天若有情天亦老，神功涌出难老泉。李白、范仲淹曾经为之赋诗："晋祠流水如碧玉，百尺清潭写翠娥。""千家灌禾稻，满目江南田"。今天，人们面对晋祠圣母殿那株东周时期的长龄柏，岂能不弘扬天下"永锡难老"的绝妙好辞！

莫道桑榆晚，为霞尚满天。纵览天下风云，散文声闳意远。面对山姆大叔殃及全球的金融危机，委内瑞拉总统查尔斯赠给美国总统奥巴马的《被切开的血管》，乃是加莱亚诺老人创作的著名散文集。该书深入揭露资产阶级在世界范围内无所不用其极地掠夺财富剥削劳动者的行径，一度名列西班牙语图书榜首，几十年来人们称之为拉美人文社会科学经典之作。

赋曲情韵人间绝唱

——苍凉枯树最是不了情

赋是汉代主要的文学表现形式。这种文学体裁，具有齐整美、隽永美、音乐美的文学意蕴，雄浑刚健、华美绮丽、沉郁含蓄、风趣诙谐、疏朗通脱的语言特征。（《汉赋美学》）在写作技巧方面，则表现为讽谕赋铺叙夸饰，抒情赋寓情于意，说理赋借鸟托言，咏物赋托物咏叹等不同类型。黄根刚等辑校的《全汉赋》，是迄今为止第一部汉赋总集，收录两汉88位赋家作品301篇。《历代辞赋总汇》

则是目前收录古代辞赋作品完备的总集。

　　魏晋南北朝时代，文化领域随着社会经济的发展而不断扩展，从而使文学价值观念得到更新，各种学术文化思想得以传播。于是，在先秦散文特别是汉赋基础上产生了新的散文文体——骈俪文。

　　新中国成立后，研究这类骈俪文的赋学著作，20 世纪 60 年代瞿蜕园的《汉魏六朝赋选》堪称代表作。80 年代以来，各类赋选、赋集、赋论、赋史、赋辞典等达到 40 多部。《赋史》论述几百位作家上千篇作品的创作成就，并指出"唐赋是赋的发展高峰"。清代王芑孙的《读赋卮言》说过："诗莫盛于唐，赋亦莫盛于唐。总魏、晋、宋、齐、梁、陈、隋、唐八朝之众轨，启宋、元、明三代之支流，蹑武姬汉，蔚然翔跃，百体争开，还其盈矣。"马积高、黄钧主编的《中国古代文学史》还介绍说，现存唐赋 1000 多篇，不但在数量上超过任何一代，而且思想艺术成就也为前人所不及，其突出成就表现在以颂扬皇室为主转向社会讽刺为主，形式较为生动活泼。当时用于民间说唱的俗赋，更是后世俗文学的先驱之一。

　　最早对汉赋进行深入的学术研究的学者之一龚克昌教授说，陆侃如、吴富恒、冯沅君、高亨等先生，在 20 世 60 年代就曾支持他做汉赋研究工作，只是告诉他选《诗经》、《楚辞》等一类作品的人多，骈俪文体，曾经受到韩愈、柳宗元、苏轼的抨击，而王勃、李商隐、章太炎却对此颇为赞赏，评论汉赋"容易出偏差"。现在，龚克昌作为山东大学辞赋研究中心创始人指出，文学的形式、功能与汉代文字训练的发展，和"骈体"之风盛行，是汉赋铺陈风格的发展原因。汉赋的主要特色，在于渲染的语言、修饰的文体、夸张的描绘、丰富的想象、神奇的幻想、开阔的视野所展示的浪漫主义精神。司马相如称赞汉帝国所应有的统一繁荣时（《天子游猎赋》），使自己从汉代儒教文学价值观中解脱出来，则被他看作"文学自觉时代的开创者。"（康达维：《龚克昌教授〈汉赋讲稿〉英译本序》，《文史哲》1998 年第 6 期）

　　通过对赋体文学发展的研究，乃至对 21 世纪都市赋、乡村赋的考察，有助于我们在更为广阔的层面了解晚晴文学的创作情况。曾经写作铺陈大赋《二京赋》的张衡，试图采用与班固《两都赋》迥然不同的方式表明自己对汉代两帝都的观点，针对当时贵族统治阶级日益奢华放荡的局面，向追求长生不老之术的武帝和醉心酒色休闲之乐的世风提出讽谏与告诫。张衡以骚体写成的 436 行长诗《思玄赋》，大量借用《离骚》、《远游》等作品，用典型的香草比喻、受虐的骏马和独处的凤凰等暗喻，抒发了自己老年将至而壮心不已的情怀。

杜甫曾经称赞南北朝的骈俪文大家和最后一位著名诗人："庾信平生最萧瑟，暮年诗赋动江关。"（《咏怀古迹》）"庾信文章老更成，凌云健笔意纵横。"（《戏为六绝句》）庾信（513—581 年），安子山，南阳新野人。今存《春赋》、《七夕赋》、《鸳鸯赋》、《枯树赋》、《小园赋》、《哀江南赋》等辞赋 15 篇。他最杰出的代表作《哀江南赋》，叙述个人身世和在侯景之乱前的经历，揭露梁武帝好大喜功、昏庸腐朽，梁元帝自私忌刻、残杀异己，堪称规模空前的历史画卷。作品以叙述为主，描写与抒情结合，文采富丽，情韵苍凉。

庾信作为南北朝辞赋集大成者，其南朝赋清绮特色，北朝赋刚健气质，使《枯树赋》等作品莫不文句璀璨，异彩纷呈。毛泽东在毛岸英赴朝作战殉职和周恩来、朱德逝世时，怀着思念故旧的苍凉之感多次诵读《枯树赋》。

庾信的《枯树赋》全文如下：

殷仲文风流儒雅，海内知名。世异时移，出为东阳太守。常忽忽不乐，顾庭槐而叹曰："此树婆娑，生意尽矣！"

至如白鹿贞松，青牛文梓，根柢盘魄，山崖表裹，桂何事而销亡？桐何为而半死？昔之三河徙植，九畹移根。开花建始之殿，落实睢阳之园。声含嶰谷，曲抱《云门》。将雏集凤，比翼巢鸳。临风亭之唳鹤，对月峡而吟猿。

乃有拳曲臃肿，盘坳反覆，熊彪顾盼，鱼龙起伏。节竖山连，文横水蹙，匠石惊视，公输眩目。雕镌就力，剞劂仍加；平鳞铲甲，落角摧牙；重重碎锦，片片真花；纷披草树，散乱烟霞。

若夫松子、古度、平仲、君迁。森梢百顷，槎枿千来。秦则大夫受职，汉则将军坐焉。莫不苔埋菌压，乌剥虫穿。或低垂于霜露，或撼顿于风烟。东海有白木之庙，西河有枯桑之社。北陆以杨叶为关，南陵以梅根作冶。小山则从桂留人，扶风则长松系马。岂独城临细柳之上，塞落桃林之下。

若乃山河阻绝，飘零离别。拔本垂泪，伤根沥血。火入空心，膏流断节。横洞口而欹卧，顿山腰而半折。文斜者百围冰碎，理正者千寻瓦裂。载瘿衔瘤，藏穿抱穴，木魅睭睒，山精妖孽。

况复风云不感，羁旅无归。未能采葛，还成食薇。沉沦穷巷，芜没荆扉。既伤摇落，弥嗟变衰。《淮南子》云："木叶落长年悲。"斯之谓矣。乃歌曰："建章三月火，黄河万里槎，若非金谷荡园树，即是河阳一县花。"桓大司马闻而叹曰："昔年种柳，依依汉南；今看摇落，凄怆江潭；树犹如此，人何以堪。"

庾信的《枯树赋》，从东阳太守"顾庭槐而叹曰：'此树婆娑，生意尽矣'"写起，由松梓"根柢盘魄，山崖表裹"提出"桂何事而销亡？桐何为而半死？"继而，作者为读者描绘了"拳曲臃肿，盘坳反覆，熊彪顾盼，鱼龙起伏。节竖山连，文横水蹙，匠石惊视，公输眩目"的景象。而"东海有白木之庙，西河有枯桑之社。北陆以杨叶为关，南陵以梅根作冶。小山则从桂留人，扶风则长松系马。岂独城临细柳之上，塞落桃林之下"，更是引起后人对千年林木的哲理思考。

毛泽东多次诵读的《枯树赋》，其题意旨在属于人生晚年的苍凉胸襟。人们在"山河阻绝，飘零离别"之际，目睹"拔本垂泪，伤根沥血"的景象与"木魅睭睒，山精妖孽"的情状，不禁生发出"木叶落长年悲"、"今看摇落，人何以堪"之感。

王骥德《曲律》云：元时北虏所用乐器，如筝、琵琶、胡琴所弹之曲，与汉人不同。这种散曲，依曲牌填写曲词，适合阅读与清唱，朗读上口，它有别于与民间绝缘而生命力不断衰减的文人词章，因而能够发展成为同诗词鼎立的元代文坛主要诗歌体裁。据任中敏《散曲概论》，隋树森《金元散曲》云：元代散曲作家，有名可考者近200人，现存小令3800多首，套数450多套。这些作品的主题，或反抗封建压迫，或讴歌建功立业，或反映妇女生活，或表达退隐情怀。这些与宋代诸宫调一起出现的新体诗，其中不乏富有时代精神的力作，对晚晴文学的发展做出了贡献。元代前期散曲作家，主要有关汉卿、马致远、白朴、张养浩等人，后期的作家则有张可久、乔吉、刘时中、徐再思等人。他们采用叙事、写景、议论、抒情、拟人、寓言表现方法，使作品富于豪放、泼辣、诙谐、理俗的艺术风格。

元代散曲不少作品，语言凝练，挥洒自如，生动形象，妙趣横生。"枯藤老树昏鸦，小桥流水人家，古道西风瘦马。夕阳西下，断肠人在天涯。"被称为"秋思之祖"的马致远名曲《天净沙·秋思》，正是通过高度凝练的 28 个单字，描绘着苍凉的景色与和谐的秋郊夕照。刘时中的《正宫端正好·上高监司》，前套 15 曲，真实地描述了自然灾害造成的损失。后套 34 曲，深入地揭露当时库藏积弊和吏役弄权的情况。其中的〔滚绣球〕唱道："偷宰了些调角牛，盗砍了些大叶桑。遭时疫无棺埋葬，贱卖了些家业田庄。那里取橱中剩饭杯中酒，看了些河里孩儿岸上娘，不由我不哽咽悲伤。"作为直面社会人生的散曲，面对天灾人祸的现实，逼真地再现了穷人吃树根野草，老少倒卧江头甚至抛入长江的状况。

《水仙子·夜曲》，是元代后期的散曲作品。徐再思的这首小令说："一声梧叶一声秋，一点芭蕉一点愁，三更归梦三更后。落灯花棋未收，叹新丰孤馆人留。枕上十年事，江南二老忧，都在心头。"他的秋雨之夜抒写的羁旅之愁，含蓄委婉，以景托情，与张养浩在其《山坡羊·潼关怀古》中吟咏的"峰峦如聚，波涛如怒，山河表里潼关路。望西都，意踌躇，伤心秦汉经行处，宫阙万间都做了土。兴，百姓苦；亡，百姓苦"，有着悲凉深沉意境高远的异曲同工作用。

王国维云，关汉卿"一空倚傍，自铸伟词，而其言曲尽人情，字字本色，故当为元人第一。"（《宋元戏曲考》）这位"驱梨园领袖，总编修师首，捻杂剧班头"的元代最杰出的杂剧作家，一生留下剧作全本 18 种，存目则达 66 种。《不伏老》一曲，其内容反映作者面对"烟花路"与"经济仕途"之争，在元代废科举而失却晋身之阶的情况下，通过编写杂剧的"书会"找到自己的位置，从而借自述抒怀的方式发出愤世嫉俗的反作用力。关汉卿题为《不伏老》的散曲《南吕·一枝花》写道——

攀出墙朵朵花，折临路枝枝柳。花攀红蕊嫩，柳折翠条柔，浪子风流。凭着我折柳攀花手，直煞得残柳败休。半生来折柳攀花，一世里眠花卧柳。

〔梁州〕我是个普天下郎君领袖，盖世界浪子班头。愿朱颜不改常依旧。花中消遣，酒内忘忧。分茶撷竹，打马藏阄。通五音六律滑熟，甚闲愁到我心头？伴的是银筝女银台前理银筝笑倚银屏，伴的是玉天仙携玉手并玉肩同登玉楼，伴的是金钗客歌金缕捧金樽满泛金瓯。你道我老也，暂休。占排场风月功名首，更玲珑又剔透。我是个锦阵花营都帅头，曾玩府游州。

关汉卿的《不伏老》着力描绘的这个反叛者抗争者的形象，以"烟花路""锦阵花营都帅头"自许，不啻是反其道对于其桀骜不驯性格和豪迈潇洒风骨的歌吟。

小说之林引人入胜

——秋翁、车夫"申奏上帝"

小说是通过描写故事情节、场面、环境，刻画人物性格，多方面地反映社会生活的文学体裁。因此，描绘恩格斯所说的"这一个"人物形象，叙述引人入胜的故事情节，反映典型环境中的"巨大历史内容"，便成为小说创作的基本特征。中外小说大致起源于神话传说。我国的志怪小说、唐宋传奇、元明清小说，展示了文学事业繁荣发展的绚丽画卷。西方的小说在文艺复兴时期日趋成熟。一般将篇幅长、社会生活容量大的称为长篇小说，如张炜的《你在高原》有450万字。反映一定时间范畴社会生活的称为中篇小说。通过某一事件与片断刻画人物性格，或人物事件不完整而形象鲜明突出的作品称为短篇小说、微型小说。

　　我国现存最早的诗文选集《昭明文选》说：文学作品"事出于沉思，义归乎翰藻"。萧统在这里所说的文学，只是指诗、文、赋，而不包括小说创作。鲁迅说："人在劳动时，既用歌咏以自娱，借它忘却劳苦，则到休息时，亦必要寻一种事情以消遣闲暇。这种事情，就是彼此谈论故事，而这谈论故事，正是小说的起源。"唐代以后，我国的小说脱离历史领域而成为文学创作。吴组缃教授认为，古代小说的几条规律是：①中国的小说是来自民间的，是人民群众思想、愿望以及生活实际的反映。中国古典小说不同于外国小说，偏重人物的外部言行的表现，使读者体会人物的内心活动。②"爱而知其丑，憎而知其善，善恶必书，是为实录"的史传文学，对中国古典小说人物描写的影响。《水浒传》，乃是古典小说真正地吸收史传文学人物塑造艺术经验的第一部作品。③中国为群众长期热爱的小说创作多是立足现实，否则就没有生命力。同时，我国古代小说具有几个特点：①注意人物行动、语言和细节描写，在矛盾冲突中塑造人物形象。②构思精巧，内容集中，故事完整。③语言精炼，富于个性化和说书风格。

　　在清末民初梁启超倡导"小说界革命"以前，小说理论的发展远远落后于小说创作的崛起。班固认为小说乃"街谈巷语、道听涂（途）说者之所造。"《庄子·外物》则称"饰小说以干县令，其于大达亦远矣"，这样难于登大雅之堂吧。因此，直到明清时，文人生活、创作条件都全无保障。《红楼梦》和《水浒传》等杰出的小说，就像莎士比亚戏剧作品一样，始终难以弄清作者的创作情况，或者无法认定作者是谁。四川大学教授张放指出，墨香即脂砚斋，在创作《红楼梦》后，冠以曹雪芹之名以避文字狱之祸（1998 年 8 月 7日《中国文化报》）。

　　宋代，我国作为故事性文体的白话小说，即民间说话人所用的话本出现，这是小说发展史上"一大变迁"。明代，题材更为广泛、情节更为曲折、形象更为生动的"拟话本"，即仿照话本的形式进行创作的小说诞生。塑造 610 多岁佘太君形象的《小红袍》，便是明代出现的章回小说。呼唤社会保障之神的著名晚晴文学作品《灌园叟晚逢仙女》，则是"拟话本"运用语言、行动描写刻画人物，塑造典型环境中的典型性格的代表作。

随着明代商品经济发展和市井文化的兴起，冯梦龙注意通俗小说的收集、创作，并从事编辑刊刻工作。他编的"三言"即《喻世明言》、《警世通言》、《醒世恒言》三部《古今小说》，每部40卷，共120卷，堪称我国话本小说之集大成者。冯梦龙在《醒世恒言》序言中说："明者，取其可以道愚也。通者，取其可以适俗也。恒则习之不厌，传之而可久。三刻殊名，其义一也。"这就是说，其编辑要义，在于劝谕世人，警戒世人，唤醒世人。小说的深度，来自作家心灵的博大与精深。一部优秀的作品，总是与作家独特的审美感知方式和洞悉社会、体悟人生的高超能力息息相关，反映他对社会、历史、经济、文化活动的多方位思考。

冯梦龙早年攻读经学、史学，而立之年应邀编写科举教材，但他自己却多次应试不中而心情抑郁。年近六旬考取贡生，任寿宁知县"首尚文学，待民以礼。"清兵南下时宣传抗清复明，忧愤而死，终年73岁。在冯梦龙看来，乡国天下，蔼然以情相与，情是维系社会的原则。《醒世恒言》中的《灌园叟晚逢仙女》，则通过"里老乡民诉说秋公平日惜花行善，并非妖人；张委设谋陷害，神道报应"的传奇故事，刻画了"感人心者，莫先乎情"的花神形象，从而发出了为秋翁呼唤社会保障之神的正义之声。

冯梦龙模拟"话本"的说书形式，采用多种描写方法，参差错落，波澜起伏，记叙了恶霸张委一伙制造的迫害秋先的冤狱故事。这篇小说，情节曲折生动，人物个性鲜明。作者说，那九州四海之中，目所未见，耳所未闻，不载史册，不见经传，奇奇怪怪，跷跷蹊蹊的事，不知有多多少少。此等事甚是平常，不足为异。然虽如此，又道子不语怪，且阁过一边。只那惜花致福，损花折寿，乃见在功德，须不是乱道。列位若不信时，且说与看官们听——

有个老者，姓秋名先，原是庄家出身，有数亩田地，一所草房。妈妈水氏已故，别无儿女。那秋先从幼酷好栽花种果，把田业都撇弃了，专于其事。人都叫他是花痴。或遇见卖花的有株好花，不论身边有钱无钱，一定要买。无钱时便脱身上衣服去解当。也有卖花的知他僻性，故高其价，也只得忍贵买回。又有那破落户晓得他是爱花的，各处寻觅好花折来，把泥假捏个根儿哄他，少不得也买。有恁般奇事！将来种下，依然肯活。日积月累，遂成一个大园。那园周围编竹为篱，篱上交缠蔷薇、荼蘼、木香、刺梅、木槿、棣棠、金雀，篱边撒下蜀葵、凤仙、鸡冠、秋葵、莺粟等种，更有那金萱、百合、剪春罗、煎秋罗、满地娇、十样锦、美人蕉、山踯躅、高良姜、白蛱蝶、夜落金钱、缠枝牡丹等类，不可枚举。遇开放之时，烂如锦屏。

秋先爱花成癖，诚然而善良。在封建专制社会条件下，这些普通百姓是毫无政治权利、毫无社会保障的。接着，小说直接描写官绅勾结、践踏花圃、迫害善良，以至把秋先"上了枷扭，发下狱中监禁"。至此，封建社会统治者兼并农民土地的尖锐社会矛盾，以及张委之流蛮横贪婪、厚颜无耻的凶恶面目，在作品中揭示得淋漓尽致。

"但存方寸无私曲，料得神明有主张。"是日，恶霸张委之流倾巢出城，闯至秋先园上开怀恣饮。待到月色挫西，但有半酣之意，忽地起一阵大风。

那阵风却把地下这些花朵吹得都直竖起来，眨眼间俱变做一尺来长的女子。众人大惊，齐叫道："怪哉！"言还未毕，那些女子迎风一幌，尽已长大，一个个姿容美丽，衣服华艳，团团立做一大堆。众人因见恁般标致，通看呆了。内中一个红衣女子却又说起话来，道："吾姊妹居此数十余年，深蒙秋公珍重护惜。何意蓦遭狂奴，俗气熏炽，毒手摧残，复又诬陷秋公，谋吞此地。今仇在目前，吾姊妹曷不戮力击之！上报知己之恩，下雪摧残之耻，不亦可乎？"……风已定了，天色已昏。这班子弟各自回家，恰像捡得性命一般，抱头鼠窜而去。

花神的出现，使作品洋溢着浪漫主义精神，寄托着作者惩恶扬善的理想。爱因斯坦认为，"中国无科学"，根本原因在于"中国无逻辑"。其实，惩恶扬善的社会理想乃是至为可贵的科学真理和人类逻辑。借助于"瑶池王母座下司花女"这位社会保护神，秋先终得获释，官府印信告示，与他园门张挂，不许闲人损坏他花木。小说结尾，冯梦龙巧妙地安排了灌园叟秋先羽化而登仙的神奇故事——

一日正值八月十五，丽日当天，万里无瑕。秋公正在房中趺坐，忽然祥风微拂，彩云如蒸，空中音乐嘹亮，异香扑鼻，青鸾白鹤，盘旋翔舞，渐至庭前。云中正立着司花女，两边幢幡宝盖，仙女数人，各奏乐器。秋公一见，扑翻身便拜。司花女道："秋先，汝功行圆满，吾已申奏上帝，有旨封汝为护花使者，专管人间百花，令汝拔宅上升。但有爱花惜花的，加之以福，残花毁花的，降之以灾。"秋公向空叩首谢恩讫，随着众仙，登时带了花木，一齐冉冉升起，向南而去。虞公、单老和那邻里之人都看见的，一齐下拜。还见秋公在云端延头望着众人，良久方没。此地遂改名升仙里，又谓之惜花村。

俄国作家库普林说，契诃夫拥有非凡的观察力。一个人，只要契诃夫见过一次，这个人的特征他就永远不会忘掉。与莫泊桑齐名的杰出短篇小说家契诃夫，在《苦恼》中引用《旧约全书》的话开头——"我拿我的烦恼向谁去诉说"，一下子抓住老车夫这个人的内在的思想特征，善于用寥寥数笔勾画出他的轮廓。作者匠心独运，一语惊人，借此揭示出社会下层人物悲惨无援的处境和苦恼孤寂的心态，反映出当时社会的黑暗和人与人关系的自私、冷漠。

祖辈卖身为奴的遭遇，自己在食品杂货铺站柜台的生涯，使契诃夫对生活周围贫困、屈辱、虚伪、庸俗的小市民气息有着更为深切的感受。作为最善于揭示日常生活悲剧特征的作家，他的作品是俄国资产阶级民主革命前夕社会生活的写照，并以其短篇小说创作体裁攀登到世界文学高峰。契诃夫的《变色龙》，逼真地刻画了一个趋炎附势、奴颜婢膝的小丑的典型形象。曾为列宁称赞的《第六病室》，将沙皇俄国比喻为一个极其残忍、混乱的巨大监狱。讽刺小说《套中人》，则描述了"一个反动、保守、扼杀新思想的丑角"别里科夫的穷途末路。同时，契诃夫以其强烈社会责任感，通过《苦恼》、《哀伤》等作品反映了劳动人民的痛苦生活遭遇。《没意思的故事》揭示的一位毕生献身科学的老教授的晚年悲剧，说明树立明确的世界观对于知识分子的重要性。小说《新娘》和戏剧《樱桃园》，反映了主人公追求新生活的渴望和人们对光明绚丽的祖国未来的憧憬。

刘勰《文心雕龙·比兴》曰："称名也小。取类也大。"文学典型作为作家集中概括地反映生活本质所创造的艺术形象，充分体现着作家对社会和人生的感受、认识、理解和评价。契诃夫写于1886年的短篇小说《苦恼》，描述的是老马夫姚纳·波达波夫一心盼望向别人倾诉内心痛苦的故事。他成天在彼得堡赶车，从劳累奔波的人们中找不到谁能够听他说话。最后，他只能对着小母马说出自己的感觉。正是从这个意义上来说，作者以冷峻的笔调、孤寂的心态陈述着老马车夫的辛酸与苦恼。

契诃夫这篇小说，运用了多种对应方式揭示老车夫的心态特征。首先是人与环境的关系。小说开头，作者是这样描述的："车夫姚纳·波达波夫周身白色，像个幽灵。他坐在车座上一动也不动，身子向前伛着，伛到了活人的身子所能伛到的最大限度。""姚纳和他的小马有好久没动了。还是在午饭以前，他们就走出了院子，至今还没有拉到一趟生意。"而他当时所在的街道景象，"暮色晦暗。大片的湿雪绕着刚点亮的街灯懒洋洋地飘飞，落在房顶、马背、肩膀、帽子上，积成又软又薄的一层。"湿雪、街灯与车夫幽灵，自然会使读者生发出对标题"苦恼"的深入思考。

小说中关于人与人之间的对比，包括维堡区军人、巡警桥青年和院内车夫等几组镜头。当"穿军大衣、头戴兜囊"的军人要老车夫驾车去维堡区时，"一个行人穿过马路，肩膀刚好擦着马鼻子，就狠狠地瞪他一眼，抖掉袖子上的雪。姚纳坐在车座上局促不安，仿佛坐在针尖上似的，向他两旁撑开胳膊肘儿，眼珠乱转。就跟有鬼附了体一样，仿佛他不知道自己在哪儿，也不知道为什么在哪儿似的。"而"又高又瘦"和"身矮，驼背"的青年付20戈比，喊住老车夫上巡警桥，"他顾不得讲价了"，"只要有人坐车就行"。这几个人"互相推挤"、"互相谩骂"，还要冲着姚纳愤愤地喊叫："呸！滚你的! 你这老不死的? 难道就这样赶车?"至于回到院子里见到墙角那个睡意朦胧的车夫,他只是应答一声"想喝水",又蒙头睡着了。

对话语言简洁精当,是这篇小说善于表现人物性格和心态的重要特色。这些描述,不仅言简意明,符合特定环境的人物典型性格,而且使这些人物的内心活动、个性特点得到很好的展观。老车夫"穿上大衣,走进马棚",对着站在那儿的小母马说:"我们挣的钱不够吃燕麦,那就吃干草吧","我呢,岁数大了,赶车不行啦。"小母马嚼着干草,静静地听着姚纳的诉说。作者用人与马相对应、相类比的暗示手法,以及马的处境、神态和遭遇,使人联想到车夫的处境、神态和遭遇,暗示着社会下层人民如同牛马一般的生活情景。不同人物的静态肖像描写、细节描写,都显得颇为出色。

作为艺术领域的开拓者创新者,契诃夫的创作在文艺体裁、题材和手法上别具一格。人物形象性格鲜明而以悲剧命运取胜,语言简洁准确而含蓄隽永。他的作品结构灵活,舒展自如,大量的潜流式文字,使小说更具一种动人心弦的抒情性艺术魅力。姚纳将几个青年送到巡警桥时的那段心灵旁白:"难道在那成千上万的人当中,连一个愿意听他讲话的人都找不到吗? 人群匆匆来去,没有人理会他和他的苦恼……那苦恼是浩大的,无边无际。要是姚纳的胸裂开,苦恼滚滚地流出来的话,那苦恼仿佛会淹没全世界似的,可是话虽如此,那苦恼偏偏没有看见。那份苦恼竟包藏在这么渺小的躯壳里,哪怕在大白天举着火把去找也找不到……正好印证着小说开头点明题旨的引言——我拿我的烦恼向谁去诉说?"如同东方人"申奏上帝"为秋翁迎来"社会保障之神"那样,契诃夫引出《圣经》的名言向小母马诉说烦恼,也并非出乎人们所料。希伯来人曾经说过,"在白头发的人面前,要站起来说话。"(《圣经·利未记》第 19 章)那么,白头发的人又该如何说话呢。小母马,你听懂了么?

戏剧舞台异彩纷呈

——《窦娥冤》、《悭吝人》翁妪情结

　　戏剧要有戏。戏剧是选择典型事件和生动的情节，运用动作性和性格化语言，展现人物之间或人物与环境之间的矛盾冲突过程，在一定时空高度集中地反映社会生活的综合艺术。这种集文学、音乐、舞蹈、美术诸种艺术于一体的艺术品种，其文学剧本要求具有舞台性、直观性和综合性的特点，以便在有限的舞台空间塑造生动具体的人物形象，而这种形象又是以演员的姿态、动作、对话、独白等表演形式和布景、道具、灯光、音响等戏剧手段得以塑造成功的。所以，我们欣赏的戏剧文学剧本，必然受到舞台演出条件的制约和观众欣赏接受条件的影响。这些戏剧特征，无论是外国通常采用的悲剧、喜剧、正剧，还是我国各地的京剧、昆剧、评剧、豫剧、汉剧、湘剧、川剧、粤剧、越剧、黄梅戏、傣剧等，无不如此，概莫能外。

　　元代戏剧艺术，在中国文学史上具有划时代的意义。元朝从公元 1271 年元世祖忽必烈建立以大都（今北京）为中心的横跨欧亚的政权后，经济和文化十分发达。当时世界历史处于中世纪晚期，欧洲不少国家深受近千年的教会思想统治，古代希腊、罗马的文学传统被迫中断，与孔子同时代的埃斯库罗斯、索福克勒斯、欧里庇得斯等著名戏剧家的影响不复存在。这时地处东方的元代文学则以戏剧艺术的光辉成就展现自己的独特魅力。元代的杂剧、南戏，无论是思想内容或艺术形式都达到相当完美的境地，堪称世界上最高水平的中世纪戏剧文学。

　　元代南北统一，促进着经济商贸的发展。大都"内而京师，外而郡邑，皆有所谓构栏者，辟伏萃而隶乐，观者挥金与之。"同时，元代统治集团不甚重视传统礼教，从立国开始几十年未实行科举考试，这样便使一些文人从瓦舍书会走向戏剧舞台，吸取春秋时期楚国"优孟衣冠"以来至前代的杂剧、滑稽戏、歌舞戏、傀儡戏、影

戏、南戏等戏剧经验，使中国戏剧从初级阶段发展到高级阶段。

王国维的《宋元戏曲考》云："宋金之所谓杂剧本者，其中有滑稽戏，有正杂剧，有艳段，有杂班，又有种种技艺游戏。其所用之曲，有法曲，有大曲，有诸宫调，有词，有名虽同，而其实颇异。至成一定之曲段，用一定之曲调，而百余年间无敢逾越者，则元杂剧是也。"元代杂剧有 560 多种，剧作家 180 多人。最著名的戏剧家有关汉卿、王实甫、白朴、马致远四大家。在戏剧界很有声誉而对身世、经历秘而不宣的关汉卿，一生创作杂剧 60 多部。其表现正义战胜邪恶的喜剧，内容轻松幽默，语言令人忍俊不禁；而揭示悲剧产生的社会根源，则能从主人公所处的时代和环境刻画人物性格。王国维说："关汉卿的《窦娥冤》，纪君祥的《赵氏孤儿》，剧中虽有恶人交构其间，而其蹈汤赴火者，仍出于其主人翁意志，即列之于世界大悲剧中，亦无愧色也。"

《窦娥冤》，即关汉卿创作的 4 折杂剧《感天动地窦娥冤》。作者号一斋，晚年称为斋叟。这位出生在大都的著名戏曲家，生活年代大约在金代（1234 年）至元大德（1307 年）之间。《录鬼簿》记载，关汉卿曾任"大医院户"，其实金元两代并无此官职。尽管其社会地位低下，他却以其杰出的戏剧创作成就而享有"驱梨园领袖，总编修师首，捻杂剧班头"的盛誉。关汉卿创作杂剧，占现存元杂剧剧目总数的十分之一，而反映妇女生活际遇的题材又占绝大多数。

关汉卿在《窦娥冤》的第三折中，将戏剧人物性格的刻画推向最高潮。当窦娥唱着"滚绣球"时，那一段"为善的受贫穷更命短，造恶的享富贵又寿延。天也地也！做得个怕硬欺软，却原来也这般顺水推船！地也，你不分好歹何为地！天也，你错勘贤愚枉做天"的唱词，愤怒地控拆了社会的黑暗和衙门的腐败，揭示了当时贫富两个阶级之间的深刻矛盾和尖锐对立。

（刽子云）快行动些，误了时辰也。（正旦唱）〔倘秀才〕则被这枷纽我的左侧右偏，人拥的我前合后偃。我窦娥向哥哥行有句言。（刽子云）你有什么话说？〔正旦唱〕前街里去心怀恨，后街里去死无冤，休推辞路远。

（刽子云）你适才要我往后街里去，是甚么主意？（正旦唱）怕则怕前街里被我婆婆见。（刽子云）你的生命也顾不得，怕她见怎的？

这里，当刽子手催着窦娥往刑场走时，她提出要从后街走，"怕只怕前街里被我婆婆见"，"俺婆婆会白白地气死"，这种婆媳情结，伦理感悟，化作窦娥唱词中撼人心灵的冲击力量。

（卜儿哭上科，云）天哪，兀的不是我媳妇儿！（刽子云）婆子靠后。（正旦云）既是俺婆婆来了，叫他来，待我嘱咐他几句话咱。（刽子云）那婆子近前来，你媳妇要嘱咐你话哩。（卜儿云）孩儿，痛杀我也！（正旦云）婆婆，那张驴儿把毒药放在羊肚儿汤里，实指望药死了你，要霸占我为妻，不想婆婆让与他老子吃，倒把他老子药死了。我怕连累婆婆，屈招了药死公公，今日赴法场典刑。婆婆，此后遇着冬时年节，月一十五，有瀽不了的浆水饭，瀽半碗儿与我吃，烧不了的纸钱，与窦娥烧一陌儿，则是看你死的孩儿面上。

（卜儿哭科，云）孩儿放心，这个老身都记得。天哪，兀的不痛杀我也！（正旦唱）婆婆也，再也不要啼啼哭哭，烦烦恼恼，怨气冲天。这都是我做窦娥的没时运还，不明不暗，负屈衔冤。

舞台上眼看婆婆哭着赶来，窦娥向老人诉说了张驴儿把毒药放入羊肚汤里图谋害命的情景，面对自己行将含冤致死，依然苦心劝慰老人舍弃烦恼不要悲伤，这又怎么不使她的婆婆呼喊，"兀的不痛杀我也！"

中国戏曲悲剧有着自己独特的审美特征。如同黑格尔所说："在真正的美里，冲突所揭露的矛盾中每一对立面必须带有理想的烙印，因此不能没有理性，不能没有辩护的道理。各种理想性的旨趣必须互相斗争，这个力量反对那个力量。"大团圆是中国戏曲悲剧中的动作情节的必要延缓和发展，这是历史发展的艺术浓缩，也是作家审美理想的表现。中国戏曲悲剧是正义力量经过反反复复的斗争，最终战胜邪恶势力。这种戏剧悲剧人物，具有美好的品格，善良、执著、不畏强暴。桃杌太守判窦娥死刑，依据是她看到婆婆将受拷打而违心地承担罪名。她临刑前发出血溅白练、六月飞雪、楚州大旱三年的誓愿，结果一一应验（大旱三年，反映作者社会心理局限性）。窦天章重新审理此案，女儿冤情得以昭雪，体现了人民群众向往善恶有报的良好愿望。

在异彩纷呈的戏剧舞台，"喜剧将那无价值的撕破给人看"，"悲剧将人生有价值的东西毁灭给人看"。（《再论雷峰塔的倒掉》，《鲁迅全集》第 1 卷）前者如《悭吝人》、《七品芝麻官》，后者如《窦娥冤》、《罗密欧与朱丽叶》等。

一生写了近 30 部喜剧的莫里哀，他的死却是一场悲剧。为了维持剧团开支，他带病演出《无病呻吟》。演到第四场，这位年仅 50 岁的戏剧大师便倒在舞台上。莫里哀是古典主义戏剧的创建者。他放弃家族的世袭爵位和一切继承权利，而与志同道合的"戏子"组成"光耀剧团"。两年后，因负债累累而入狱。出狱后离开巴黎，在"流亡大学"广泛接触社会生活，这对其戏剧创作产生着巨大影响。他的雄视古今的《伪君子》、《悭吝人》等杰作，已成为世界文化宝库的珍品。

《悭吝人》是五幕散文体喜剧。莫里哀运用极为生动和夸张的喜剧手法，淋漓尽致地勾画出资产者阿巴公的守财奴形象。这个剧本就像一把犀利的解剖刀，为人们剖析了资产阶级在资本积累过程中的本质特征。

阿巴公的悭吝闻名巴黎。这个 60 多岁的富翁，宽额头，鹰勾鼻，小眼睛，山羊胡，脸长得像一把斧子。他总是穿一件灰旧的补疤上衣，灯笼裤带上吊了一串永不离身的大钥匙。一个个扎上钢钉铁皮的厚木箱里，每一块钱币藏在什么地方，他全都记得清清楚楚。有的说阿巴公私自印日历增加斋期，强迫家里人多吃几天素；有人发现他深夜去偷自己的马吃的荞麦，被马车夫揍了一顿；还有人说他向法院控告邻居的猫，因为它吃了他啃过的羊腿。

阿巴公总提防别人算计他，心里充满怀疑、忧虑和恐惧。那天为收回的 1 万金币坐立不安，放在家里怕贼抢，藏在柜子里怕人偷，结果埋到了花园的泥土里。这个高利货者嗜钱如命，竟要儿子克雷央特娶有钱的寡妇，要女儿爱丽丝嫁给富有的老头。而他自己竟想不花分文娶一个年轻美丽的姑娘。这个姑娘恰好又是儿子克雷央特的情人玛丽亚娜。

这出喜剧，正是通过这些情节的渲染，突出反映了金钱对人的腐蚀作用，有力地揭露了资产阶级贪婪、吝啬的本性。正当阿巴公大做金钱梦的时候，克雷央特的仆人故意拿走了阿巴公埋在公园的1万金币。阿巴公不见金币，气急败坏，痛不欲生。"抓贼！抓凶手！抓杀人犯啊！老天爷，大法官，我被人割了脖子，我的钱，叫人偷走啦！偷走啦！我那可怜的钱，我亲爱的朋友，你怎么被人抢走啦？我的安慰，我的欢乐，我的幸福和希望全没了，我还活在世上干什么？神圣的法庭，公道的法官，警察啊，判官啊，法警啊，快来啊，我要狠狠下极刑，夹啊！拷啊！要是不招，我请求把所有的人全都给绞死！我要审判全家的人，男仆、女仆、儿子、闺女、连我，统统审。"金钱万能，这就是阿巴公的公道。

美国山姆大叔的次贷危机，导致全球出现了20世纪30年代大萧条以来最大的金融泡沫。富翁阿巴公的逐利性贪婪性，凸显着虚拟经济背离商品和实体经济的深层矛盾。如同《资本论》所说，"资本从头到脚都滴着血"，"为了利润就敢践踏一切人间法律和冒绞首的危险。"透过阿巴公一类形象，将会使人们对新自由主义市场经济理论与运行模式，以及资本主义制度产生清醒的认识，也可以看到所谓超级大国主导全球经济、政治、文化一体化，以及超级金融垄断资产阶段操纵金融市场，掠夺世界财富的本质。

人间喜剧，将会如何反思"华尔街精神"？

影视人物仪态万方

——从中国女皇到西方影后

神话、寓言、散文、诗、词、赋、曲、小说、戏剧，发展到电影、电视剧本和网络传媒作品，反映文学体裁随着社会变革不断创造新的形式。同时，晚晴文学也在这种文学形式的变化中充分展示着新的风貌。

作为一种综合性的文化媒体，影视诞生的历史不过几十年，它却在很多晚晴题材、不同年龄演员的创作中呈现着仪态万方的艺术特征。这种特色，在于适应影视文学作为视觉艺术的特点，通过剧本语言描写致力塑造具体、生动、鲜明的视觉形象，赋予镜头丰富的画面内容。其中，电影银幕便于反映广阔的生活背景，展现深邃的创作意蕴。电视屏幕小，人物情节集中，着力营造浓郁生活氛围。根据影视艺术的特点，《马寅初》、《华罗庚》、《云淡天高》、《我在天堂等你》、《激情燃烧的岁月》以及《杨善洲》、《桃姐》等剧本正是通过现实生活的集中概括，力图具有艺术的逼真性，以求人物性格镜头化，银屏形象典型化。

在海内外晚晴题材文学创作中，香港荧屏推出的唐代女皇《武则天》，美国影坛《金色的池塘》托起的八旬影后，为观众展示着一道引人注目的风景线。

随着电视连续剧镜头的展开，武则天在花甲之年登基，成为中国的第一个女皇。而她正式登基前后的作为，则反映出一个女政治家的眼光、胆识和性格特征。

武则天年逾花甲总揽朝廷大权，骆宾王一篇讨武檄文搅得周天之下难以平静。当时，武则天作为一个政治家却是泰然处之曰：骆宾王的文章语言铿锵，对仗巧妙，颇有文采，作者有这样好的才华未能得到重用，你们怎么让他长期失落于朝廷之外呢？唐代以来，武则天的故事在文学作品中并不少见。20世纪30年代，电影艺术在我国日益发展。银幕舞台充分展示着这位中国女皇的晚年业绩，为此而塑造着许多引人注目的艺术形象。

80年代，香港电视连续剧《武则天》走上内地荧屏，为广大观众提供了一个洞察"白发媚娘"心路历程的文化窗口。女皇称帝，武则天这一冲破儒学"男尊女卑"封建道德羁绊的构想（有学者指出，孔子"惟女子与小人难养"，"女子"即"汝子"，"卫国某女子"），曾经引来天下诸多争议。《武则天》正是聚焦于此，展示了一幅惊心动魄的皇位争夺画卷。

戏剧发展高潮，朝廷风云突变。正当狄仁杰、明崇俨等辅佐武则天代为处置朝中大事，各项要务处理得井然有序时，李氏王朝皇上驾崩，众臣个个摘下乌纱跪拜。明崇俨调兵封锁皇宫逼武称帝，并且声称不肯登基则将她杀死。可是，宇文骏则循规守矩，认定女性称帝实乃大逆不道。骆宾王见明崇俨、宇文骏为武后称帝争执不休，乃由皇子出面抢班夺权。武则天面对皇子悬挂的绞索放声大笑，宇文骏、明崇俨等人赶来营救武后。随着，徐敬业发动叛乱被武则天剿平，徐被就地处决，骆宾王被架送杭州灵隐寺削发为僧。

纵览晚晴文学时空，《武则天》为中国女皇描绘了瑰丽的画卷。媚娘白发苍苍，时间面前人人平等。武后政令依旧，作奸犯科亲疏同罪。武则天手柱龙头杖上朝，狄仁杰启奏说武优继强占民女，而对其如何处置则不置可否。其时，上官婉儿直禀皇上，武优继乃皇上远方侄儿。武则天闻讯断然下令，速斩此人以平民愤。

武则天怀胎12个月的太平公主，诞生在唐军将士维护统一大胜突厥的风云岁月。这位李隆基的姑子力排众议，帮助武后走上中国女皇的宝座，并以自己的智慧结束了恶梦般的酷吏制度。善解人意而成为监国大公主的女儿，在母亲大寿喜庆之日请来两位乐师。这两位相貌宛如宇文骏、明崇俨的"克隆"式人物，以其娴熟的演奏技艺，引得八旬高龄的武则天居然翩翩起舞。

《武则天》这部电视连续剧，作为以荧屏形象反映社会生活的镜子，为武则天称帝后老有所为、老有所乐的宫廷人物涂抹了精彩的一笔。全剧行将落幕，宇文骏、明崇俨赶来向武则天贺寿。皇宫精工制作的佳肴，沁人心脾的寿酒，在喜庆的筵席上散发着浓郁的芳香。在歌舞升平鼓乐大作的氛围中，众人簇拥鬓发斑白的女皇和一行长者迈步御花园赏雪。武则天步履自如，颌首含笑，俄而唤过婉儿传旨，让朝廷文武百官明日到御花园赏花。霎时，武则天身边的官员十分惊诧，眼前雪花漫天飞舞，女皇怎个叫人家来这里赏花！

有为无处无还有，隆冬自有百花开。原来，武则天早已差人去终南山，吩咐卖炭翁乡邻为其准备炭火。他们采用唐代"高新技术"，在瑞雪覆盖的温室内成功培育名贵的花卉明星。创新，是一个民族进步的灵魂。国防科大周兴铭教授说，知识经济的表现形式，古今中外概莫能外。君不见，南粤八旬老翁创业五年，发展公益事业的第一桶金获利 200 多万元。华东地区名优水果进入日本市场，1千克价值 2000 美元，这更是白发媚娘难以实现的梦想。《武则天》的最后一场，众官应女皇之命来到御花园，但见园内鲜花盛开，万紫千红，好一片皑皑白雪护群芳的奇特景观。宴席散去，百官道谢，宇文骏、明崇俨等众臣告退，武则天神情激动，挥泪相送。

长寿时代社会生活的到来，为世界各国影视创作展示着一片广阔的天地。广大影视工作者从世界思想文化成果和现实社会生活中吸取养分，为观众塑造着晚晴天地许多引人注目的银屏艺术形象。从影视领域的中国女皇武则天晚年形象，到西方影后塑造的晚晴题材艺术典型，无不展现着长寿时代社会生活画卷。

海外影视界的一些人士，以其对于老龄问题现状和趋向的关注，拍摄过《戴西小姐》、《老无所依》(《夺命奇案》) 等影视片，演员多次获得奥斯卡金像奖。这些影视作品，在晚晴题材对生与死、家庭与社会等主题方面不断开拓，作出了一定的探索。

"老人安然寿终，在一种自然状态之中，其事当必如此，然则有何痛苦哉？吾尝推人之所以甚畏死者，非以其痛苦乃以其变化之剧大也。"(《毛泽东早期文稿》第 196 页) 在美国影片《金色的池塘》中，80 岁的退休老教授诺曼对年迈妻子埃塞尔说："我害怕死神的降临，我渴望着看到你那美丽的面容，因为我迫切地需要一种安全感。"这里展示的两位老人相濡以沫的镜头，显然将观众引向了他们关于生与死主题的深入思考。美国著名演员亨利·方达饰诺曼，凯瑟琳·赫本饰埃塞尔，双双以其出色表演获第 54 届奥斯卡金像奖最佳男女主角奖。

世界影星凯瑟琳·赫本以七旬高龄拍摄《金色的池塘》，81 岁的杰西卡·坦迪则在美国故事片《戴西小姐》中获得奥斯卡奖最佳女主角称号。这部影片，介绍了 20 世纪中叶发生在美国佐治亚州一个小镇的故事。最初，热衷于驾车外出的戴西由于年老迟钝导致车祸。子女特意给戴西雇用了热心的黑人司机霍克。老人的固执、家庭的纠葛，赋予了影坛令人关注的戏剧矛盾冲突。面对拒不坐车的戴西，霍克主动为她修整花圃，邀请她去听黑人领袖马丁·路德金的演讲。这里，通过霍克的不懈努力，终于使老人敞开自己的心扉，怀着极不平静的心情诉说着童年的苦难遭遇。影坛选择的这些生活素材，使晚晴创作充满着友谊与情感、家庭与社会诸多奇妙而复杂的生活内涵。

世界范围内晚晴文学创作的崛起，反映着长寿时代人们对老龄问题的日益关注。这里的一个引人注目的课题，就是面对越来越多的社会成员进入晚年生活时期，如何不断消除代际之间的鸿沟问题。影片《金色的池塘》，反映的是退休老教授诺曼第 48 次来到池塘边的别墅度假的故事。80 岁的诺曼心灰意懒，而老伴埃塞尔热爱生活。他们对待女儿切尔西等年轻一代的不同态度，形成了鲜明的反差。切尔西去欧洲度假，孩子比利留在两位老人身边，给他们带来了无限生气。在埃塞尔的关心下，切尔西等人一起帮助诺曼老人恢复了对生活的信心，重新振作精神迎接未来。

五　晚晴文学创作内容

晚晴文学的创作内容，是作家按照一定的世界观、人生观、价值观评价社会生活，按照一定的生活素材提炼加工而后创作出来的作品。这些作品既包括现实生活在内的客观因素，也包括作家思想感情在内的主观因素。它们或展观老当益壮的思想风貌，或刻画坚忍执著的人物性格，或观照崎岖坎坷的人生之路，或反映宁静淡泊的晚年生活，从而表达前辈对人生的回顾与眷恋和对社会的关注与思考，倾注老一代对未来的憧憬与希望和对后人的激励与期待。

展现老当益壮的思想风貌

——苏辛词章慷慨风骨

中外晚晴文学作品，作为世界各个地域不同民族社会生活的反映，呈现着绚丽多姿的景象。占人类四分之一的中华民族，在历史悠久的长河中谱写着自己的灿烂篇章。而晚晴文学许多表达壮怀激烈、老当益壮意蕴的作品，又成为更加令人瞩目的一页。如同恩格斯所说：文学创作中"主要人物是一定的阶级和倾向的代表，因而也是他们时代的一定思想的代表，他们的动机不是从琐碎的个人欲望中，而是从他们所处的历史潮流中得来的。"这种具有典型社会意义和历史内容的艺术形象，集中体现着作家对社会人生的感受，体现作家的理想、愿望和追求。

在我国词章史上，苏词、辛词是两座雄伟峻拔的高峰。刘熙载《艺概》云："苏辛皆至情至性人，故其词潇洒卓荦，悉出于温柔敦厚。""词家苏辛并称，其实辛犹人境也，苏其殆仙乎！"

作为开南宋辛弃疾、陆游等人爱国词章先河者，苏轼以极盛名的全能作家著称，弘扬清雄旷放的崭新意境和风格，给宋代词坛注入勃勃生机。蔡嵩云《柯亭词论》曰："东坡词，胸有万卷，笔无点尘。其阔大处，不在能作豪放语，而在其襟怀有涵盖一切气象。"这位宋代文学革新之集大成者，在文学理论上，强调"有为而作"（《凫绎先生诗集序》）和"有补于国"（苏辙《东坡先生墓志铭》），同时提倡"辞达"，"使是物了然于心"、"了然于口与手"（《答谢民师书》），"问汝平生功业，黄州惠州儋州"，"人生到处知何似，应似飞鸿踏雪泥。泥上偶然留指爪，鸿飞那复计东西。"苏轼的《自题金山画像》、《和子由渑池怀旧》，情理交融，意在言外，意蕴无穷。这位年过花甲的文学家离开海南岛北上时赋诗："九死南荒吾不恨，兹游奇绝冠平生。"正是这种豁达乐观的人生态度，铸就着苏轼作品的旷达风格和壮阔气象。

沈括等人引发的"乌台诗案"，是苏轼人生道路上的转折点。他的一生经历两次在朝——外任——贬谪的过程，集荣辱、祸福、穷达、得失于一身。尽管历尽坎坷，而他却保持着超然物外、随遇而安的洒脱态度，坚持对人生美好事物的追求。《念奴娇·赤壁怀古》和《水调歌头·丙辰中秋》，便是最能代表他的豪放风格和革新精神的词章。前者作于黄州，这时他念及事业无成，遥思古人功业，不禁思绪万端，奋然疾书曰：

大江东去，浪淘尽，千古风流人物。故垒西边，人道是，三国周郎赤壁。乱石穿空，惊涛拍岸，卷起千堆雪。江山如画，一时多少豪杰。遥想公瑾当年，小乔初嫁了，雄姿英发。羽扇纶巾，谈笑间，樯橹灰飞烟灭。故国神游，多情应笑我，早生华发。人生如梦，一樽还酹江月。

这首词，上阕即景写实，以赤壁突出江山胜迹；下阕因景生情，突出英雄伟业。词人首先描绘了极为广阔的时空背景，将读者带入千古兴亡的历史氛围，运用气势飞动的乱石、惊涛为英雄人物的出现作了很好的铺垫。然后集中笔墨塑造古代英杰周瑜气度从容、指挥若定的艺术形象。结尾一句"人生如梦"，将词人"早生华发"、"故国神游"、举酒酹月的意蕴、情怀展示得淋漓尽致！

苏轼一生历尽坎坷，风节凛然。其著作甚丰，有《东坡全集》

111 卷，词今存 340 多首。南宋刘辰翁说："词至东坡，倾荡磊落，如诗如文，如天地奇观。"（《辛稼轩词序》）他致力发展词章表现技巧，运用铺叙、抒情、婉曲等手法和清新雅练、雄健晓畅的语言，不断开拓着艺术领域的新境界。元丰元年（1078 年）春天，苏轼按照民间习俗，为徐州石潭的老百姓祈雨，写下一组《浣溪沙》云："照日深红暖见鱼，连村绿暗藏晚乌，黄童白叟聚睢盱。""老幼扶携收麦社，乌鸢翔舞赛神村，道逢醉叟卧黄昏。""垂白杖藜抬醉眼，捋青捣麦软饥肠，问言豆叶几时黄？"这里，或描绘白发老人喜悦神情，或叙说聚会长者醉卧黄昏，或记述太守老翁田间对话，好一幅政通人和理想画图！

苏轼在徐州祈雨过后几年，又在浠水清泉寺留下了《浣溪沙》的词章。"山下兰芽短浸溪，松间沙路净无泥，萧萧暮雨子规啼。谁道人生无再少？门前流水尚能西！休将白发唱黄鸡。"其时春雨潇潇，松间沙路洁净，苏轼患病新愈，但闻杜鹃啼鸣。这里，诗人以兰溪水西流的景观评说人生"无再少"的理念，进而指点白居易诗中黄鸡催晓白日催年的悲观心态，恰似伍修权所吟"晚晴高唱晚节歌"，为人们奏响着永葆青春的人生进行曲。

王灼《碧鸡漫志》云："东坡先生以文章余事作诗，溢而作词曲，高处出神入天，平处尚临镜笑春，不顾侪辈。……东坡先生非心醉于音律者，偶尔作歌，指出向上一路，新天下耳目，弄笔始知自振。"作为宋代文学革新的集大成者，苏轼认为文学"要归合于大道"（《答陈师仲书》），要提倡辞达，艺术上"出新意于法度之中，寄妙理于豪放之外"（《书吴道子画后》）。他以其洒脱飘逸的气度、睿智深邃的风范、超然旷达的性格内涵影响着一代又一代文人。张孝祥、辛弃疾、陆游、陈亮、袁枚、赵翼、郑板桥等人的作品，无不从苏轼的作品中吸取营养。

金人元好问云："乐府以来，东坡为第一，以后便到辛稼轩。"（《遗山自题乐府引》）辛弃疾（1140—1207 年），字幼安，号稼轩居士，历城（今山东济南）人。这位被誉为宋代词坛"飞将军"的"豪放词派"主帅，22 岁时聚众 2000 人参加耿京领导的抗金农民起义军，并曾率众万余人南渡归宋。在南宋曾任江阴军签判、湖南江西安抚使，并在长沙营盘街成立"飞虎军"。后因坚持抗金落职，闲居江西 20 多年。晚年被起用又以参与北伐抗金活动被弹劾落职。"开禧北伐"失败后忧愤而死。清人周济云："稼轩敛雄心，抗高调，变温婉，成悲凉。苏辛并称，东坡天趣独到处，殆成绝诣，而苦不经意，完璧甚少；稼轩则沉著痛快，有辙可循，南宋诸公，无不传其衣钵，固未可同年而语也。"（《宋四家词选·序论》）

辛词题材广泛，风格多样，体备刚柔，千汇万状。宋人刘克庄云："公所作，大声鞺鞳，小声铿鍧，横绝六合，扫空万古，自有苍生以来所无。其秾纤绵密者，亦不在小晏、秦郎之下。"（《辛稼轩集序》）宋宁宗嘉泰四年（1204 年），65 岁的辛弃疾任镇江（京口）知府参与筹措北伐，临战前夕，他写下北固亭怀古一词，赞扬刘裕（寄奴）和孙权的业绩，同时也表达着自己反对轻率冒进的战略构想。明代杨慎的《词品》说，"辛词当以京口北固亭怀古《永遇乐》为第一。"

千古江山，英雄无觅，孙仲谋处，舞榭歌台，风流总被雨打风吹去。斜阳草树，寻常巷陌，人道寄奴曾住。想当年，金戈铁马，气吞万里如虎。

元嘉草草，封狼居胥，赢得仓皇北顾。四十三年，望中犹记，烽火扬州路。可堪回首，佛狸祠下，一片神鸦社鼓。凭谁问：廉颇老矣，尚能饭否？

辛弃疾的这首思想艺术品位很高的词作，怀古伤今，浮想联翩，通篇用典，沉郁苍凉。朝廷北伐负于契丹 80 次，而宰相好大喜功，盲目行动，仓促准备出师。辛弃疾以古喻今，通过《永遇乐》这首词指出了当初刘义隆草率出兵"赢得仓皇北顾"的败局。"廉颇老矣，尚能饭否"的结语，以英雄"一饭斗米十斤肉"的史实（《史记》），展示了辛弃疾等志士文人壮志难酬的长者情怀。

作为宋词黄金时代的杰出作家，辛弃疾以其作品奏响爱国思想和战斗精神的主旋律，同时也抒发了自己报国无门、壮志末酬的深沉忧愤。清人陈廷焯云："辛稼轩，词中之龙也，气魄极雄大，意境却极沉郁。"（《白雨斋词话》卷一）《清平乐·独宿博山王氏庵》：
"平山塞北江南，归来华发苍颜。"《摸鱼儿·自湖北漕移湖南》：
"休去倚危栏，斜阳正在，烟柳断肠处。"这里，或以夜晚山寺荒寂
之境映衬词人报效家国、壮心不已的胸怀，或以斜阳烟柳的凄迷景
象表达作者对于南宋时局风云变幻的感慨，使辛弃疾词派创作的文
学氛围呈现出强烈的艺术感染力。

　　清人吴衡照云："辛稼轩别开天地，横绝古今，《论》、《孟》、
《诗小序》、《左氏春秋》、《南华》、《离骚》、《史》、《汉》、《世
说》，选学、李杜诗，拉杂运用，弥见笔力之峭。"（《莲子居词话》
卷一）1190年，辛弃疾与著名思想家、政论家和词人陈亮在江西鹅
湖聚会十日，写下了被陈焯廷称为"仿佛魏武诗"的以英雄许人亦
以英雄自许的代表作。这首"为陈同甫赋壮词以寄之"的《破阵
子》云：

　　醉里挑灯看剑，梦回吹角连营。八百里分麾下炙，五十弦翻塞
外声。沙场秋点兵。

　　马作的卢飞快，弓如霹雳弦惊。了却君王天下事，赢得生前身
后名。可怜白发生！

　　词人以浪漫主义手法，通过看剑、犒军、演奏、阅兵、习武的
铺叙一展将士雄风和作者胸襟。作品结构奇特，对比强烈，词情气
势磅礴，句格奇偶相生，格局视点跳跃，"自是有大本领、大作用人
语。"（陈延焯《白雨斋词话》卷一）

刻画坚忍执著的人物性格

——大洋两岸"响螺"冲击波

　　中外晚晴文学作家的力作，构建着引人瞩目的"文学太平洋山
脉"。海明威故里的一曲"响螺共和国"的歌声，展现着《老人与
海》中桑地亚哥的"硬汉"性格，在大洋两岸和世界各地产生着广
泛的影响。

　　海明威作为记者，曾在意大利前线采访时中弹237次。后来以

"迷惘的一代"文学典型引人注目。20世纪30年代购得美国最南端城市西礁岛（Key West）住房写作《老人与海》，塑造了老渔民桑地亚哥这一形象。1982年，西礁岛居民揭竿而起竖起"响螺共和国"的国旗，反对警方设置路障限制人们的活动自由，致力弘扬海明威倡导的桑地亚哥精神。

《老人与海》是一部希腊古典悲剧类型的作品。作者"试图描写一个真正的老人，一个真正的孩子，一个真正的大海，一条真正的鱼和许多真正的鲨鱼"。我们知道，桑地亚哥这个名字是圣雅各在西班牙语中的拼法。圣雅各原是渔夫，是耶稣在加利海滨最早收的4门徒之一。小说中的桑地亚哥老人87天的捕鱼生活，为人们展示着老渔民何等艰辛的历程。他每天出海打鱼，结果一无所获。桑地亚哥84天没有打到一条鱼，致使随他出海的一个孩子也不得不在第40天离开他而去。第85天，老人毅然下海，终于发现"水下有硬梆梆的东西在扯动"，这下可钓到一条大鱼。然而，要捕捉这条比桑地亚哥的小船还长两英尺的大鱼，真是谈何容易！第3天，老人拼命拉紧钓丝，举起鱼叉降服了大马林鱼。可就在返航途中，那条鱼竟被鲨鱼吃得只剩一副骨架。那孩子赶来见到这个情景，守着老人放声大哭。倔强的老人在疲惫中安然入睡。这时，桑地亚哥梦见了狮子。

海明威40年的创作生涯，形成了自己独特的艺术风格。这种艺术特色，集中地表现在他对"冰山原则"的实际运用：创作要像海上漂浮的冰山，八分之七藏于水下，只有八分之一露出水面。"冰山运动之雄伟壮观，是因为它是有八分之一在水面上。"为了创造这种独特的艺术境界，记者海明威不断通过采访游历等方式开阔自己的视野。他到过意大利前线、法兰西都市，还曾赴西班牙看斗牛、在非洲打猎、去古巴钓鱼。在创作《老人与海》以前，海明威以拳击家、斗牛士、渔夫、猎人为主人公写过不少小说。这些人物面对暴力威胁，处于死亡边缘镇定自若，呈现着独特的"硬汉性格"。

1961年，海明威身患多种疾病而在痛苦中自杀。西礁岛居民每年7月都要举办为期1周的海明威节。在这期间，人们热烈评论海明威的作品，组织模仿海明威大赛和饮啤酒、钓鱼比赛。通过海明威作品研讨活动，人们深入剖析了"硬汉性格"的表现形式：孤独的主人公以及内心独白；形象富动作性；情景交融；"电报式"对话；清新自然的叙述文字等等。其表达方式的特点是，从感觉、视觉、触觉着手刻画人物形象，将作者、形象和读者之间的距离缩短到最低限度，用具体、鲜明、真切的画面凝聚人物形象的思想感情。

海明威致斯克里布拉出版社编辑的信写道："现在发表《老人与海》可以驳倒认为我这个作家已经完蛋一派批评意见。"（《海明威谈创作》，董衡巽编选）那么，这部小说的多层次含义是什么呢？海明威说，一个作家对事物的远见，这是最重要的创作的来源。《老人与海》的译者吴劳指出：小说开头提到老人 87 天没捕到鱼。根据耶稣的事迹和基督教的节期来看，这个数字似乎含有深意在内。耶稣受洗后禁食 40 昼夜，加上基督教斋期的 40 天，再加上复活节前"圣周"那 7 天，刚好 87 天。老人在海上打鱼的 3 天，刚好等于基督从受难到复活那 3 天。他还认为，老人圣地亚哥代表着所有人经受放之四海而皆准的苦难历程。为了刻画坚忍执著的人物性格，海明威将渔夫比做作家，将捕鱼术代表写作，而大鱼则是伟大的作品。

"文学太平洋山脉"崛起，为展现晚晴人物典型形象激起着"响螺"冲击波。伟大时代和伟大民族，呼唤着反映伟大历史变革的作品。在不同历史时期产生过重要影响的文学作品，总是以其作者对社会生活的深刻体验、精思傅会而激励人感染人的。梁斌通过《红旗谱》塑造的坚毅、执著、果敢、纯朴的朱老忠的形象，以及运涛、江涛、严志和、春兰、大贵、老驴头、朱老忠等一系列人物群像，组成了当代中国文学革命农民的多姿多彩的画廊。李希凡说："朱老忠，一个在血泊恨海里经过千锤百炼熔铸起来的反抗地主压迫的农民英雄，他继承了传统革命农民的斗争性格，和水浒英雄们的性格有着一脉相承的联系。世代农民许多革命性格的传统特色，在他的性格里，都有着多方面表现，而且可以称得起是更典型、更理想、更集中的表现。"（《论中国古典小说的艺术形象》，上海文艺出版社）

锁井镇的文化传承史表明，反抗封建地主阶级压迫的斗争，锤炼着中国农民不可屈服的坚强性格。朱老巩、严志祥等人为阻拦冯兰池侵夺48亩官地的壮举，表达了48村人民推翻反动统治者的强烈愿望。朱老忠独特的个人生活遭遇，孕育着他的斗争性格的发展历史。面对朱老巩和冯兰池冲突后吐血身亡，以及他姐姐被强奸事件的发生，朱老忠满腔愤怒，出走他方。他闯荡江湖，在关东挖参、淘金，25年后再回到锁井镇，闯出了一个严志和所说的"硬汉子"。

在作者塑造英雄形象的过程中，夸张、想象和典型化是按照典型人物性格发展规律进行的。朱老忠的性格特征，交织着历史和现实的深刻经历。朱老忠见多识广，舍己为人。他本来自己很穷，可听说江涛交不起学费，便拿出在关东卖苦力所挣的钱。同时，他还对曾经长期与冯老兰展开斗争的朱老明鼎力相助。正是在这部充满乡土气息的小说里，人们仿佛看到了一个电视连续剧《水浒》中"哪有不平哪有我"的鲁智深、李逵式人物形象。

朱老忠人物形象的塑造成功，对于我们在社会主义市场经济条件下突出精品意识，刻画中国形象、民族形象颇有借鉴意义。陆贵山在中国作家协会召开的全国文学理论研讨会上说："邓小平提出文艺为人民服务，为社会主义服务的文艺思想，是对历史上几种具有深远影响的文艺观辩证整合与发展，包含着几层意思：①尊重艺术的审美属性特殊规律，但不主张'为艺术而艺术'；②'主张为人生而艺术'，这是社会——历史的健全的人生；③主张为社会——历史而艺术，但这社会——历史是人生的社会历史。人作为社会——历史的主体、受体、载体和创体，可以理解为人的生命活动和社会历史活动双向互动，融为一体，共同激进，协调发展。"（1999年1月9日《人民日报》）迎着改革开放的时代大潮，作家提高精神境界，才可能写出大气盎然的作品。

长篇小说《红旗谱》与后来拍摄电视剧《闯关东》的创作实践告诉我们，像作者那样充分积累农村生活素材和认真分析各种人物心态，从中国广大革命农民身上发掘其坚强、乐观的思想内涵，展现其革命传统与进取精神，才能赋予人物以可贵的品质和理想的光辉。

观照崎岖坎坷的人生之路
——杜甫、莎士比亚创作意蕴

　　文学创作展示崎岖坎坷的人生之路，塑造各具特色的人物形象，构建着人类文化园地异彩纷呈的艺术长廊。培根的《论困厄》写道："幸运是《旧约》中的福祉；厄运是《新约》中的福祉；而厄运所带来的福祉更大，所昭示的上帝的恩惠更为明显。""幸运并非没有许多的恐惧与烦恼；厄运也并非没有许多的安慰与希望。在针工与刺绣中，我们常见，若一片浅色的底子上安排一种暗郁的花样悦目得多；从这眼中的乐趣上推断心中的乐趣罢。"（《培根论说文集》）作为传承文明的重要成果，被中外读者誉为诗史的杜甫诗作，和英国戏剧大师莎士比亚的作品，浓抹重彩地描绘着人生坎坷历尽艰辛的画卷，为我们留下宝贵的文化财富。

　　杜甫，是一位历尽社会沧桑而一直放声歌唱的行吟诗人。其《旅夜书怀》，系诗人吟诵《茅屋为秋风所破歌》之后，离开成都草堂所云："细草微风岸，危樯独夜舟。星垂平野阔，月涌大江流。名岂文章著，官应老病休。飘飘何所似？天地一沙鸥。"杜甫晚年在成都凭吊司马相如遗迹赋《琴台》云："茂陵多病后，尚爱卓文君。酒肆人间世，琴台日暮云。野花留宝靥，蔓草见罗裙。归凤求凰意，寥寥不复闻。"诗人从相如与文君晚年真挚爱情写到琴台变迁，可谓情景交融，神思飞越！

　　尽管唐人之《河岳英灵集》、《极玄集》均录王维等人诗作而不选杜甫诗，但是，历代诗人总是把杜甫的诗篇作为学习的典范。历史学家范文澜的《中国通史简编》说："杜甫，在唐朝是诗人第一，在古代所有诗人中也是第一。"杜甫和其他很多诗人不同的地方，是能"以饥寒之身而怀济世之心，处穷迫之境而无厌世之想。"他在人生旅途中，尤其是晚年生活凄凉、漂泊湘江的境遇下，"无论遭受多大的困难，受着多大的委曲，他都能够坚韧自持，而不会步屈子后尘，投江自杀；也不像李白一样，腾在天空中作狂热的呼喊。"（刘

大年《中国文学发展史》)

杜甫的一生是饱经忧患的坎坷一生，屡次科场失意，24 岁在洛阳考进士不中，随后结识李白、高适等诗人南游荆楚，北访齐赵。作为闻一多所说的"中国有史以来第一个大诗人"，他出长安，奔秦州，过同谷，赴巴蜀，进三峡，入潇湘，有机会接触社会各个阶层，了解唐王朝政治腐败情况。杜甫的作品，如同唐代元稹所说："上薄风骚，下盖沈宋，言夺苏李，气吞曹刘，掩颜谢之孤高，杂徐庾之流丽，尽得古今之体势，而兼人人之所独专矣。"

对于杜甫来说，"吾祖诗冠古"的家世渊源，不能不给自己以深远影响。他经历了唐帝国由盛及衰的急剧转变时期，看到安史之乱生灵涂炭的过程和社会江河日下的景象。通过自己的诗歌展示了盛唐社会末期危机四伏的生活图景。天宝十五年（756 年）长安沦陷后，他投奔甘肃灵武见肃宗，途中为叛军俘虏。当时，写下《月夜》、《哀江头》等作品。两年后，去河南巩县探亲，写下《石壕吏》、《垂老别》等《三吏》、《三别》名篇。通过对安史之乱中有关兵役征戍的悲惨情景的描述，说明汉代以来朝廷颁布的侍奉老人的条文已经践踏殆尽。

暮投石壕村，有吏夜捉人。老翁逾墙走，老妇出门看。吏呼一何怒，妇啼一何苦！听妇前致词：三男邺城戍。一男附书至，二男新战死。存者且偷生，死者长已矣！室中更无人，惟有乳下孙。有孙母未去，出入无完裙。老妪力虽衰，请从吏夜归，急应河阳役，犹得备晨炊。夜久语声绝，如闻泣幽咽。天明登前途，独与老翁别。

这首描写石壕村小吏连夜拉夫"急应河阳役"的诗篇，采用"第三只眼睛"的摄影镜头拍摄了老妪哭诉全家遭遇的惨状，并且将"妇啼"、"幽咽"的同期声永远录入历史磁带。诗人通篇未作个人评述的高超写作技巧，包含着何等痛定思痛的深沉感情！

四郊未宁静，垂老不得安。子孙阵亡尽，焉用身独完！
投杖出门去，同行为辛酸。幸有牙齿存，所悲骨髓干。
男儿既介胄，长揖别上官。老妻卧路啼，岁暮衣裳单。
熟知是死别，且复伤其寒。此去必不归，还闻劝加餐。

土门壁甚坚，杏园度亦难。势异邺城下，纵死时犹宽。

人生有离合，岂择衰盛端！忆昔少壮日，迟回竟长叹。

万国尽征戍，烽火被冈峦。积尸草木腥，流血川原丹。

何乡为乐土？安敢尚盘桓！弃绝蓬室居，塌然摧肺肝。

这首《垂老别》中的老翁不是"逾墙走"，而是"投杖出门去"。这时，唯一的亲人老妻已哭倒在路旁，褴褛的衣衫在瑟瑟寒风中抖动。面对旁观者的感叹欷歔，在这位豁达大度的老翁看来，却是"人生有离合，岂择盛衰端！何乡为乐土？安敢尚盘桓！"

16 世纪末叶至 17 世纪初，英国文艺复兴经历着自己最繁荣的时期。莎士比亚（1564—1616 年）生活于伊丽莎白时代全盛时期和王权政治危机阶段。他作为英国杰出戏剧家和诗人，仅仅在 20 多年的艺术实践中便创作了 37 部戏剧，以及叙事诗和大量十四行诗。莎士比亚的作品从各个方面深刻地、艺术地反映着他那个时代的社会历史进程，以其人文主义的文学作品推动反对宗教束缚和封建压迫的斗争。马克思多次提出，文学创作要"莎士比亚化"。恩格斯给拉萨尔的信曾经预言，莎士比亚剧作情节的生动性和丰富性的完美融合正是戏剧的未来。

莎士比亚时代的人文主义戏剧，是伴随中古戏剧如宗教剧、道德剧和闹剧的衰落而成长的。进入 17 世纪 20 年代，也就是莎士比亚去世后，清教徒发起反戏剧活动，英国的文艺复兴戏剧便告结束。可是，祖辈务农的莎士比亚当年来到伦敦戏剧界，没有被"大学才子"格林的斥责挤出舞台。在出身鞋匠家庭、毕业于剑桥大学的杰出戏剧家马娄的影响下，莎士比亚创作的剧目与大学生见面，在剑桥、牛津大学产生强烈反响。

随着伊丽莎白时代的社会生活变化，莎士比亚的戏剧大致可以分为 3 个时期。前期创作有历史剧《约翰王》、《罗密欧与朱丽叶》及《威尼斯商人》等，中期有四大悲剧《哈姆雷特》、《奥瑟罗》、《李尔王》、《麦克白》等，后期有传奇剧《辛白林》、《暴风雨》等。在莎士比亚的这些剧作中，出场的角色约 1000 人，可谓千姿百态、栩栩如生，通过刻画不同的人物性格展现着当时的社会生活风貌。

其中,《李尔王》这出著名的悲剧,堪称莎士比亚笔下的晚晴题材戏剧代表作。

《李尔王》,取材于一个引起晚晴天地观众颇为关注的民间传说,当时伦敦的戏剧界已经多次有人将它搬上舞台。按照莎士比亚的构想,年老力衰的不列颠国王李尔,在自己退出政治舞台时作出摆脱"一切世务"的部署,把国土和财富分给 3 个女儿,以使自己能够安度晚年。在国王对女儿的品行、才能进行考察时,两个女儿高纳里尔和里根,用尽手段骗取权力。她们不懂得如何治国,而是日益骄横地虐待国王,直到要将老人驱逐出境。李尔反思自己的生活坎坷无济于事,被冷酷、残忍的长女、次女逼疯,在一个雷电交加的暴风雨之夜怀着悲愤奔向旷野。面对狂风暴雨,李尔想到了上无片瓦下无立锥之地的破产农民,还看到了人生坎坷无家可归的流浪者。这时,他的三女儿科狄利娅闻讯从国外赶来救助老人。科狄利娅聚众起义讨伐两个姐姐,不幸和李尔一起被俘。老人疯疯癫癫在悲愤中一命呜呼,他的三女儿被送上断头台。通过《李尔王》塑造的不同人物形象,莎士比亚深入揭示了资产阶级奴役人民、攫取财富的疯狂心理特征,也在这里力图展现他的人文主义的梦幻理想。

莎士比亚的《李尔王》等剧目,深深地烙上了 16 和 17 世纪之交英国社会的印记。他创作的悲剧,乃是文化复兴时期人文主义者反教会、反封建的抗争高潮中的悲剧。当时,戏剧成为联系广大群众、传播人文主义思想的重要媒介,许多手艺人、小商贩、打工者、大学生、自由职业者富商和绅士乃是观众的基本组成部分。人生坎坷的莎士比亚,作为一个在剧场外伺候绅士的牵马者参与剧务,其创作致力于突出李尔一类人物的性格特征和心理活动,把人物的外在矛盾融入深刻的内在矛盾之中,在希腊悲剧创作及其理论影响下为近代悲剧做出了重要贡献。同时,他塑造的李尔等悲剧人物形象,总是通过生动而丰富的情节展示其典型性与鲜明个性,在创作实践中突破了希腊、罗马戏剧的"三一律"。这样,他的作品便被马克思、恩格斯当作戏剧创作的典范。

反映宁静淡泊的晚年生活

——王维辋川园林诗的启示

人生这条生活的河流，有山泉的叮咚，小河的喧闹和大江的壮阔。一个人进入晚年，有如江河通向大海的流程，浑厚深沉，兼容并包，舒缓自如。在唐玄宗的晚年醉心"爱情悲喜剧"的岁月，王维以其终南山"再就业"生活需要，购置长安东南宋之问原来的辋川山庄。这位诗人、画家和山水园林大师，巧妙地利用"别业"景物建造别墅，以山谷、岭、溪流、湖泊、林木精心布局，构建亭、馆、桥、坞浑然一体的风景线，从而在这胜冠秦雍的园林写下《辋川集》和一系列山水诗篇，成为历代山水诗派反映宁静淡泊闲适心境的晚晴绝唱。

盛唐诗苑姹紫嫣红、争艳斗妍的绚丽景象，在中华民族的文化史上留下了光辉一页。千百年来被人们称为"诗佛"的王维，以其杰出的才华和瑰丽的诗笔，给我们奏响着放歌百代的乐章。《王维研究》（第一辑）关于盛唐气象及风韵的论文指出，王维经历盛唐的全过程，其诗名远盛于杜甫。唐人之《河岳英灵集》、《极玄集》均录王维诗，而不选杜甫诗。其"覆盖古今"的山水田园诗、边塞诗、送别诗、游侠诗、爱情诗、佛理诗、应制诗，莫不"庄重典雅，斯为绝唱"。（《四友斋丛书》、《王右丞集序》）

美国欧文·斯通的《梵高传》告诉我们，梵高在寂寞、穷困的折磨中倾注了自己全部的天才和爱，创造了一幅幅对生活充满欢乐的作品，终于在绘画中找到自己的精神乐园。梵高传奇、坎坷的一生给人带来强烈的精神震撼。它印证着一句古老的欧洲格言："一个人在青春期企望的老年便得到丰收。"我国唐代以《辋川图》闻名于世的"南宗"山水画创始人王维，更是以其"桑榆郁相望，邑里多鸡鸣"（《赠房卢氏琯》）的诗篇，为我们描绘着"开元之治"神州时空晚霞似火的绚丽图景。王维历经社会沧桑，将目光投向桑榆园地，在这里寻觅发现着生活的真善美，从而发掘出晚晴诗歌的艺术瑰宝。

印度诗人泰戈尔说过，小草脚下拥有地球。从王维故居飞云山下，到当年黄帝蚩尤大战的阎王砭附近，蓝田辋川的奇异山水苑囿堂舍"胜冠秦雍"，堪称"极唐代园林之盛"的蓬莱仙境。王维与屈原、苏轼等诗人一样，有着坎坷的生活经历。这位笃信佛教的诗人，渴望拥有自由平静、和睦相处的社会环境。自从购得宋之问集峰、涧、坞、溪、坨、河、湖、瀑于一体的"蓝田别业"以后，他便醉心于建造辋川山谷静谧壮观的综合园林。这位以园林艺术大师著称的诗人，正是通过自己创作中北方典型的田园景观，拓展着他的《渭川田家》描绘的瑰丽画卷和隐逸情怀："斜光照墟落，穷巷牛羊归。野老念牧童，倚杖候荆扉。雉雊麦苗秀，蚕眠桑叶稀。田夫荷锄至，相见语依依。即此羡闲逸，怅然吟《式微》。"

山野倚杖老翁和乡村农夫，牧童怡然自乐的画面，荡漾着悠闲安逸令人陶醉的旋律。这宁静的山野，绚丽的晚霞，倚杖的山翁，归村的牧童，几个蒙太奇的速写镜头便构成一幅诗意盎然的绝妙风景。诗人借用《诗经》卒章显志："式微，式微，胡不归？"这就妙语双关地揭示了作品返璞归真、颐养天年的主题，表达了诗人与野老相望急欲归隐田园的心情。

王维的《偶然作六首》组诗，与野老吟诵《式微》有着异曲同工之妙。其第二首曰："田舍有老翁，垂白衡门里。有时农事闲，斗酒呼邻里。"诗中老翁就像王维偶尔"持斧伐远杨，荷锄觇泉脉"一样，农闲时节呼唤邻里斗酒划拳，开怀畅饮，好不快意。在封建社会，天子皇后尚且象征性地亲耕与养蚕，而王维通过自己的诗篇表达的山翁流连怡园生活的几许情趣，自然更是题中应有之义。

淡泊明志，向来寄予着追求社会进步的知识分子的强烈愿望。王维《酬张少府》云："晚年惟好静，万事不关心。自顾无长策，空知返旧林。松风吹解带，山月照弹琴。君问穷通理，渔歌入浦深。"这首赠友诗是不是像中国西北一家出版社的《中国古典文学手册》所说："王维躲在终南山和蓝田辋川的别墅里烧香念佛，弹琴赋诗，对现实采取了万事不关心的态度？"显然答案是不言而喻的。诗佛面对当时李林甫取代张九龄而"自顾无长策"，他那恬淡好静、不问朝政的举止，反映着诗人淡泊人生、解带敞怀而自娱的超然思想。惟其如此，他认为人生在世莫过于"通则显，穷则隐"，有如屈原与渔父对话，或者说唱着渔歌飘然走向河浦深处，江滨村落。屈原故里或为洞庭汉寿沧港，世事纷繁何需再问穷通之理！

王维的《秋夜独坐》云："独坐悲双鬓，空堂欲二更。雨中山果落，灯下草虫鸣。白发终难变，黄金不可成。"诗人正面对空堂孤灯秋雨落果，深深地感到时光的流逝，方术的虚妄，大自然的永存，从而悟出只有消除人们的七情六欲，才能从佛教灭寂无生中解脱生老病死的痛苦忧患。美国杰出的民主诗人惠特曼和英国湖畔派诗人代表华兹华斯，莫不受到宗教思想影响，从而留下不少宣扬人神契合的山水乐章。

曾经在终南山麓营造蓝田别业的诗佛，王维何以对禅宗佛学理论情有独钟呢？梁启超云："佛学诸宗，皆盛于唐，而其传最广而流最长者，则禅宗也。"禅宗使唐代佛学在理论构架上日益完善，形成了具有中国特色的佛学理论体系，不少苦闷至极积怨甚多的知识分子"欲求一安心立命之所，稍有根器者，则必逃遁而入于佛。"（《饮冰室合集》第51、第34页）王维应不识字的南宗开创者神会之约撰写《能禅师碑》，并创作不少饱含禅意的山水诗，这无疑是企求在唐代文苑的"终南捷经"寻找一种精神寄托。

王维基于淡泊人生的处世观，写下不少含蓄冲淡的晚晴诗歌，《终南别业》便被人们称为融会浮屠微旨，渗入佛学理趣的压卷之作。"中岁颇好道，晚家南山陲。兴来每独往，胜事空自知。"这里，通过描绘诗人晚年乘兴漫游心会其趣的情景，充分拓展着作者淡泊人生、恬静闲逸的内心世界。

王维晚晴诗歌作为情系桑榆的盛唐文化艺术瑰宝，不仅展示着各具特征的老年人物形象的精神风貌，而且在创作中表达着他的"盛得江左风，弥工建安体"的文学主张，呈现着风骨、内容与文采、词章日臻完美结合的艺术特色。

词近旨远，语短情长，不饰雕琢，自然而工。善于用简洁朴素的语言表达自己的含蓄感情，乃是王维晚晴诗歌的一个显著特点。

王维《辋川闲居赠裴秀才迪》曰："寒山转苍翠，秋水日潺湲。倚杖柴门外，临风听暮蝉。渡头余落日，墟里上孤烟。复值接舆醉，狂歌五柳前。"这首诗情画意与音乐艺术融为一体的五律，运用凝练的语言，富于特征的景物，构成一幅有色彩、有音响、有意境的图画。"转苍翠，日潺湲，听暮蝉，上孤烟"等景物，用字精当巧妙，语句以少胜多，充分展现着寒秋辋川的黄昏景象和倚杖老人的典型形象。

古人说，文以意为主。奥斯本的《美学与艺术理论》指出，西方画竹重视惟妙惟肖，中国画的主旨则在于笔墨意趣无穷。王维笔下意境深远、风格清新的《积雨辋川庄作》，一向被人称为"空古准今"的著名诗篇。"积雨空林烟火迟，蒸藜炊黍饷东菑。漠漠水田飞白鹭，阴阴夏木啭黄鹂。山中习静观朝槿，松下清斋折露葵。野老与人争席罢，海鸥何事更相疑？"这位曾经饱受尘世喧嚣困惑的诗人，如今幽栖松林之中，观木槿，采露葵，就像去终南山麓楼观台从老子学道归来，与乡野老人已经没有什么隔膜。这种氛围对于超然处世的长者来说，又怎能让什么人来干扰平静生活的亲密关系？

王维《饭覆釜山僧》的诗篇有云："晚知清净理，日与人群疏"、"已恒寂为乐，此生闲有余。"诗人向往遗世独立，从凤凰涅槃的体验中领悟禅宗的解脱境界，着意营造幽雅深远的文学氛围。梁启超说，佛家所讲的法，按照人们对学问的大致观念，其实就属于欧美心理学范畴。作为一种心理修养，它将人生哲理杂以不少玄学观念，孜孜求索如何解脱现实生活的烦恼，以进入一种无我、无常、无生的境界。

吟咏王维出神入化、妙意天成的诗章，人们还会想到孔子在先秦时期的《国风》，以及忒俄克里托斯、维吉尔在希腊、罗马文化史上的许多田园牧歌。显然，言之无文，行而不远。

王维正是通过暮年时期情系桑榆的许多作品，使人领悟"盛得江左风，弥工建安体"的意蕴。"偶然值林叟，谈笑无还期"。诗人和林叟对话，两位长者谈笑风生，情趣盎然，乐而忘归。这里给读者展现的是超然物外的图画，一种幽雅深远的意境。鲁迅曾经对一位远方的友人说过，我们相距很远，而置身于这种文学氛围，人们的心境是相通的。

梵高说："厄运助成功一臂之力。"生活的风雨，仕途的坎坷，社会的动乱，驱使诗人将复杂的感情汇于笔端，进而在静默沉思中展现着生动逼真的老年人物心境。

王维《酬诸公见过》云："我闻有客，足扫荆扉。箪食伊何，龃瓜抓枣，仰厕群贤，皤然一老。愧无莞簟，班荆席藁。"诗人晚年生活尽管凄楚悲凉，而他洒扫庭院取出山枣瓜果，坐在地上铺好荆扉、稻草接待客人之余，亦不忘人们一起"净观素鲔，俯映白沙"，从"山鸟群飞，日隐轻霞"的景观领略人生哲理。这里，我们看到的或许不是鬓发花白的"老朽"，而是饱经生活沧桑的智慧老人的心态。

诚然，王维《与魏居士书》说过，"仆年且六十，足力不够，上不能原本理体，裨补国朝，下不能殖货聚谷，博施穷窘。"因而，他在《叹白发》等诗篇中，写出了"一生几许伤心事，不向空门何处销"、"老年方爱粥，卒岁且无衣"的老年心态。但是，只要仔细品味王维的《晚春严少尹与诸公见过》："鹊乳先春草，莺啼过落花。自怜黄发暮，一倍惜年华"，以及《送赵都督赴代州》等诗篇："忘身辞凤阙，报国取龙庭。岂学书生辈，窗间老一经"，人们就能感到诗人面对人生沧桑，益加珍惜年华的创作内涵。

诗人的心迹，宛如天马行空。这一位吟哦过"长沙不久留才子"的"诗佛"王维，毕竟没有发出"天生我才必有用"、"敦煌潇湘女"的呐喊。《酬郭给事》云："洞门高阁霭余晖，桃李阴阴柳絮飞。禁里疏钟官舍晚，省中啼鸟吏人稀。晨摇玉佩趋金殿，夕奉天书拜琐闱。强欲从君无那老，将因卧病解朝衣。"王维晚年这首别具机杼的诗篇，状朝廷皇恩之曝以言居官者清廉之意，进而表达诗人年老多病去官隐居的心愿。他在"鸠形将刻杖"的年迈岁月，通过《春日上方即事》的诗篇，更是着意地描绘了"柳色春山映，犁花夕鸟藏"的黄昏景观，真切地勾画出自己在"北窗桃李下，闲坐但焚香"的安然心态。这就如同杜甫在《登岳阳楼》的著名诗篇中写出"乾坤日夜浮"和"老病有孤舟"的诗句，从诗人不同的文学视角和创作心态同样可以领略"世上疮痍诗中圣哲，民间疾苦笔底波澜"的意蕴。

表达别样人生的心态情怀

——元曲隐逸派沉郁韵律

历代晚晴文学，从各个方面反映着社会生活的风貌，展示着人生进入晚年时期的心态特征。而这些作品作为意识形态的写照，或老骥伏枥壮心不已，或老树昏鸦悲怆伤感，莫不在不同的社会背景历史氛围中回荡着人们的心声。

如果说感叹世道无常、淡出纷争是醉心闲适的格调，那么，这种作品在元代叹世、咏史、写景、状物的散曲中则可谓独占鳌头。

明人王世贞《艺苑厄言》有云："自金、元入主中国，所用胡乐，嘈杂凄紧，缓急之间，词不能按，乃更为新声以媚之。"这样，原中原文化融合北方少数民族文化，便在游牧民族民间俗谣俚曲基础上发展成为散曲这种新的诗体。

元曲和杂剧的繁荣，是其他时代不能与之相比较的。当时，忽必烈定国号为"元"，取自《易经》"大哉乾元"。散曲兴起和发展，有几个主要原因：一是蒙元统治时期对文化领域的政策，在实施过程中略为宽松。当时，全国有寺院42318座，僧尼21万人，学校20166所，书院227所，来华外国人达200多万，堪称中国文化的转折期。二是文人思想活跃。元代加封孔子为"大成至圣文宣王"，人们所受儒家思想的影响却相对减弱。三是元代自太宗九年（1237年）至仁宗延祐二年（1315年），70多年废除封建科举制度，使"老于布素"的文人成为推动散曲创作的主力。

王国维说："凡一代有一代之文字，楚之骚，汉之赋，唐之诗，宋之词，元之曲，皆所谓一代之文字，而后世莫能继焉者也。"元代幅员辽阔，水陆交通直达红海与欧洲。草原文化，几乎影响着当时人类 2/3 的生活疆域。"一代天骄，成吉思汗，只识弯弓射大雕。"无法通过科举制度进取的文人，更使元曲艺术呈现着不同的创作风格。

稳健沉郁的散曲风格，反映着"命运前定"的宿命论思想。元好问多才多艺，自制名调在歌姬中广为传唱。《（双调）骤雨打新荷》云："人生百年有几，念良辰美景，休放虚过。穷通前定，何用苦张罗。命友邀宾玩赏，对芳尊浅酌低歌。且酩酊，任他两轮日月，来往如梭。"这首曲子，抒发"穷通前定"，人生苦短的情怀，沉湎于浅斟低唱及时行乐的思想，在元曲中是很少见到的分为上下两片的"双调"作品。曾瑞的《（中品）山坡羊》："南山空灿，白石空烂，星移物换愁无限。隔重关，困尘寰，凡番眉锁空长叹，百事不成羞又赧。闲，一梦残；干，两鬓斑。"表达了作者对年华易老的命运的嗟叹。虞集的《（双调）蟾宫曲》，"席上偶谈蜀汉事"云："蛮舆三顾茅庐，汉祚难扶。日暮桑榆，深渡南泸，长驱西蜀，力拒东吴。美于周瑜妙术，悲夫关羽云殂。天数盈虚，造物乘除。问汝何知，早赋归欤。"这里，作者宣扬主宰在自然的"天数盈虚"法则，劝喻世人不要逆天理而动，显然并非其消极心境的偶然流露。

文辞恬淡清丽，展示洁身自好超然物外的人生态度。王和卿的散曲富于想象，呈现着桀骜不驯的艺术风格。他的《（双调）拨不断》，描绘了一条大鱼驮起蓬莱仙岛的景象："胜神鳌，夯风涛，脊梁上轻负着蓬莱岛。万里夕阳锦背高，翻身犹恨东洋小，太公怎钓？"这种洁身自许态度，在元曲中可谓叹为观止。姚燧 73 岁告老还乡，其感怀之作《（中品）醉高歌》，以王勃《滕王阁序》的"四并"——良辰、美景、赏心、乐事来写出梦幻；通过警策的理喻表明自己清高自持的品格情怀，致使《词品》盛赞"此词高古，不减东坡、稼轩也。"汪元享的《（中品）朝天子》云："长歌咏楚辞，细赓和杜诗，闲临羲之字。"这首曲子，别具一格，新颖生动。作者运用一系列古代隐士的典故，说明自己要像年逾八旬的东园公、绮里季、夏黄公、木里先生唱和商山。白朴的散曲和杂剧，均具有浓厚的抒情性。他与关汉卿、马致远、郑光祖合称"元曲四大家"。关汉卿的《（南吕）四块玉》，从"老瓦盆边"写出隐者、野叟的醉酒情态："旧酒投，新醅泼。老瓦盆边笑呵呵，共同僧野叟闲吟和。他出一对鸡，我出一个鹅，闲快活。"其山野情趣闲适心境，跃然纸上。

语言新奇婉曲，抒发别样人生的意蕴情怀。在反映年老思归情态的作品中，姚燧的《（中品）醉高歌》曾被人称为"定格"。"十年燕月歌声，几点吴霜鬓影。西风吹起鲈鱼兴，已在桑榆暮景。"姚燧与卢挚齐名，时称"姚卢"，其抒情散曲，言简情深，真挚动人，为艺术界所公认。马致远的《（南吕）四块玉》，是一曲强作旷达而抒写情态的心灵之歌。"酒旋沽，鱼新买，满眼云山画图开。清风明月还诗债。"散曲题名"恬退"，而自诩为"本是个懒散人，又无甚经济才，归去来。"可见，题文已经互不相干，成为"反弹琵琶"的曲子。作品字里行间，展示着创作者的洒脱人生心态。

别样人生，独占鳌头。元代交通由大都北京直达欧洲红海，坚忍不拔的西域胡杨树和海滨奇特的红树林，可谓深得生态三昧。"一千年不死，一千年不倒，一千年不朽。"晚晴文学散曲展现的人生理念，何尝不在热切呼唤令人感慨万端、点击苍穹的激越旋律？

六　晚晴文学基本特征

晚晴文学的基本特征，在于真切地描绘晚晴天地潇洒人生、忧患人生、达观人生、超然人生的广阔生活画卷，展示主人公自强不息的精神、鞠躬尽瘁的风范与百感交集的情怀。晚晴文学作家以深邃的目光关注社会，以凝重的风格勾勒人生，给读者以巨大的启迪和鼓舞作用。同时，晚晴文学作品作为反映社会生活的一面镜子，总是通过不同的创作方式融进社会生活的核心价值和时代旋律。作者在审视人生沧桑变化的过程中，将情感世界的生命体验熔入生动的艺术形象，从而为人类传承文明展示出瑰丽的画卷。

审视人生的凝重风格
——人心所系"大星"茅盾

作为一种社会意识形态，文学乃是形象地反映生活的语言艺术。她从生活中吸取丰富的养料，为读者奉献着精神食粮。晚晴文学作家以深邃的目光观照人类社会生活，并以凝重的风格勾勒人生异彩纷呈的绚丽画卷，给读者以巨大的启迪、感召、激励和鼓舞作用，任何浮躁、浅薄之作，终将成为文化泡沫让时代大潮席卷而去。惟有人们所说的"鲁（迅）、郭（沫若）、茅（盾）、巴（金）、老（舍）、曹（禺）式的文学巨匠"，方能在文学星空永远闪烁着璀灿的光辉。

孙犁为《花城文库》所编的《耕堂散文》，压卷之作乃是为茅盾所写的《大星陨落》。茅盾是值得怀念的。大革命时期，他曾以钟英小姐的名义为中央机关传送情报，在文化领域做出了重要贡献。全国解放后，又为发展社会主义文化事业付出了毕生的精力。

大星陨落，黄钟敛声。哲人虽逝，犹存典型，遗产丰美，玉振金声。荆榛易布，大木难成，小流作响，大流无声。文坛争竞，志趣不同，风标高下，或败或成。艺途多艰，风雨不停，群星灿灿，或暗或明。文艺之道，忘我无私，人心所系，孜孜求之。丝尽蚕亡，歌尽蝉僵，不死不止，不张不扬。作者恢弘，其艺自高，作者狭隘，其作嚣嚣。少年矫健，逐浪搏风，一旦失据，委身泥中。文贵渊默，最忌轻浮，饰容取悦，如蝇之逐。大树根深，其质乃坚，高山流水，其声乃清，我辈所重，五四遗风。

抒情的韵语，作为一篇晚晴文学的绝妙文字，概述了文坛"人心所系，孜孜求之"的意趣精神。茅盾在文学创作、中国古典文学研究、介绍外国文学作品、编辑刊物、文艺理论等方面，都很有成就，很有修养，对一代代作家产生了极大的影响。

作为"人心所系的大星"，他的长篇小说《子夜》，奠定了中国新的长篇小说的基础，曾先后译为英、法、俄、日等文字。孙犁认为，作家视野的宽广，人物性格的鲜明，描写手法的高超，直到今天，也很难说有谁已经超越了它。他还说，茅盾主持编辑《小说月报》，在当时最有权威，对中国新文学发展所起的作用，少有刊物能和它相比。直到今天，人们对它的印象，还是很深的。

作为文艺理论家的茅盾，他有丰富的创作经验，古今中外的知识渊博，社会实践阅历很深。他对作品的评价分析，都从艺术分析入手，说到要害上，作者乐于接受，读者乐于引用。文艺批评要谈到"点子"上，在他看来，可不比李白的《蜀道难》来得容易。

艺术的生命力，是常说常新的永恒话题。对中国的散文作家，茅盾十分称赞韩非、司马迁、柳宗元和欧阳修。欧阳修在写作上非常严肃，注意文章句法变化，直到晚年还不断修改他的文稿。与此相反，最没有生命力的文章，则是封建帝王时期的八股试卷。考试一完，试卷就避免不了作为废品处理的命运。

作为奠定过我国长篇小说基础的茅盾，他的文学风格和创作个性，对于我们进行晚晴文学理论的研究颇具启迪作用。在我国文学理论批评史上，尤其是魏晋南北朝以后，许多文学评论家十分重视对于作家作品风格的研究。其中，以分析作家创作特色见长的《典论·论文》、《文心雕龙·风骨》等篇章，更是着力剖析了各种不同风格形成的原因。按照晋代葛洪在《抱朴子》一书中揭示的作家"风神标格"所说，"代有升降，法不相沿，各极其变，各穷其趣"。时代不同，文章的内容风格不同。处在同一时期的作家，面对当时的社会问题，受到时代精神、文化艺术传统的影响，其文学创作必然呈现出不同的时代特色或时代风格。曹操的晚晴诗歌和建安作家的文学作品，表达着作者建功立业的抱负和广大人民企盼统一的愿望，艺术上展示着汉乐府民歌清新刚健的特色。

袁枚《随园诗话》云："作诗不可以无我。"作者个性不同，风格不同。性情面目，人人各具。纵览晚晴文学天地，有如清人姚鼐所云："鼐闻天地之道，阴阳刚柔而已。文者，天地之精英，而阴阳刚柔之发也，……其得于阳与刚之美者，则其文如霆，如电，如长风之出谷，如崇山峻崖，如决大川，如奔骐骥。其光也，如杲日，如火，如金镠铁。其于人也，如凭高视远，如君而朝万众，如鼓万勇士而战之。其得于阴与柔之美者，则其文如升初日，如清风，如云，如霞，如烟，如幽林曲涧，如沦，如漾，如珠玉之辉，如鸿鹄之鸣，而人寥廓，其于人也，漻乎其如叹，邈乎其如有思。"（《惜抱轩文集·复鲁絜非书》）

晚晴文苑，百花齐放。这里的文学创作，既有雄浑、豪放、壮丽的阳刚之美，也有淡雅、高远、飘逸的阴柔美。作为一个成熟的作者，他总是从人生的丰富阅历中取精用宏，通过自己擅长的创作方法，构建着文化园地的珍宝馆和精品屋。"作者恢弘，其艺自高"，"文贵渊默，最忌轻浮"，"大树根深，其质乃坚。"茅盾正是在一生创作生涯中志存高远，"出自机杼，成一家风骨"。如同茅盾一样，鲁迅和郭沫若等作家，都在晚晴文学题材和其他作品创作中展现着各自的鲜明和独特的风格。鲁迅那种剔肌析骨的笔力，那种幽然、讽刺的语言，那种严密的逻辑性、严谨的科学性与形象性、生动性相结合的文字，构成了他的杂文独树一帜的战斗风格。郭沫若那样火山式爆发的激情、纵横驰骋的构想，使他的诗歌具有一种高昂、雄浑而挥洒自如的独特风格。刘白羽的作品气势磅礴，感情奔放；

杨朔的作品寓意深刻，感情深沉；秦牧的作品谈笑风生，情趣盎然。文学风格，"殊类而生，各以所禀"（王充《论衡·自纪篇》）。作为晚晴文风，无论是阳刚之美与阴柔之美，它们总是给人以一种沉郁、雄浑、稳健的凝重感，而与轻浮、浅薄和娇饰无缘。

茅盾在一次文艺座谈会上说过："19 世纪末资产阶级的颓废文人不写初升的太阳，而爱写日落，不写朝霞，而爱写夜雾，这是因为他们的精神正如落下去的太阳一样。"（《欣赏与创作》，《茅盾评论文集·上》）晚晴文学，不是展现"正如落下去的太阳一样"的精神风貌。何其芳曾在 20 世纪 30 年代写作《画梦录》，以其"独立的艺术制作，有它超达深渊的情趣"而获得过《大公报》文艺奖金。他当时发表的那篇题为《老人》的散文，通过展现三位主人公的生活画卷，更是在文章结尾平添"神来之笔"——

最后我看见自己是一个老的人，孤独地、平静地，像一棵冬天的树隐遁在乡间，我研究着植物学或者园艺学。我和那些谦卑的菜蔬，那些高大的果树，那些开着美丽的花的草木一块儿生活着，我和它们，一样顺从着自然的季候。常在我手中的是锄头，借着它亲密地接近泥土。或者我还要在有阳光的檐下养一桶蜜蜂。人生太苦了，让我们在茶里放一点糖吧。在睡眠减少的长长的夜里，在荧荧的油灯下，我迟缓地，详细地回忆着而且写着我自己的一生的故事……（《还乡杂记·老人》）

何其芳作为北大哲学系当年刚毕业的年轻人，在自己的散文中以凝重的风格描写着几位主人公的一举一动，一言一笑，无不切合着他们的时代、环境、身份、经历，有着很强的分寸感和节奏感。这里，如果要从艺术分析入手评价作品而使人心折意服，还是用得着茅盾在《欣赏与创作》中所说的话："我们欣赏由于美感，而美感则根源于各人之情绪、气质和趣味，而趣味、情绪、气质则决定于生活。"

共享资源的和谐旋律

——司马迁对匈奴养老的思考

文学是社会生活的反映，作家总是通过自己的创作融进不同时代的生活旋律。根据 1995 年联合国秘书长在第 50 届联合国大会的报告，以及 1991 年的第 46 届联合国大会关于《联合国老年人原则》，当时的安南秘书长宣布 1999 年为国际老年人年，并且展示着长寿时代的前景。其主题，乃是建立一个不分年龄人人共享的社会。按照这个原则，在文化方面，要创造条件使老年人有机会充分发挥自己的潜能，而老年人则有权利享有社会提供的教育、文化、精神和文娱资源。

应该说，在我们这个有着悠久历史灿烂文化的国度，人人共享的社会理想是古已有之的人文观念或文化传统。历史演化、思想发展，有着偶然与必然奇正相生的东西。古人所说的"老吾老以及人之老，幼吾幼以及人之幼"的思想精华，范仲淹昭示的"先天下之忧而忧，后天下之乐而乐"的情操志向，毛泽东写下的"环球同此凉热"的抒情词章，显然有着人同此心、心同此理的和谐理念。

人人共享，从文化层面来说，是一个新鲜而古老的命题。在司马迁所处的朝代，我们可以从他的《史记》和当时盛行的汉赋找到颇有启迪的作品。司马迁"究天人之际，通古今之变，成一家之言"而撰写《史记》。透过其史家之绝唱而审视匈奴养老的思路，我们似乎可以回溯汉代文学创作的"辟雍"热潮。

在萧统和其门客所编写的《文选》中，班固的《两都赋》被列为首篇。其著述文辞渊雅，叙事详赡，开创了司马迁以后断代史纪传体例。他在颂扬明帝继承光武业绩时写道："至于永平之际，重熙而累洽。盛三雍之上仪，敷鸿藻，信景铄，扬世庙，正雅乐。"明帝礼仪中的"三雍"，系在礼仪之殿明堂、辟雍、灵台所行仪礼。公元 56 年光武帝建造的这一组建筑位于洛阳，辟雍居明堂以东 150 米，现在仍然存有遗迹。

　　班固的《两都赋》结尾处有一首《辟雍》诗："乃流辟雍，辟雍汤汤，圣皇莅止，造舟为梁。"在这个以"水绕玉璧"含义命名的地方，东汉明帝曾于公元59年三月举行养老礼，对"三老"、"五更"老人和闻名于世的老官员，授予特殊冕冠或设宴招待，亲自为他们割牲祝酒。为此，与班固同一时代的作家李尤还写过《辟雍赋》："太室宗祀，布政国阳；辟雍岩岩，规圆矩方。"辟雍，当时是宇宙的象征。它既圆又方，蔚为壮观，作为帝王举行养老之礼的场所，更是在文坛掀起一种"辟雍"文学潮。

　　康达维的《论班固〈东都赋〉和同时代的京都赋》说："班固以狂热的激情描绘东汉统治者尤其是明帝的道德优越感，他认为后汉实际是恢复了'太素'和礼常的价值。""我们很难证明班固所描绘的东汉皇帝，是他所观察到的实际情况，还是他理想中皇帝的模型。"（1990年第5期《文史哲》）如果从"知人论世"的角度考察班固的生活经历，我们不难看出，正是明帝接受其弟班超上书朝廷，他才从狱中获释并被明帝召为兰台令史，继升为郎，典校秘书，从此奉诏续编《汉书》历时20年。后来，班固在和帝年间受窦宪案牵连死于狱中。他当时基本完稿的《汉书》，与《史记》一起受到人们广泛重视。然而，班固最初继承前辈遗愿编著《汉书》时，有人告以"私改国史"，致使自己饱受刑狱之苦。这样，他遵照明帝意旨奉诏修史，其思想观、历史观、文化观等方面则不能不更深地留下皇家官府的烙印。作为以《两都赋》蜚声天下的文学家，班固不曾描绘或者未见到乐府诗中《十五从军征》的社会现实：

　　十五从军征，八十始得归。道逢乡里人："家中有阿谁？""遥看是君家"，松柏冢累累。兔从狗窦入，雉从梁上飞。中庭生旅谷，井上生旅葵。舂谷持作饭，采葵持作羹。羹饭一时熟，不知饴阿谁？出门东向看，泪落沾我衣。

　　这首充满生活气息的诗篇，通过一名终生服役的士兵年逾八旬回到家乡的情景，描写了汉代封建统治者穷兵黩武政策带给老百姓的悲惨命运。班固写作《汉书》，曾经在《景十三王传》中最早提出"务得事实，每求真是"的"实事求是"的主张，在我国思想文化史上产生过重要影响。可以说,《十五从军征》所展现的这幅社会生活画卷的艺术真实,也是当时社会背景之下实事求是地揭示的生活本质真实。

英国军事家富勒所写的《西洋世界军事史》,曾经在"导言"中引述过苏格拉底关于农耕民族与游牧民族发生战争的观点:"在两种文明之中,战争的基本原因都是生物性和经济性的。牲畜的繁殖愈盛,则寻找新草地的机会愈频繁;在任何时候只要有一次旱灾,就可以成为一次侵入的预兆。同样地,城市人口愈繁殖,则所需的粮食则愈多,于是必须用来耕种的土地也愈多。所以在两种文明中,战争都经常是为了肚皮打的。"司马迁的《史记·匈奴列传》说:"匈奴,先祖夏后氏之苗裔也,曰淳维。唐虞以上有山戎、猃狁、荤粥,居于北蛮,随畜牧而转移。""自君王以下,咸食畜肉,衣其皮革,被旃裘。壮者食肥美,老者食其余。"《史记》告诉我们,匈奴南下与汉朝之间的冲突,首先是由于游牧民族的生活方式造成的。河套地区和狼山、阴山以南的草原,是游牧民族赖以生存的牧场。这种战争,早在战国以前就频繁发生。"秦襄公伐戎至岐,始列为诸侯。是后六十有五年,而山戎越燕而伐齐,齐厘公与战于齐郊。其后四十四年,而山戎伐燕。燕告急于齐,齐桓公北伐山戎,山戎走。"秦始皇建立我国第一个封建专制王朝后,"筑长城,自代并阴山下,至高阙为塞。"这样,被切断南下之路的北方游牧民族,与长城以南的农耕民族之间的矛盾冲突便愈演愈烈。

世界不同地域的各个民族,人的一生总要经历少年、青年、壮年和老年时期。尊重老人就是尊重人生和社会发展的规律,就是尊重历史。我们倡导充分理解和尊重老年人,热情关心和照顾老年人,进一步形成老少共融,代际和谐的良好风尚时,显然要准确地分析司马迁关于匈奴养老这一命题的内涵。在健康老龄化社会,使广大老年人能过有尊严的城乡养老"应保尽保"的有安全感的生活,能自由自在地实现自身价值,整个社会充满活力。

《匈奴列传》写道:中行说穷汉使曰:"汉俗屯戍从军当发者,其老亲岂有不自脱温厚肥美以赍送饮食行戍乎?"汉使曰:"然。"

中行说曰："匈奴明以战功为事，其老弱不能斗，故以其肥美饮食壮健者，盖以自为守卫，如此父子各得久相保"，"匈奴之俗，人食畜肉，饮其汁，衣其皮；畜食草饮水，随时转移。故其急则人习骑射，宽则人乐无事，其约束轻，易行也。君臣简易，一国之政犹一身也。"这里，司马迁在《匈奴列传》中记述了匈奴部落中那位汉族人与汉朝使节的对话，介绍了游牧民族形成的"袖子是枕头，后襟是斗篷"的简约平实生活习俗，揭示了他们在草原文化中孕育的"各得久相保"的价值观。

马克思在《德意志意识形态》中指出："人们为了能够创造历史，必须能够生活。但是为了生活，首先就需要衣、食、住以及其他东西。因此第一个历史活动就是生产满足这些需要的资料，即生产物质生活本身。同时这也是人们仅仅为了能够生活就必须每日每时都要进行（现在也和几千年前一样）一种历史活动，即一切历史的一种基本条件。"最近，人们在建设喀什等特区时指出，有的牧民每年迁徙竟达80多次。匈奴民族与农耕民族的生活习俗区别，显然反映着人类生活第一需要带来的生存方式的差异性。

我们注意到，面对如何看待养老即解决人类生活第一需要这个世界难题，《羊城晚报》刊登过一组"走出情感困惑"的专稿。作者认为：宗教心理在某种程度上似乎孕育着"符合组团整体利益"的价值系统，而农耕生活则熏陶着"终生依赖家庭或家族"的文化底蕴。古老而温情脉脉的养老方式，在现代遭遇山姆大叔经济危机，给人们带来困扰。中年人上有老下有小，自己要拼搏，承受不小的压力。人口过多和资源匮乏，2亿农民工南来北往，产品竞争日益激烈。中华民族每个人都肩负着公民的社会责任。《呼和浩特赋》说，"互敬互让，载亲载近。"老年人参加社会总产品的分配，是对以往劳动成果的延期享用和劳动价值的延期支付。而随着年龄变化，汉代周边民族当年按照不同生理特征分配食物，就像青春期女性对脂肪、蛋白质需求量较大而老年妇女对铁、钙需求较多一样，也许不能等同于代际之间在赡养问题上赋予了感情色彩。据香港《文汇报》报道，随着CPI（物价）指数上升，采用基金积累养老模式的港人正在演绎国际环保"酷抠"（节俭）生活时尚。看来，如果不作鉴别而将自给自足农耕社会习俗视为永恒的模式，这就像过去有人将匈奴、鲜卑等民族与汉族的矛盾冲突列为影响中国兴衰的主线，难免要使自己陷入文化理念上的困惑。

　　白寿彝教授主编的《中国通史》"导论"指出："中国的历史是中华人民共和国境内各民族共同创造的历史，也包含着曾经在这块广大国土上生存、繁衍而现在已经消失的民族的历史。"昭君出塞时，长安大批汉朝使者、奴婢、匠人等随行，带去许多农产品、纺织物等，传播了汉族文明。汉末，近50万匈奴人归附汉朝，他们或直接融入汉族，或融入当时北方的鲜卑等民族。《中国北方民族关系》指出，在古代历史上，"数以百万计的周边各族融入汉族，不下百种的'胡姓'落籍中原"，对推动汉族地区农业、畜牧业、手工业和商业的发展产生了积极影响。汉武帝时，长城以南出现了"滨塞之郡，马牛放纵，蓄积布野"的繁荣景象。同时，周边民族对汉族文化生活带来了积极影响。余秋雨说，北魏皇帝拓跋宏首都，云冈石窟雕像标志着中国由此走向大唐。胡服骑射和胡歌、胡戏、胡乐、胡舞，从隋唐以来都在中原一带广泛流行。匈奴民族不输文采，晚晴文学岂逊风骚？儒家文化的创始人孔子，据说最初是这个地方看管羊圈的经营者。如果他现在"推迟退休"整理《诗经》，"天苍苍，野茫茫，风吹草低见牛羊"，"胡人何故重昭君，一曲琵琶万古心"，这些颇具人文精神的诗篇，应该是可以入选"人人共享"社会文化工程吧。

　　作为文学家的司马迁，他的《史记》被鲁迅称为"无韵之离骚"，其《屈原列传》、《李将军列传》不乏"史不够，文来凑"的描写或引文。而他对匈奴养老的思考或许不会停留在一般意义上"风吹草低见牛羊"的文化层面。我国先秦时期以来汉族与周边民族的生存价值观，与联合国提出的"人人共享"社会发展目标和文化繁荣最高目标，应当说是不无历史内在联系的。由此联想到司马迁关于刘邦问计长者郦食其的描写，以及他在本纪中阐述的"尧立七十年得舜"，"终不以天下之病而利一人"的传承纲领，人们将会领悟到匈奴民族战时生存观或人类社会的初级阶段养老观，从而思考人类社会历史回声对于长寿时代资源节约型社会的某种启示。

诚然，我们观照世界范围内的晚晴文学，应当注意联合国原秘书长加利所说的一种情况，那就是西方国家所谓"崇尚青年"的娱乐文化思潮。卢梭指出："青年是掌握智慧的时期，老年是运用智慧的时期。"康德写道："青年好比百灵鸟，有他的晨歌。老年好比夜莺，应该有他的夜曲。"我们倘若在"不分年龄人人共享"这个世界难题上取得"环球同此凉热"的生活共识，或许将会准确地把握司马迁聚焦匈奴老中青代际关系的内涵。

传承文明的神奇话语
——谈《晚晴》与《最后的藤叶》

审视人生沧桑历程，共享社会发展成果，传承人类历史文明，乃是晚晴文学创作的基本特征。世界各国人民在漫长的岁月创造着光辉灿烂的古代文明。我国古代文学，从甲骨文、仓颉造字以来流传的歌谣、神话、传说算起，有着四五千年的历史。从上海世博会介绍的城头山出土文物推测，中华民族的文明发展历史达1万年以上。在这历史长河中，诗歌、散文、小说、戏剧、散曲等晚晴文学创作有着巨大的成就。毛泽东在谈到中国数千年文明史的特点时说过，"从孔夫子到孙中山，我们应当给以总结，继承这一份珍贵的遗产。"

历代典籍浩如烟海，传承文明谈何容易？清人梁章钜曰："吴立夫论文有云'作文如用兵，法有正有奇。正是法度，要部伍分明；奇是不为法度所缚，千变万化，坐作进退，击刺一时俱起，及其欲止，什伍各还其队，原不曾乱。'可谓善言文章者也。"（《退庵随笔》卷十九）梁人刘勰《文心雕龙·通变》云："趋时必果，乘机无跖，望今制奇，参古定法。"李商隐的《晚晴》诗，可谓趋时制奇传承精神文明和生态文明的典范。

> 深居俯夹城，春去夏犹清。
> 天意怜幽草，人间重晚晴。
> 并添高阁迥，微注小窗明。
> 越鸟巢干后，归飞体更轻。

李商隐的这首流传千古的《晚晴》诗，运用高度凝练的语言描绘晚晴景物，寄寓着自己的苍穹宇宙观、人间道德观和生命价值观，在思想境界和艺术功力上展现着人们难以企及的内涵和心态。

反映自然生态变化。从时间范畴来说，这是一首描述晚晴自然景观的诗篇。当时，诗人住所位于桂林城门外的曲城一带，夹城的地理环境十分幽静。而从时令上来看，正是春天刚刚飘逝初夏倏然而至的日子，诗人登上夹城高处眺望，幽草沐浴天边的夕阳余晖，自然引起人们的无限遐想。这种创作灵感有如陆机《文赋》所云："若夫应感之会，通塞之纪，来不可遏，去不可止。藏若景灭，行犹响起。方天机之骏利，夫何纷而不理。思风发于胸臆，言泉流于唇齿。"梅曾亮《钵山余霞阁记》写道："文在天地，如云物烟景焉，一俯仰之间，而遁乎万里之外。故善为文者，无失良机。"

揭示天体运行规律。春夏"天意怜幽草"，晚晴"微注小窗明"。雨后晚晴，云收雾散。这时，诗人凭高眺望，视野更为开阔。契诃夫说："作家务必要把自己锻炼成一个目光敏锐、永不罢休的观察家。"歌德说："我观察自然，从来不想到要用它来作诗。但是由于我早年练习过风景素描，后来又进行一些自然科学的研究，我逐渐学会熟悉自然，就连一些最微小的细节也熟记在心里。"李商隐从春夏交替的天体运行，写到晚景斜晖、柔和微弱的光线微注窗台，更加显示出晚晴时分桂林夹城僻静处的亮度。

关注社会生活安定。"天意怜幽草，人间重晚晴。"这种生长于卑湿幽暗僻静处不为人注意的小草，能够在久遭雨潦以后忽遇晚晴，其寓意正像梁章钜所云："作文如用兵，法有正有奇"，可以给人丰富的联想。作者从幽草起兴，进而使之人格化，以此流露出对往昔厄运的伤感和自己能在桂林郑亚幕府供职的欣慰。晚晴瑰丽，人生可贵，情缘神奇。在这里，主张治乱"系人不系天"的诗人，给

"晚晴"赋予了特殊的人生意义。君不见"贾生年少虚垂涕，王粲春来更远游。永忆江湖归白发，欲回天地入扁舟"，诗人早有归隐江湖之志，但等回天撼地之日，旋乾转坤之时，白发老人飘然而去，这才是社会安定传承文明的独特话语。

探求生命情感真谛。李商隐"越鸟干巢后，归飞体更轻"的诗句，浑融概括，颇具深意。诗人入赘原泾节度使王茂元后，由于当时环境的影响而有着坎坷的生活经历。现在，来到南国受到人们的关照，自然有着越鸟喜归巢的感受，不啻是精神领域的一种解放。作者登高览眺晚晴景色，在有意无意之间从眼前景物触发联想，将自己在情感世界的生命体验融合到极富特色的具体景物之中，从而使诗篇产生超越历史时空的朦胧美、意象美。

如果说《晚晴》诗触景生情，并且以其豁达乐观的情怀拨响着人们的心弦，那么，《夕阳楼》则登楼远望，触景感怀，以自己应试不第而抒写着眼前的自然生态和人文心态。叶燮云："欲问孤鸿向何处，不知身世自悠悠"，这里，"寄托深而措辞婉"。谢枋得更是称道，"欲问、不知四字，无限精神。"作为传承文明的文化神韵，李商隐的《晚晴》、《夕阳楼》和《华清宫》、《马嵬》、《无题》、《夜雨寄北》等诗篇一样，深情绵邈，沉博艳丽，典雅精美，包蕴密致。王安石认为，李商隐的《安定城楼》，"虽老杜无以过也"。清代的吴伟业、龚自珍，以及晚唐的韩偓，宋代的西昆体、吴庭坚等，莫不从义山的诗作中受到文明传承的启迪。

传承文明，是世界各国文学的共同使命。在美国各种文学奖金中，有一项鼓励优秀短篇小说创作的"欧·亨利奖"。为了纪念一生写过300个短篇小说的美国著名作家欧·亨利，世界和平理事会在1962年将他列为世界名人之一。

欧·亨利的作品，不失为反映美国社会生活的一面镜子。他的小说多方面地涉及纽约曼哈顿贫民区的生活题材，因而被人称为"曼哈顿的桂冠诗人"。欧·亨利几百篇小说展现着唐人街一带社会生活的广阔画卷，给人们留下了"美国生活的幽默的百科全书"。

作为传承美国社会底层人物精神文明情态的典范作品,《最后的藤叶》以神奇的话语描述着几位失业画家感人至深的生动艺术形象。

看呀,经过了漫长一夜的风吹雨打,在砖墙上还挂着一片藤叶。它是长青藤上最后的一片叶子了。靠近茎部仍然是深绿色,可是锯齿形的叶子边缘已经枯萎发黄,它傲然挂在一根离地20多英尺的藤枝上。

"这是最后一片叶子。"琼西说道,"我以为它昨晚一定会落掉的。我听见风声的。今天它一定会落掉,我也会死的。"

欧·亨利的小说告诉我们,在秋风飒飒黄叶飘零的时候,病房窗户对面墙上的长青藤落叶坠地,琼西将自己的命运和长青藤联系起来,一片一片地数着落叶,叩念着死神向她走来。而那个同是失业的老画家贝尔门知道这件事,便在风雨之夜爬上梯子,在墙上画了一片不会凋落的叶子,从而使琼西受到生存意志的刺激,恢复了与病魔抗争的坚强信念。后来,那位悉心照料琼西的苏来到她的床前,感慨唏嘘地谈到老画家贝尔门先生离去的情景:

他的鞋子和衣服全都湿透了,冰凉冰凉的。他们搞不清楚在那个凄风苦雨的夜晚,他究竟到哪里去了。后来他们发现了一盏没有熄灭的灯笼,一把挪动过地方的梯子,几支扔得满地的画笔,还有一块调色板,上面涂抹着绿色和黄色的颜料⋯⋯唉,亲爱的,这片叶子才是贝尔门的杰作——就是在最后一片叶子掉下来的晚上,他把它画在那里的。

这里,欧·亨利为我们描述的就是老画家贝尔门和青年女画家画坛传承文明的神奇故事。老画家一生穷愁潦倒,他精心创作的画稿,从来没有得到人们赏识。今天,为了挽救琼西的生命,他却冒着凄风苦雨,爬上梯子画了这片倾注毕生心血的叶子。贝尔门害肺炎长辞人世,他却以其不朽的杰作唤起了年轻画家的生活渴望。欧·亨利的小说,结局奇峰突起,出乎人们意料,而又合情合理,符合事物发展必然逻辑。贝尔门这位老画家的形象是独特的,又是十分典型的,它充分展示了执著地追求艺术创造而生活困厄的老一辈艺术家的精神风貌。我国文学作品,有卒章显其志的特点。欧·

亨利的《最后的藤叶》，以老画家的闪光行动启迪广大读者，令人回味无穷，这也正是其小说创作艺术风格的重要特色。在晚晴文化天地，人们广罗多方人才，为生命的藤叶注入晶莹欲滴的甘霖，从而展示着人类文化传承奇正相生的瑰丽画卷。

七 晚晴文学创作原则

晚晴文学创作原则，是文学创作活动中观察社会生活塑造艺术形象的主要准则和基本要求。通过研究中外文学史上的作家作品、文学现象，可以看到晚晴文学主旨意蕴的鲜活性、创作思路的开阔性、题材内容的原创性等特色。这些作品从文学形象的行动中，从人物的心态变化中，从时间的推移和环境的转换中，细致地再现社会生活的持续不断的演变和发展，从而广泛、深刻地反映出一定历史时期的社会风貌和时代特征。

主旨意蕴的鲜活性
——《在柏林》、《偶像》的震撼力

刘勰曰："文律运周，日新其业。"（《文心雕龙·通变》）萧子显云："若无新变，不能代雄。"（袁枚《随园诗话》卷七）变则新，变则活，这是文学发展与时俱进的需要。晚晴文学同样如此，务求形象生动地展现社会生活风貌，引导人们对于世界老年生活话题作出应有的诠释。

主旨意蕴的鲜活性，是晚晴文学创作的重要原则。作品缺乏感人肺腑的震撼力，无法激起读者的生活热情，自然不可能引起社会关注。明人江盈科云："唐人之诗，无论工不工，第取而读之，其色鲜妍，如旦晚脱笔砚者，今人之诗即工乎，然句句字字拾人钉短，才离笔砚已为旧诗矣。夫唐人千岁而新，今人脱手而旧，岂非流自性灵与出自模拟得所从来异乎？"（《敝箧集》序）清人赵翼谈到文学创作推陈出新，其诗论更使人耳目为之一新："李杜文章万口传，至今已觉不新鲜。江山代有才人出，各领风骚数百年。"

作为面对世界赡养难题的思考，美国作家奥莱尔的《在柏林》

和香港作家金依的《偶像》，在揭示第二次世界大战西方晚晴社会生活内容方面是有普遍意义的。人们从社会学的角度来研究分析这两篇颇具匠心的微型小说，将会通过不同的视点感悟联合国开展国际老年人年活动的主旨意蕴。

奥莱尔撷取第二次世界大战的生活镜头，精心构思了《在柏林》这一艺术品。第二次世界大战期间人类损失经济财产约 5000 亿美元，据说与解决电脑中的"2000 年"问题估算经费大致相等。小说《在柏林》写道——

一列火车缓慢地驶出柏林，车厢里尽是妇女和孩子，几乎看不到一个健壮的男子。在一节车厢里，坐着一位头发灰白的战时后备役老兵，坐在他身旁的是个身体虚弱而多病的老妇人，显然她在独自沉思，旅客们听到她在数着："一、二、三——"声音盖过了车轮的"卡嚓切嚓"声。停顿了一会儿，她又不时重复数起来。两个小姑娘看到这种奇特的举动，指手画脚，不假思索地嗤笑起来。一个老头狠狠扫了她们一眼，随即车厢里平静了。

"一、二、三——"这个神志不清的老妇人，又重复数着，两个小姑娘再次傻笑起来，这时那位灰白头发的战时后备役老兵挺了挺身板，开口了。

"小姐，"他说，"当我告诉你们这位可怜的夫人就是我的妻子时，你们大概不会再笑了。我们刚刚失去了三个儿子，他们是在战争中死去的。现在轮到我自己上前线了。在我走之前，我总得把他们的母亲送往疯人院啊。"

车厢里一片寂静，静得可怕。

一件全文 400 来字的艺术品，言简意赅，"辨洁为能"（刘勰《文心雕龙》），真切地勾勒出柏林一节火车车厢内乘客的生活画面。《在柏林》通过这一典型化的战时环境的描绘，以及对老兵、老妇人和小姑娘几个人物的刻画，为人们展示着两代人心灵世界的差异所在和相通之处。试问，小姑娘一旦明白这位老兵将失去三个儿子的老伴送往疯人院的心境，她们还能在"静得可怕"的车厢里说些什么呢？

　　王国维有云："喜怒哀乐，亦人心中之一境界。故能写真感情者，谓之有境界。"在奥莱尔的笔下，惜墨如金，"吝啬"之至，而老妇人数数的细节以及由此引起的两代人之间的矛盾冲突却两次出现，可谓用墨如泼。人物的心境由此表现得酣畅淋漓，十分逼真。这，或许正是微型小说引人注目的地方吧。

　　金依的微型小说《偶像》，描写的是北美 T 城的容婆婆在一家护老院与数十年前心中的明星恋人重逢的故事。这天大雪纷飞，容婆婆挣扎了六七分钟才从床上爬起来。当昔日追星族在接待室用钢琴弹起明星邬明编的曲子时，有人从外面把一个形容枯槁的老人推进了护老院。容婆婆得知这个痴呆（日本称认知征）的老人就是邬明，顿时欲哭无泪。

　　"文学之事，其内足以摅己，而外足以感人者，意与境二者而已。上焉者意与境浑，其次或以意胜，或以境胜。苟缺其一，不足以言文字。"（樊宗厚《人间词稿》）"艺术的真正生命在于对个别特殊事物的掌握和描述。"（《歌德谈话录》）《偶像》和《在柏林》，同时把主人公置身于第二次世界大战的广阔历史背景，从而拓展他们的情爱生活与性格发展空间。年近九旬的明星"粉丝"（Fans）容婆婆，中风后幸获康复，甚至可以搀扶学行架上厕所、去餐厅、搭电梯！她只会弹一首歌曲，但一直乐此不疲。原来她一生的精神支柱，竟是床头柜上那张已经发黄的香港明星邬明的照片。

　　人创造着环境，环境也在改变人。潘汉年、董慧获取的太平洋战争即将爆发的情报经过电台从香港传到延安，他们的工作受到人们的充分肯定，后来在延安曾经设宴款待潘汉年夫妇。容婆婆与邬明有如电台伉俪在香港合作拍戏，当时在银幕上下坠入情网，不久却因太平洋战争双燕分飞。

　　俄罗斯有句俗语：据说命运喜欢跟人开玩笑，本来要到这个房间，结果却走进了另一个房间。炮火中失散的情网鸳鸯各奔东西，容婆婆战后定居北美，邬明在香港结婚而妻子过早去世。历经风雨沧桑，容婆婆丈夫也走向了另一个世界。这些年，邬明随儿女到北美定居，他和容婆婆得以在护老院会见，这是天意怜幽草还是人意何蹉跎？

刘勰曾经谈到人们感受外物而吟咏诗章时说："人禀七情，应物斯感，感物吟志，莫非自然。"（《文心雕龙·明诗》）屠隆则在论及"五音"时写道："夫性情有悲有喜，要之乎可喜矣。五音有哀有乐，和声能使人欢然而忘愁，哀声能使人悽怆恻恻而不宁。然人不独好和声，亦好哀声，哀声至于今不废也，其所不废者可喜也。"读着《偶像》这篇微型小说，容婆婆和他心中的偶像邬明的"哀声"，不禁"使人悽怆恻恻而不宁"——

"容婆婆呆住了：他果然出现，且住进来了。"老人高声叫道："刚才谁在弹琴？这首曲子是我编的，我只教过一个人。"当有人向他介绍到弹钢琴是年近九旬的容婆婆时，患有老年痴呆症（认知征）的邬明仍在叫嚷："不，姓容的女人早死光了。"老人的大声疾呼，发出了他对二次大战所带来的灾难的颤抖声音。邬明的儿女将老人送进容婆婆所在的护老院，显然也向人们提出了如何建立"人人共享社会"的共同话题。作为晚晴文学创作原则的基本点，这也是老中青几代人面临的热点聚焦。

创作思路的开阔性
——挪亚、哈利、姜太公人物构想

艺术想象，是文学创作的基本原则之一。艺术家的使命，在于把握两个遥远的事物之间的内在联系。想象力丰富，是诗人和哲学家的特质。莎士比亚说："诗人的想象为从来没人知道的东西构成形体，他笔下又描绘出他们的状貌，使虚无缥缈的东西有了确切的寄寓和名目。"没有想象，就没有诗人和统帅。别林斯基指出："观念不过是海水的浪花，而诗意形象是从海水的浪花中产生出来的爱与美的女神。"中外晚晴文学作品展现的挪亚、姜太公一系列人物形象，充分反映广大作家在文学创作中视野开阔，想象丰富，从而不断拓展着人类精神文化领域的艺术空间。罗琳走出离婚、失业与单亲妈妈的迷茫生活，透过伦敦小咖啡馆悉心审视魔幻世界。当《哈利·波特》出版5亿册，电影收益高达110多亿美元后，150岁的白胡须哈利校长，为她展现着晚晴文学的诱人画卷。

选题思路的开拓，需要作家视野开阔，具有勇于探索的精神状态。谭嗣同诗云："斗酒纵横天下事，名山风雨百年心。"这种雄视古今，笑傲苍穹，"自信人生二百年，会当击水三千里"的情怀，展示着何其高远的目光和博大的胸襟。志存高远的晚晴文学创作，莫不以其丰富深邃的内涵奏响着民族文化的恢弘乐章。

宗教文化是人类各民族文化的重要组成部分。毛泽东为一份文件写的批语说过："世界三大宗教（耶稣教、回教、佛教），至今影响着广大人口，我们却没有知识，国内没有一个马克思主义者领导的研究机构，没有一个可看的这方面的刊物。""用历史唯物主义观点写的文章也很少，例如任继愈发表的几篇谈佛学的文章，已如凤毛麟角，谈耶稣教、回教的没有见过。不批判神学就不能写好哲学史，也不能写好文学史或世界史。"（《毛泽东的读书生活》，三联书店出版）他在与宗教界人士谈话时说，"我们再把眼光放大，要把中国、把世界搞好，佛教教义就有这个思想。佛教的创始人释迦牟尼主张普渡众生，是代表当时在印度受压迫的人讲话。为了免除众生的痛苦，他不当王子，出家创立佛教。"（陈晋《毛泽东与中国的佛道教》，《瞭望》1993年第8期）以风行世界的《圣经》为标志的耶稣教文化，以其创作思路的开阔性来说，则可以在塑造人物形象等方面给我们以很多启示。

《圣经》是基督教的经典，包括从犹太教传承下来的历史文献文学作品汇集《旧约全书》，以及记载耶稣言行的福音书、叙述早期教会情况的"使徒行传"、使徒通信与启示录等《新约全书》。《圣经》不少内容已演化成常用的成语、典故。读点《圣经》和恩格斯论宗教起源的文献，可以开阔视野，更好地理解西方的历史、习俗、文学艺术和语言情况。

刘勰说："文之思也，其神远矣，故寂然凝虑，思接千载；悄焉动容，视通万里，吟咏之间，吐纳珠玉之声；眉睫之前，卷舒风云之色。"（《文心雕龙·神思》）作为西方世界晚晴文学的代表作，

《圣经》不仅塑造了上帝的形象，而且展现着许多抽象的天神和长寿王国一系列超人的画卷。当初，上帝创造了天和地；第二天，将水分为天上、地下两部分；第三天，让地上长出蔬菜、草木；第四天，造出太阳和月亮；第五天，造出飞鸟、鱼类和其他动物；第六天，造出管理动物、植物的人类。上帝创造天地万物后，将第七天定为安息日。

耶和华创造世界万物的构想，在亚当和夏娃繁衍后代的过程中得到更为生动的体现。上帝最初用地上的泥土捏成土人，这就是世界上第一个男人亚当。后来，在亚当沉睡时，上帝又取下他身上一根肋骨造成世界第一个女人夏娃。传说，1999 年 5 月举行世界园艺博览会的云南，就是《圣经》中所描述的东方乐土伊甸园。海内外旅游者来到乌蒙山麓松坡湖（八仙海）西岸以"滇"、"甸"命名的地方，无时不在领略着当年亚当和夏娃夫妇的生活氛围。

如同刘勰所说，"夫神思方运，万涂竞萌；规矩虚位，刻镂无形，登山则情满于山，观海则意溢于海，我才之多少，将与风云而并驱矣。"（《文心雕龙·神思》）富有创造性的想象，可使抽象的事物幻化出高山大海的奇景，生发出作者叱咤风云的豪情。亚当和夏娃被上帝逐出伊甸园，后代遍及大地。当亚当出世后 1656 年时，上帝看中挪亚这个完人、义人。挪亚是亚当的第十代后裔。上帝想留下挪亚传承人类文明，而又准备制造一个像五岛勉所虚构的 1999 年 8 月 18 日"人类末日"，即法国医生诺查丹玛斯诗歌中预测的所谓太阳、水星、金星、地球、天王星、海王星与冥王星、火星、木星、土星"十字连星大劫难"。

我们说，"从来就没有什么救世主。"那么，《圣经》的上帝为什么拯救挪亚一家呢？原来，在耶和华看来，"人间的思想充满了邪念暴力和邪恶。"他想让挪亚一家人活下去，"希望他们能够重建一个美好的世界。"这样，上帝不顾众生痛苦而让洪水泛滥大地，毁灭整个世界。

法国哲学家、文学家、启蒙运动的杰出代表狄德罗说过："试想你的人物所要度过的 24 小时是他们一生中最动荡最颠沛的时刻，你就可以把他安置在尽可能大的困难之中。人物的处境要有力地激动人心，并使之与人物的性格成为对比。"（《西方文论选》第363页）上帝选中的挪亚是个"完人、义人"，"一家人过得很融洽"，所以，"上帝吩咐挪亚和他的儿子用歌斐木造一只特大的方舟"，"还把各种飞禽走兽和昆虫带去保存生命，繁衍后代。"洪水淹没大地150天之久，只有挪亚一家度过最动荡最颠沛的时期"再生"。挪亚作为新人类的始祖，从这以后又活了350年。这位晚晴文学形象，高龄达950岁。上帝耶和华对他说，"你们该生长，传生人类。"这种如同《你在高原》的人类生活广阔背景的大写意，堪称晚晴文学创作思路的探索和突破。

我国明代许仲琳的《封神演义》，是一部在文学史上颇有影响的神魔小说。这部作品前30回叙述纣王暴虐，文王访贤，武王伐商。后70回描述双方战争，两陈斗法，姜子牙发榜封神。全书对暴君、暴政有所揭露批判，但后来双方将士一一封神，却呈现着别样的思想内容。而作者通过《封神演义》开拓视野，绘声绘色地描述武王伐纣的斗争画卷，力图塑造姜子牙等一批具有传奇色彩的人物形象，却对我们提高艺术想象能力不无启迪作用。

法国诗人波特莱尔说，一个诗人或小说家不以想象力为主导，就像一个战士没有想象力，叫他指挥军队就打不了胜仗。对于《封神演义》描绘的姜子牙80多岁辅佐周公的传说，司马迁在《史记·齐太公世家》中评论说："其事多兵权与奇计，故后世之言兵及周之阴权，皆宗太公为本谋。"这位姜太公，亦称姜尚和吕尚，一生多谋善断，长于用兵，工于奇计，周代及后世兵家和谋略家皆尊他为祖师。唐玄宗开元十九年（731年），下令长安、洛阳等地立姜太公庙。不久，唐肃宗追谥他为武成王。这样，姜太公与受封为文宣王的孔子，便成为我国古代一文一武两尊偶像。

姜太公辅助周公谋划治国安邦方略的惊人想象力，是当时客观社会实践土壤中孕育的硕果。姜尚生逢乱世，早年居住商朝都城朝歌（河南淇县）以屠牛为业，后来在孟津卖酒为生。姜尚晚年，殷商王朝统治下阶级矛盾异常尖锐。作为长期广泛接触下层民众而拥有满腹经纶的一代奇才，他来到渭水之滨的西周领地，栖身于人迹罕至的磻溪。在幽竹深密的林泉，姜尚遵照当地老翁传授的秘诀，"钓丝务必要细，鱼饵务必要香，投竿务必要轻"，直钩连连获得大鱼。

鲁迅说过，许仲琳"借商周之争，自作幻想"（《中国小说史略》）。有出版社出版《封神演义》这部神魔小说，曾经在序言中评述过姜尚"不分主义，诸神封榜"的人生哲学。然而不少民间故事却在"三常之说"等方面介绍过姜尚别具一格的治国安邦思想谋略。

司马迁说："天下三分，其二归周者，太公之谋计居多。"（《史记·齐太公世家》）西伯姬昌游猎磻溪时，姜尚与其纵论天下大势，针对以血缘关系为纽带的传统社会结构模式，旗帜鲜明地提出了著名的"三常"政治纲领："一曰君以举贤为常，二曰官以任贤为常，三曰士以敬贤为常。"（《太平御览》第 402 页）在姜尚看来，干部是决定的因素，倘若官员腐败无能，天下何以安宁？谁说"用人不疑"，用人要有尺度。于是，姬昌拜姜尚为国师，作为掌管全国军政大权的辅弼重臣。我国文艺舞台，还以此附会出"文王拉纤"的故事。

谋划翦商战略，是姜尚辅佐姬昌称王的重要贡献。姜尚等人当年以珍宝美女进献商纣王，使姬昌得以从羑里（河南汤阴）囚地解救出来。他们献出洛西土地请求纣王废除炮烙刑律，不断瓦解商王朝的盟邦，巧断虞芮之讼使之归附于周，进而姬昌始称周文王。姜尚协助文王西征犬戎和密顿（甘肃灵台）、东取黎国（山西长治），随后又伐邘（河南沁阳），灭崇（河南崇县），为文王灭纣奠定了基础。

孟津、牧野两次誓师，姜尚辅助周武王将政治、军事上的预见力、想象力发挥到极致。这无疑是小说创作开阔思路的生活依据和关键所在。姜尚左杖黄钺右持白旄，从镐京驾舟楫沿黄河顺流而下，与八百诸侯在孟津不期而会，进行了一次摧毁殷商王朝的预演。不到两年，商朝统治集团内部发生激烈冲突，王子比干被杀而箕子被囚为奴。姜尚对武王说："知天者不怨天，知己者不怨人。先谋后事者昌，先事后谋者亡。且天与不取，反受其咎；时至不行，反受其殃。"（《群书治要》第30卷）针对某些贵族迷信卜祝所谓得兆不祥的心理，姜尚又力劝武王勿失良机："顺天之道未必吉，逆之未必凶。若失人事，则三军败亡。且天道鬼神，视之不见，听之不闻。智（者）将不（以为）法，愚（者）将拘（泥）之。若乃好贤而能用，举贤而得时，则不看时日而事利，不假（借）卜筮而事吉，不祷祀而福从。"这样，武王以姜尚为主帅，统领兵车300乘，全军5万多人东征伐纣。公元前1044年初，姜尚大军抵达距朝歌70里的牧野（河南汲县）召开誓师大会。1月9日，商周双方展开中国历史上著名的牧野之战，周军势如破竹一举夺得朝歌，纣王走投无路登上鹿台摘星楼自焚而死。第二天，周武王与姜尚举行祝捷大典。他们在朝歌散钱财、封比干、处置妲己后，于4月班师回到镐京建立周王朝。姜尚受封齐国，确立"因其俗，简其礼，通商工之业，便滥盐之利"的重大策略（《史记·齐太公世家》），"齐冠带衣履天下，海岱之间敛袂而往朝焉。"（《史记·货殖列传》）姜尚的治国方略使齐国得以迅速强大，创造出"泱泱乎大国"发达的经济和灿烂的文化。

《封神演义》是晚晴文学中一部富有想象力的小说。现在，海内外所藏我国万历年间舒载阳版《封神演义》，卷首刊有李云翔序言云，原稿系钟山逸叟许仲琳编辑，以为其女儿陪嫁之用，后来由李付重资买来刻印。许仲琳据《尚书》"惟尔有神，尚克相予"的记载，将宋元话本《武王伐纣平话》和民间传说熔为一炉，演述了鲁迅所说的"似志在演史，而侈谈神怪，十九虚造"的历史故事。小说着力塑造了纣王荒淫无道，信任奸邪，残害忠良，奴役百姓，立酒池肉林以自娱，剖孕妇敲骨髓以取乐这一暴君形象，表达着"天下者，非一人之天下，乃天下人之天下"的思想。

同时，小说《封神演义》通过哪吒的魂魄借助莲花得以复活大败李靖，反映了作者创作中反封建的思想倾向。作品还描绘着姜尚辅佐周公完成大业后奉命发榜封神；在《西游记》中大战孙悟空的哪吒助姜灭纣；娇媚阴狠而助纣为虐的妲己被姜斩首示众；阴险歹毒、器量狭窄、两面三刀的申公豹为姜擒住填塞北海眼；目观千里、耳听八方的高明和高觉；以及能够七十二变的杨戬和入地行走的土行孙等形象。总的来说，《封神演义》神佛杂出，儒、释、道三教合流。道教正统派阐教帮助武王、姜尚推行"仁政"，用以反对殷商教义。不少人物形象缺乏现实生活基础，对话充斥封建说教，认为在战争中起决定因素是各种类型的法宝。

题材内容的原创性
——唐代折臂翁与日本老莱子

原创是书刊传媒的精髓，也是晚晴文学的灵魂。原创，一曰首创之原生态也，二曰创新、创作与创造也。人们普遍认为，原创文化，乃是作家通过自己的艺术创作等精神文化生产活动产生的原创性作品。歌德说过："在文学领域，有些诗人被认为富于创造力，因为诗集一卷接着一卷地出版。但是依我的看法，这种人应该被看作最无创造力的，因为他们写出的诗既无生活，又无持久性。"（《歌德谈话录》第 165 页）显然，惟有弘扬原创精神，提倡独创风格，关注首创魅力，才能以自强不息的品格石破天惊。

如果说，中世纪的神学教会严重地阻碍着欧洲文学的发展，那么，唐代文学的繁荣，则标志着它已发展成为世界文学的顶峰。在中唐写实讽谕诗派中，白居易全面系统地提出了自己的创作主张。通过《策林》、《新乐府序》、《与元九书》等诗文，他阐明了诗歌与现实的关系，以及诗歌的作用、功能、形式、特点等问题。南宋绍兴年间流传至今的《白氏文集》71 卷，收诗文 3600 多篇，其中诗作近 3000 首。这些作品，充分反映着他在《与元九书》、《新乐府序》中揭示的"文章合为时而著，歌诗合为事而作"、"风雅比兴"、"为君为臣为民为物为事而作"的文学纲领。平心而论，白居易对我国《楚辞》以来的浪漫主义文学缺乏更多的关注，而他通过其创作实践着力反映唐代社会生活风貌尤其是人民的痛苦生活，揭示兵革战乱后的深刻矛盾和对立冲突，却是当时文坛作家作品中颇具特色的。

白居易少年时经历过"时难年荒世业空,弟兄羁旅各西东"的颠沛流离的生活。与元稹同时中拔萃科,授周至县尉,谏官后直至贬为江州司马以前,白居易创作了以《长恨歌》和《新乐府》为代表的许多讽谕诗。白居易的讽谕诗超过元稹等人同类作品,其原因在于他注意刻画具有典型意义的艺术形象。他的诗篇,不但主题集中概括性强,而且力图揭示人物独特的生活命运,展示人物形象的外貌和心理活动,从而呈现着文学创作的原创性显著特征。

面对开元、天宝年间封建统治者连年不断穷兵黩武的战争,白居易选取一个88岁老翁当初"夜深不敢使人知,偷将大石捶折臂"的镜头,用以表达人民痛恨征战、企盼圣代的心境。

新丰老翁八十八,头鬓眉须皆似雪;玄孙扶向店前行,左臂凭肩右臂折。问翁臂折来几年?兼问致折何因缘?翁云贯属新丰县,生逢圣代无征战;惯听梨园歌管声,不认旗枪与弓箭。无何天宝大征兵,户有三丁点一丁。点得驱将何处去?五月万里云南行。闻道云南有泸水,椒花落时瘴烟起;大军徒涉水如汤,未过十人二三死。村南村北哭声哀,儿别爷娘夫别妻;皆云前后征蛮者,千万人行无一回。是时翁年二十四,兵部牒中有名字。夜深不敢使人知,偷将大石捶折臂。张弓簸旗俱不堪,从兹始免征云南。骨碎筋伤非不苦,且图拣退归乡土。此臂折来六十年,一肢虽废一身全。至今风雨阴寒夜,直到天明痛不眠。痛不眠,终不悔,且喜老身今独在。不然当时泸水头,身死魂飞骨不收;应作云南望乡鬼,万人冢上哭呦呦。老人言,君听取,君不闻开元宰相宋开府,不赏边功防黩武;又不闻天宝宰相杨国忠,欲求恩幸立边功。边功未立生人怨,请问新丰折臂翁。

《新丰折臂翁》这首诗,以我们在文学作品中不曾见过的独特形象,反映着唐代封建统治者杨国忠等人酿成战乱给人带来巨大痛苦的情景。白居易通过对生活现象、创作素材进行加工提炼,使作品产生强烈的社会效果。这里,正像陈寅恪先生对白居易诗歌艺术特色的论述所说,"一题各言一事,意旨专而一","其意既专,故其

言能尽。其言能尽，则其感人也深。"(《元·白诗笺篇征稿》)

创作的独特性是原创作品的显著特色。独特贵在独家，贵在特色。海内外观众十分熟悉的影片《泰坦尼克号》音乐，正是配乐大师詹姆斯·霍纳"希望找到的更原始更个性化的表现影片主题的配乐"。而用于这种原创文化配乐的尺八（因管长 1 尺 8 寸得名），乃是我国唐代宫廷音色浑厚圆润有如天籁之音的重要乐器。如果说，唐代宫廷的"天籁之音"时至今日仍在受到各国影迷的称赞，那么，日本画家笔下的老莱子"诈跌"，则是失去文学原创品格的刻意做作与模仿。

鲁迅在《朝花夕拾》中写道："一本日本小田海僊所画的本子，叙老莱子事云：'行年七十，言不称老，常著五色斑斓之衣，为婴儿戏于亲侧。又常取水上堂，诈跌仆地，作婴儿啼，以娱亲意。'大约旧本也差不多，而让我反感的便是'诈跌'。"在现实生活中，一个躺在眼前的 70 岁老头，一个抱在母亲手上的小孩子，这是怎样地使人们产生不同的感想！他们都拿着"摇咕咚"，这玩意在北京称为小鼓。朱熹曰："鼗，小鼓，两旁有耳；持其柄而摇之，则旁耳还自击。"鲁迅说，"咕咚咕咚响起来的，这东西是不该拿在老莱子手里的，他应该有一枝拐杖。现在这模样，简直是装佯，侮辱了孩子。"他在剖析某些封建卫道士鼓吹的伦常、纲纪时还说，"正如将'肉麻当作有趣'一般，以不情为伦纪，诬蔑了古人，教坏了后人。老莱子即是一例，道学先生以为他白璧无瑕时，他却已在孩子的心中死掉了。"

小田海僊是个年近八旬的日本画家。他在花甲之年创作的卡通王国老莱子，辛亥革命前在上海点石斋书局印行。不过，他的动漫未免有点"卡而不通"，因为他失去原创品格，"诬蔑了古人，教坏了后人"。正像今天北京和台北的教授查证朱熹等人编造"半部《论语》治天下"的史料一样（《光明日报》），鲁迅查过宋代李昉等人所撰的类书《太平御览》，发现南朝时的记载就"稍近于人情"，"还不至于如此虚伪"。当初，人们曾经说过，"老莱子常著斑斓之衣，为亲取饮，上堂脚跌，恐伤父母之心，僵仆为婴儿啼。"

八 晚晴文学典型意义

别林斯基说："创作的独创性，或者更确切点说，创作本身的显著标志之一，就是典型性。""在一位具有真正才能的人写来，每一个人物都是典型。"(《论果戈理的中篇小说》,《别林斯基选集》第1卷) 晚晴文学的典型化创作原则，包括个性化和概括性两个方面。这个典型化的过程，是作家按照自己的审美感受、审美理想来选择、加工生活素材，从而创造晚晴天地的艺术形象、艺术典型的过程。而形象的鲜明性、艺术的独创性和概括生活本质的准确性，则是独具民族特色的艺术典型的基本特征。

晚晴星空的真切写照
——公孙杵臼、葛朗台形象设计

文学典型化，是中外文学创作中引人注目的话题。清代段玉裁的《说文解字注》，对许慎所说的"型，铸器之法也"作过这样的解释："以木为之曰模，以竹曰范，以土曰型，引申之谓典型。"而柏拉图的"绝无仅有的人像典型"一类理论，则在18—19世纪的欧洲得以广泛流行。在晚晴文学创作中，如何塑造典型的艺术形象展现普遍的社会意义和历史内容，是衡量作品思想和艺术价值的重要标准。

在我国文艺舞台上，自宋、元以来有许多以《赵氏孤儿》为题材的戏剧作品。著名戏曲史学家王国维认为，此剧可与关汉卿的《窦娥冤》媲美，"即列之于世界大悲剧亦无愧色。"春秋时期发生的这个悲壮的故事，一经演绎为戏剧作品传入欧洲，立即在社会各界产生强烈反响。德国的歌德、法国的伏尔泰、英国的墨菲等文坛宿将对此倍加称赞，并且亲自改编使之与国内观众见面。

鲁迅说过："悲剧将人生的有价值的东西毁灭给人看。"（《再论雷峰塔的倒掉》，《鲁迅全集》第1卷）作为表现特定环境的主人公遭受失败或事业被毁灭，展示进步力量与反动势力、邪恶人物之间矛盾冲突的戏剧，无论是元曲、南戏、传奇、京剧或者汉剧、晋剧、秦腔、滇剧与影视作品，《赵氏孤儿》塑造的晋国七旬老宰辅公孙杵臼忠直义烈、疾恶如仇的典型形象，都给观众带来巨大的艺术感染力量。

司马迁的《史记·赵世家》，根据战国时期的有关传说，记述了晋灵公时赵、屠两家仇杀之事。在历史上，晋灵公残忍暴虐，"厚敛以雕墙。"《左传》曾经记载过他筑台弹打行人取乐，因熊掌未熟而斩杀宰夫等暴行。据《史记·赵世家》记载，晋灵公原来有个宠臣屠岸贾，在晋景公三年代任司寇。这个权臣以"弑君罪"对准赵盾发难，宣称"盾虽不知，犹为贼首"，与诸将攻赵氏于下宫，杀赵朔、赵同、赵括、赵婴齐，灭其族。而《左传》则有庄姬嫁给赵朔后与叔父赵婴齐私通，晋侯听信诬陷之词以"弑灵公之事"满门抄斩赵氏等史料。

赵朔妻成公姊，有遗腹，走公宫匿。赵朔客曰公孙杵臼，杵臼谓朔友人程婴曰："胡不死。"程婴曰："朔之妇有遗腹，若幸而男，吾奉之；即女也，吾徐死耳。"居无何，而朔妇免身，生男。屠岸贾闻之，索于宫中。夫人置儿绔中，祝曰："赵宗灭乎，若号；即不灭，若无声。"及索，儿竟无声。已脱，程婴谓公孙杵臼曰："今一索不得，后必且复索之，奈何？"公孙杵臼曰："立孤与死孰难？"程婴曰："死易，立孤难耳。"公孙杵臼曰："赵氏先君遇子厚，子强为其难者，吾为其易者，请先死。"乃二人谋取他人婴儿负之，衣以文葆，匿山中。程婴出，谬谓诸将军曰："婴不肖，不能立赵孤。谁能与我千金，吾告赵氏孤处。"诸将皆喜，许之，发师随程婴攻公孙杵臼。杵臼谬曰："小人哉程婴！昔下宫之难不能死，与我谋匿赵氏孤儿，今天卖我。纵不能立，而忍卖之乎！"抱儿呼曰："天乎天乎！赵氏孤儿何罪！请活之，独杀杵臼可也。"诸将不许，遂杀杵臼与孤儿。诸将以为赵氏孤儿良已死，皆喜。然赵氏真孤乃反在，程婴卒与俱匿山中。

这里，司马迁的记述为刻画公孙杵臼的典型形象提供了生动的素材。程婴与公孙杵臼定计，找来一个婴儿随老人藏匿山中。程婴出面告发后，屠岸贾的部下赶来杀死杵臼与"赵氏孤儿"。15 年后，真正的孤儿赵氏与程婴遍拜诸将以攻屠岸贾，灭其族。《史记·赵世家》以及小说《东周列国志》的描述，通过塑造公孙杵臼令人唏嘘威震三晋的典型形象，充分展现了这位七旬老臣无所畏惧、视死如归的献身精神。

作为 19 世纪法国批判现实主义作家的杰出代表，奥诺雷·德·巴尔扎克在创作《人间喜剧》90 多部长篇、中篇小说时说过："我所写的是整个社会的历史。我经常仅仅用这一句话来表达我的计划：一代人就是一出有四五千个突出人物的戏剧。这出戏剧，就是我的书。"巴尔扎克的著名代表作《欧也妮·葛朗台》，塑造的是资本主义社会初期贪财、聚财的暴发户典型形象。80 多岁的葛朗台，和《高老头》中 69 岁退休的面条商高里奥一样，信奉"有财便是德"的信条。在他们看来，"巴黎是一个垃圾坑"，"社会是一个疯子和骗子的集团"，"法律跟道德对有钱人全无效力，财产才是金科玉律。要发大财吗？不能靠德行与天才，要靠腐蚀的本领。"通过他笔下的"突出人物"典型，人们看到了法国资产阶级战胜和取代封建贵族阶级的发展过程，以及资本主义社会金钱决定一切的种种罪恶。

巴尔扎克的《人间喜剧》，是恩格斯所说的一部"伟大的作品"，它"提供了一部法国'社会'特别是巴黎'上流社会'的卓越的现实主义历史"。巴尔扎克在这部系列作品的《序言》中说，小说共分为《风俗研究》、《哲理研究》、《分析研究》三个部分，其中主体部分《风俗研究》又分为巴黎生活、外省生活、私人生活、政治生活、军旅生活和乡村生活场景等。《欧也妮·葛朗台》通过描写波旁时期法国外省的社会生活，着力塑造了法国文学史上著名的狡诈、贪婪、吝啬的资产阶级暴发户形象。葛朗台原来是一个箍桶匠。随着法国贵族阶级的没落和资产阶级上升，这个 80 多岁的守财奴囤积居奇，投机倒把，哄抬物价，和他的侄儿在海外贩卖人口、偷税走私、放高利贷。作者通过这个人物，对资本主义社会的金钱关系作了深入剖析。他为了财产，竟然逼走侄儿，将妻子折磨至死，剥夺独生女儿对母亲遗产的继承权，不许女儿恋爱，断送了他们一生的幸福。

巴尔扎克在塑造葛朗台的典型形象时，十分注意捕捉生动的人物动作和传神的细节，以揭露其极端贪婪吝啬的性格特征——

他一动不动待在那儿，极不放心地把看他让人装了铁皮的门。轮流瞧着。听到了点响动，他就要人家报告原委；而且使公证人大为吃惊的是，他连狗在院子里打呵欠都听得见。他好像迷迷糊糊地神志不清，可是一到人家该送田租来，跟管庄园的算账，或者出立收据的日子与时间，他会立刻清醒，于是他推动转椅，直到密室门口。他教女儿把门打开，监督她亲自把袋袋的钱秘密地堆好，把门关严。然后，他又一声不出地回到原来的位置。只要女儿把那个宝贵的钥匙交还了他，藏在背心袋里，不时用手摸一下。

托尔斯泰说过，"焦点是艺术品中最重要的东西。"在巴尔扎克这位艺术大师的笔下，葛朗台的淋漓尽致的表演，他那赤裸裸的、毫不掩饰的对金钱的贪婪和占有欲，是通过放大镜式的透视方法和极富个性化的动作性语言加以表现的——

本区的教士来给他做临终法事的时候，十字架、烛台和银镶的圣水壶一出现，似乎已经死去几小时的眼睛立刻复活了，目不转睛地瞧着那些法器，他的肉瘤也最后动了一动。神甫把镀金的十字架送到他唇边，给他亲吻基督的圣像，他却做了一个骇人的姿势想把十字架抓在手里，这一下最后的努力送了他的命。他唤着欧也妮，欧也妮跪在前面，流着泪吻着他已经冰冷的手，可是他看不见。

"父亲，祝福我啊。"

"把一切照顾得好好的！到那边来向我交账！"这最后一句证明基督教应该是守财奴的宗教。

莎士比亚在《雅典的泰门》中写道，金子可以使人返老还童。对黄金的贪欲，是资产阶级典型形象最基本的性格特征。巴尔扎克在描写葛妻隐忍贤德沐浴着"天国光辉"的同时，着力刻画葛朗台跨入 76 个年头以后与日俱增的吝啬。"凡是吝啬鬼、野心家，所有执著一念的人，他们的感情总特别贯注在象征他们痴情的某一件东西上面。金子，看到金子，占有金子，便是葛朗台的执著狂。"伟大的作家，总是通过他笔下的人物形象来真切地描绘他所处的时代，寄寓他所领悟的生活哲理。而读者则通过与作品的人物形象进行感情交流，把握着作家所揭示的社会生活本质。恩格斯说，我们从巴尔扎克塑造的典型形象中得到的东西，比从职业历史学家、经济学家和统计学家那里学到的还要多。

典型形象的民族特征

——孙悟空、浮士德艺术个性

　　纵览我国文化领域，知名度最高而深受老中青读者欢迎的长寿之王，大约非孙猴王莫属。"救日有矢救月弓，世间岂谓无英雄？谁能为我致麟凤，长享万年保合清宁功！"吴承恩正是基于这种创作思想，在《西游记》中使"仙山福地，古洞神州，不伏麒麟辖，不伏凤凰管，又不伏人间王位所拘束"的美猴王腾空出世，用斗争取得齐天大圣的职位，并在与正统势力反复较量中"修成南无斗战胜佛的正果"。

　　按照中华民族世代相传的祈寿心理，孙悟空的形象从口头创作到文学创作经过了一个演变过程。从唐代传奇《古岳渎经》、宋元话本《陈巡检梅岭失妻记》到《大唐三藏取经诗话》，记载过 800 岁的猕猴王偷吃仙桃被发配在花果山紫云洞的故事。在《西游记》里闹龙宫、闹天宫的孙大圣，尽管迫使阎王在生死簿上勾销了全部猴类的名字，以后却被如来压在五行山下 500 年。唐僧西行取经，孙悟空被带上紧箍咒助阵，历时"十有四年"。

　　《西游记》本旨何在？郑起宏提出的"灵台方寸"说，或许能揭示孙大圣个中秘密。这猴王离开花果山八九年，有机会遇到一位祖师，苦修三载得其真传，"炼"就一身盖世神功，因而得以护佑唐僧三藏西行。胡适在《建设的文学革命论》中说："中国文学的方法实在不完备，不够作我们的模范。""若从材料一方面看来，中国文学史更没有做模范的价值。"（《胡适文存》，上海亚东图书馆出版）这种论断显然是无视孙大圣等许多独具民族特色的典型形象。吴承恩创作《西游记》所采用的大量素材，集中反映了劳动人民生活中的无穷智慧。孙大圣结缘的那位佛祖，其名"灵台方寸"，并非地处他乡异国。人们翻开小说第14回《心猿归正/六贼无踪》，这里写着"佛即心兮心即佛"。第85回《心猿妒木母/魔主计吞禅》还说，"佛在灵山莫远求，灵山只在汝心头。人人有个灵山塔，好向灵山塔下修。""千经万典，也只是修心。"唐僧的名言，和海外作家所说的"世界上最宽阔的是心灵"，何其相似乃尔！

吴承恩在我国古代四大名著的作者中（周汝昌说《红楼梦》作者为曹雪芹脂砚斋即湘云夫妇），其作家地位或许是最少争议的。这位82岁的作家，曾与道教圣地华阳洞天主人李春芳"气息相通"，并和热衷"性命双修"气功修炼的进士朱日藩自幼相交甚笃。所以，郑起宏在阐述《西游记》本旨时指出；吴承恩以宋、金、元三代及明初文人关于玄奘取经的记述或话本为铺垫，以人们修炼气功的丰富体验为依据，慧眼独具，匠心独运，把两者巧妙地糅合一起，将养生之道描摹得引人入胜，从而完成了《西游记》这部名写宏观社会事件实叙微观心理感受的不朽名著。

经过华阳洞天主人校正的《西游记》，描述了孙大圣火眼金睛、七十二变、腾云驾雾、千夜不眠、百年弗食以及诊脉、缩地、解锁、定身等功夫和专长。正是因为他有这些绝招，取经途中降灭妖怪55名，其中降服19名，打死36名。在被打死的妖怪中，没有一个是有上界神仙作后台的。如山野兽怪虎力大仙、鹿力大仙、羊力大仙和六耳猕猴、蜘蛛精。在被降灭的妖怪中，孙悟空、猪八戒、沙和尚一起战胜的有23名，其他的则是孙悟空以其一个跟斗十万八千里的神功，央求上界神仙发兵助战。

吴承恩描述孙大圣降服妖怪时，着力介绍了神妖结合、妖仗神势带来的巨大祸害。在降服的19名妖怪中，19名全和上界神仙有这样那样的瓜葛。如麒麟山赛太岁，乃观音菩萨胯下的金毛犼；狮驼岭上的三魔头，乃如来佛的姨母大鹏金翅雕；比丘的假国丈，乃南极老人星的坐骑白鹿；金角大王、银角大王乃太上老君看金炉银炉的侍从。在这里，上界神仙渎职，凡间世人受难。与妖怪搏斗，莫过于跟神仙周旋。孙悟空登门求爷爷拜奶奶，神仙办事都是拖拉得可以，有的甚至说情庇护，最后不了了之。

鲁迅说：《西游记》"讽刺揶揄则取当时世态"，"虽述变幻恍然之事，亦每杂解牙颐之言，使神魔皆有人情，精魅亦通世故，而玩世不恭之意寓焉。"（《中国小说史略》）吴承恩通过塑造独具民族特色的孙悟空历尽艰辛除妖灭怪的典型形象，还对当时僧道干预政权，统治阶级贪得无厌的社会现象进行了巧妙的抨击。第 78、79 回《比丘怜子遣阴神／金殿识魔谈道德》《寻洞擒妖逢长寿／当朝正主见婴儿》写一个妖精变的老道，受到比丘国国王宠信当上国丈。国王在病中"扶着近侍小宦，挣下龙床，躬身迎接。""那国丈到宝殿前，更不行礼，昂昂烈烈，径到殿上。国王见身道：'国丈仙踪，今喜早降。'就请左手绣墩上坐。"国丈拿出一个所谓延寿秘方，要用 1111 个小儿的心肝作药引。国王于是迫使百姓把小儿养在鹅笼里，等待屠杀。南极老人星的"坐骑白鹿"，原来竟当上国丈在这里兜售屠杀儿童的"延寿秘方"！孙悟空师徒关注西域多种文明激荡中的"弥勒文化"，去西天"不曾备得人事""打通关节"，亲自向传经者直言相告："经不可轻传，亦不可空取。向时众比丘僧下山，曾将此经在舍利国赵长者家与他诵了一遍，保他家生者安全，亡者超脱，只讨得他三斗三升米粒黄金回来。我还说他们忒卖贱了，教后代儿孙没钱使用。"面对西大阿傩伽叶因索贿未得而以无字假经蒙骗大唐师徒四人，唐僧只得把那只紫金钵盂献出去，方取得真经返回东土。值得回味的是，现实生活中比玄奘取经更为艰辛的高僧，却是天宝至天德间的悟空（车奉朝）。蒋星煜说，这位悟空往返长安和罽宾（克什米尔）、于阗、龟兹等地，历时将近 39 年。

作为人类传承文明的标志，著名作家的创作成果不仅是一个民族的财富，也是各国人民的文化营养品。中国作家协会书记处曾经作出决定为歌德逝世 150 周年举行纪念活动，以及 1998 年上海电视节开幕式演出《浮士德》歌剧选段，充分说明了一个作家塑造的独具民族特征的典型形象在世界范围的深远影响。

歌德这位以塑造浮士德晚晴文学形象著称的德国诗人，是古典文学和民族文学的主要代表。恩格斯说，歌德那个时代，德国"在政治和社会方面是可耻的，而文学方面却是伟大的"。歌德从小生活在莱茵河畔的法兰克福城。殷实、富裕的中产阶级家庭，使他发展了对文学、音乐、美术和自然科学的兴趣，并且掌握了英、法、意大利、希腊等多种外文。随后，他到莱比锡大学攻读法律，追随"狂飚突进"运动领袖，大量阅读莎士比亚的作品，接近了德国民间文学。1774 年，歌德写下揭露和批判腐朽虚伪的封建社会本质生活的《少年维特之烦恼》。接着便悉心研究德国民间传说，通过 60 年艰辛劳动创作了鸿篇巨制《浮士德》。这部"包罗万象一号难解"的诗剧，发挥德意志语言的最大功能，思想深度和广度都超过了德国同时代的作家，堪称与但丁《神曲》和莎士比亚戏剧媲美的世界名著。

《浮士德》这部抒情诗、叙事诗和诗剧相结合的文学巨著，概括了歌德的全部生活与艺术实践，强烈反对中世纪哲学、宗教教义、封建制度对人的窒息、扼杀，具有启蒙时代人道主义的思想特征。它通过塑造德国文学的典型形象，反映主人公不断探索追求真理的心路历程，否定脱离实际的中世纪经院哲学研究，表现了他具有坚韧不拔、执著坚毅的品格和永不满足、开拓进取的情怀。

歌德说："你要是喜欢自己的价值，你就得为世界创造价值，人生的价值在于奉献。"诗人正是以其作为艺术家的巨大勇气和才能，在《浮士德》的鸿篇巨制中刻画了主人公独具民族特征的典型形象。这部伟大诗剧的箴言式的至理名言，时而轻松活泼时而沉郁悲壮。无论就其纷繁的人物事件还是广阔的社会环境来说，莫不充满着浪漫主义和神话色彩。诗人运用衬托、讽刺的表现手法，突出对比、夸张的艺术特征，充分展示出魔鬼仇视人类的变态心理和瓦格纳脱离人民的学究面貌，从而反映了浮士德自强不息的进取精神。

浮士德作为新兴资产阶级的代表，"一日不可空消磨，做事要有决心"，具有"一种坚毅的决心，不断地奋勇向最高的存在"。这如同他在生命的最后一息所说，"凡是认识到的，就要赶快把握"，"应该严守秩序，鼓舞精神，完成这件伟大的工程。"歌德正是通过浮士德这一典型艺术形象，向人们展示了自己的理想志趣，"丝毫不肯放松，万事自能前进"，"我的志愿，我要努力使它实现。"

同时，浮士德又是一个竭力至诚的开拓者典型形象。他认为，"要每日每天开拓生活和自由，然后才能作自由与生活的享受。"歌德的任务，就是要塑造浮士德式的新人，创造精神世界中的理想王国。诗人曾经说过，"只有当他能驾驭世界和表达世界的时候，他才是个诗人。要是只能表达自己那一点点主观感情，他是不能称为诗人的。"

鲁迅说，歌德这位"邃于哲理"的"德之大诗人"，"识见既博，思力复丰"。因而，他的作品展现的对欧洲 300 年历史的现实主义画卷和德国现实生活的图景，便成为一部充满时代精神的社会发展史。《歌德谈话录》指出，促进和发展世界文学不能抹杀各民族的特点，歌德正是以其成功地塑造浮士德这一独具民族特征的文学典型，认为"我这一生的今后岁月可以看作是一种无偿的赠品，我是否还工作或做什么工作，事实上都无关宏旨了。""浮士德身上有一种活力，使他日益高尚化和纯洁化。"歌德笔下的浮士德，有一句"事业是一切，名声是虚幻"的名言，他还高呼"万岁万岁万万岁，怎样地焕发着真和美"，宣称"要把全人类的苦乐堆积在我寸心，领略尽全人类所赋有的精神"。歌德和席勒合办《女神》杂志，抨击文学界的浅薄、落后现象，则试图不触动德国分裂 1000 多年的旧秩序，而培养完整、和谐的一代新人。

九　晚晴文学语言特色

世界各国不同地域的民族，以其独特的语言表达广大群众的思想感情，从口头创作到书面文学创作，语言不断发展丰富，文学创作话语呈现着巨大的表现力。可以说，准确性、丰富性、生动性和艺术感染力，是晚晴文学和所有文学创作的共同特点，而民族语言、群众语言、网络语言和创作语言，又在准确性、丰富性、生动性等方面充分展示着自己的魅力。当然，这里所说的塑造晚晴人物艺术形象，反映社会生活的必不可少的工具，是指广泛意义上经过加工的语言，也就是晚晴文学创作中具有深刻、睿智、洗练、稳健的特色和风格的文学语言。

民族语言的准确性
——关于"采镭本领恐慌"的解读

各民族生生不已所处的地域，决定着其社会生活特定空间。孔子《论语》曰："辞，达而已矣。"准确性，是运用民族语言的基本要求。作为交流思想的工具，只有准确地遣词造句，才能恰如其分地表情达意。亚里士多德在《修辞学》中指出："既不要把重大的事说得很随便，也不要把琐碎的小事说得冠冕堂皇。对于一些平凡的普通名词，不应加上一些漂亮的修饰语，否则就会显得滑稽。……在表现情绪方面，谈到暴行时，你要用愤怒的口吻；谈到不虔诚或肮脏的行为时，你要用不高兴和慎重的口吻；对于喜事，要用欢乐的口吻；对于可悲的事，要用哀伤的口吻。"法捷耶夫的《论作家的劳动》写道："对于语言的修炼——力求把你所看见的东西，把你意识中结晶了的东西表达得最准确，需要麻烦细腻的劳动。"

　　民族语言，是各具民族特色的文学创作的首要因素。前苏联诗人马雅可夫斯基谈到诗歌创作时说过："诗歌语言提炼好比镭的开采"，如果你要将"一个字安排妥当，就要几千吨语言的矿藏"。各个民族在彼此不同的经济活动、文化生活、地理环境状况中，运用语言交流思想，从事文学创作，其语言必然在语音、语法和表达方式上具有自己喜闻乐见的民族形式。这种民族形式的诗歌语言和其他文学语言，如我们通常所说的"老当益壮"、"胸有成竹"、"老骥伏枥"等，就像俄国著名诗人普希金高度赞赏的莫斯科做圣饼的老太太的生活语言一样，无不闪烁着民族语言的智慧之光。

　　毛泽东同志在 1939 年的一次谈话说过："我们队伍里边有一种恐慌，不是经济恐慌，不是政治恐慌，而是本领恐慌。"（《人民日报》1998 年 12 月 23 日《论"本领恐慌"》）有些同志指出，文学创作要出精品，就要改变"采镭本领恐慌"状况。在我国文学创作发展过程中，汉族和蒙古族、藏族、维吾尔族、傣族、壮族等民族的作品，文学语言内容等具有不同的特点。汉族文学作品大多反映平原、丘陵地域人们的生活，而蒙古族等少数民族文学创作给人们展示着草原、雪域或丛林等地的边塞风光。各个民族的男女老少风俗习惯特征和表情达意的方式，莫不通过其乌兰牧骑和"呀诺达"（海南方言"一、二、三"）式的民族语言准确地传递给读者。我们只有充分掌握了文学创作中运用语言的"采镭本领"，才能为人民创作出更好的作品。反映善良纯朴的书生梁山伯与刚烈深情女子祝英台之间爱情故事的戏剧《梁祝姻缘》，由汉族江浙地区流传到少数民族地区，便经过一些老艺术家改编加工，或者用傣族语言在芭蕉林谈情说爱，或者以刘三姐壮歌的形式传情，从而准确地表达着戏剧的思想内容。解放初期参加《梁祝》剧组演出的老同志回忆，他们曾经随周恩来总理率领的我国外交使团访问欧洲，周总理亲自将演出说明书改名为"中国的罗密欧与朱丽叶"，顿时在当地戏剧界引起轰动。这就充分说明，结合实际情况准确地运用世界民族语言，是一种何等高超的"采镭艺术"！

　　钱钟书的《围城》，被人称为"中国近代文学中最有趣和最用心经营的小说"。这部作品，通过刻画主人公方鸿渐和各式各样众生相的经历，深刻揭露了半封建半殖民地旧中国黑暗衰败的图景。方鸿渐到了欧洲，从伦敦到巴黎和柏林，四年换了三个大学。他随便听了几门课，心得全无，生活尤其懒散。回国前，以40美金函购了一个美国克莱登大学的哲学博士文凭。钱钟书以极为深厚的文学功底描绘了《围城》变幻多端的生活舞台景象，对小说中形形色色的人物的民族性作了探幽入微的透视。

钱钟书的夫人杨绛教授说，钟书以钟爱书籍命名，好学、忧患和痴气乃其一生精神风貌的写照。他的《管锥编》，征引海内外5000多位作者的著作达12000多种。作为幼承家学，饱览群书，深受中西文化熏陶的学者，正是以其高超的"采镭本领"在小说《围城》中勾画了不少晚晴生活的精彩片断——

方老太太为鸿渐置备衣服被褥，方遯翁则有许多临别赠言吩咐儿子记着，成双成对地很好听，什么"咬紧牙关，站定脚跟"，"可长日思家，而不可一刻恋家"等等。又逼着鸿渐去周家辞行，幸而去后一个人没见到，鸿渐如蒙大赦。

小说写到老太太嫌媳妇"衣服不够红"，"向祖先行礼没有下跪，也没向老夫妇行跪见礼，于是更嫌他们不懂礼貌"以后，还对他们的房间和媳妇外出做事来了一番干预——

遯翁夫妇来看布置好的房间，送来一只挂在壁上的老式自鸣钟，说这是祖物，虽年久失修，还能用，至少比现在买的钟表经用，每点钟只慢7分。老夫妇心下很不满媳妇外出做事，认为应留下管家，否则女人赚的钱比丈夫多，这种丈夫还能振作乾纲么？

文学界人士认为，《围城》这部以民族语言的准确、贴切、缜密、简洁为显著特征的作品，"可能亦是最伟大的一部小说。"钱钟书的杰作，"作为讽刺文学，比《儒林外史》一类中国古典小说更优秀，因为它有对当时中国风情的有趣写照，有独到的喜剧气氛和悲剧意识，有精彩的警句和双关语，有奇妙而精当的比喻，更有对意象的匠心经营，通过对细节的选择，透露出对人生世相的道德评判。"

古往今来的晚晴文学名篇，莫不注重语言的"采镭艺术"，以准确地展现各具民族特色的人物形象和富有时代特色的生活氛围。珠江电影制片厂拍摄的故事片《安居》，分别获得第18届电影金鸡奖故事片奖、导演奖和演员特别奖。影片结尾，阿东准备送阿喜婆去养老院，阿喜婆将自己省吃俭用积攒下来的2000元交给珊妹，让这个钟点工回到农村集镇办个小餐馆。当时，珊妹不肯收下这笔钱。阿喜婆正言厉色说道：你以为我这是送给你，我是借钱给你，以后饭馆办得火红了，你再还给我！这里，阿喜婆深远的目光、宽阔的胸怀、开朗的性格与豪放的语言熔为一体，栩栩如生地向观众凸现着一位跨世纪老人的鲜活形象。

宋代女词人李清照，在中国文学史上堪称杰出的作家。她经历靖康之难南渡以后，在晚年创作的《声声慢》一词，巧妙地运用典型环境中塑造典型形象的艺术表现方法，观照日常生活中典型的事物与人物视点，情景交融直抒胸臆，创造出鲜明的形象和凄清的意境。

寻寻觅觅，冷冷清清，凄凄惨惨戚戚。乍暖还寒时候，最难将息。三杯两盏淡酒，怎敌它，晚来风急！雁过也，正伤心，却是旧时相识。满地黄花堆积，憔悴损，如今有谁堪摘？守着窗儿，独自怎生得黑！梧桐更兼细雨，到黄昏，点点滴滴。这次第，怎一个愁字了得？

如果说辛弃疾词的主调是以沉雄为特征的话，那么李清照词的主调则呈现着"一个愁字"。其南渡之后的创作，一变前期清丽、凄凉之音，更是表达着女词人与国家、民族危亡息息相通的悲愁思想感情。这首《声声慢》，"全词九十七字，开头连用七组叠字，其中舌声十六字，齿声四十一字，两声多达五十七个字，占全词之半数以上，声调短促、轻细、凄清。作者选用这一系列吞咽抽泣之字声，意在表达特定环境中如泣如诉的悲郁情愫。"（黄钧《中国古代文学史》）作为独具民族语言特征的代表作，李清照的《声声慢》乃是宋词绝无仅有的典型范例。

辛词语言的"采镭艺术"，集唐宋词家之大成，或以民间口语

"叹人生不如意事十之八九"与散文句式抒情写志。其熔铸经骚的语言特色和多彩多姿的艺术风格,豪放沉雄,婉约缠绵,无体不工。"中秋饮酒将旦,客谓前人诗词有赋待月,无送月者",辛弃疾"因用《天问》体赋"《木兰花慢》。王国维的《人间词话》称赞这首词说:"词人想象,直悟月轮绕地之理,与科学家密合,可谓神悟。"

可怜今夕月,向何去,去悠悠?是别有人间,那边才见,光影东头?是天外,空汗漫,但长风浩浩送中秋?飞镜无根谁系?嫦娥不嫁谁留?

谓经海底问无由,恍惚使人愁。怕万里长鲸,纵横触破,玉殿琼楼。虾蟆故堪浴水,问云何玉兔解沉浮?若道都齐无恙,云何渐渐如钩?

公元 12 世纪末叶的中秋饮宴之夜,辛弃疾遥想屈原《天问》提出的 170 多个宇宙难题,通过对天象的敏锐观察而不断探索着"别有人间,那边才见,光影东头"的奥秘,从而猜测到地球是圆的和月亮绕着地球旋转的科学道理。李白的《春夜宴桃李园序》云:"夫天地者,万物之逆旅也;光阴者,百代之过客也。"人们说,李白准确地揭示着天体运行规律。这位唐代诗人,已经意识到四维空间——x,y,z,再加上一个时间。

群众语言的丰富性

——学点莎士比亚写作风格

晚晴天地的广大作家,具有丰富的社会阅历,与生活领域各个阶层的群众有着广泛的社会联系。晚晴文学语言的重要特点之一,表现在群众语言的丰富性对于创造活动产生的深刻影响。

但丁说:"既然语言作为工具对我们的思想之必要正如骏马之于骑士,既然最好的马适合于最好的骑士,那么最好的语言就适合于最好的思想。"群众语言,词汇丰富,含意深刻,是广大作家取之不尽、用之不竭的源泉和宝库,"大家之作,其言情也必沁人心脾,其写景也必豁人耳目。其词脱口而出,无矫揉妆束之态。以其所见者真，所知者深也。"（王国维《人间词话》）我们学点莎士比亚的写作风格，因为其创作艺术的重要特点之一，表现在情节丰富性与生动性的完美融合。

马克思说过："莎士比亚塑造的典型在19世纪下半叶开出灿烂的花朵。"这位伟大的戏剧家之所以能够神奇地为人们描绘出一系列各类人物的艺术形象，在于他十分重视从群众语言中学习写作，将流传在他们中间的轻快的民谣、无韵诗和大量比喻、隐喻、双关语、戏言引入创作。在他的笔下，描绘了雅典贵族泰门醉生梦死的形象。当这个悲剧人物手里的金钱花光时，周围昔日的亲朋如鸟兽散尽。泰门走投无路，饥寒交迫，在生活的最低层发现了埋在深山的黄金："金子！黄的、闪光的宝贵金子！这东西，只这一点点儿，就可以使黑的变成白的，丑的变成美的，错的变成对的，卑贱变成尊贵，老人变成少年，懦夫变成勇士。"针对《雅典的泰门》这段黄金使人们"返老还童"的戏剧独白，马克思在《资本论》中一针见血地指出："莎士比亚绝妙地描写了金钱的本质。"

法国浪漫主义作家夏多布里安认为："莎士比亚发现了戏剧艺术。"（《论英国文学经验·莫里哀》）马克思则在《议会的战争辩论》中写道，莎士比亚打破了悲剧和喜剧的界限，使"崇高和卑贱、恐怖和滑稽、豪迈和诙谐离奇古怪地混合在一起。"（《马克思恩格斯全集》第10卷第188页）他创作的37部悲剧、喜剧、历史剧和传奇剧，出场角色近1000人，包罗着社会各阶层各种类型人物，其正面、反面、顺转、逆转人物都有丰富的内心生活和复杂的内在矛盾。莎士比亚在塑造这些戏剧艺术形象时，把文学语言和民间语言巧妙地结合起来，使用语汇17000多个，超过拜伦、雪莱的语汇一半以上。

传说祖辈务农的莎士比亚，是在英国华列克郡艾汶河畔的田园风光和民间故事陶冶中不断汲取创作源泉的。农民朴实的感情、生动的语言，对他的思想和艺术产生着深刻的影响。莎士比亚在家庭变故前进入一所语法学校，就读期间学习了古典文学、修辞学、拉丁语和古代史。1586年，20多岁的莎士比亚因为一起猎苑事件赴伦敦避难。在剧院，他从马夫、杂役工做起，随着开始扮演舞台上的小角色，正如莎士比亚的名字那样，他以其艺术成就被称为都市艺苑挥舞（Shake）枪矛（Spear）的戏剧改革家。然而，莎士比亚运用民俗语言创作的剧本，却成为抱住"大学文凭"而缺乏创作才能的剧作者格林肆意刁难的对象。此人出于忌恨的阴暗心理，抛出所谓《没有价值的才智》一书，声称莎士比亚是"擅场"自负的人物和"出风头的乌鸦"，甚至谩骂他的成功背后怀有一颗"虎狼之心"。

格林的诋毁，并没有能够遏止莎士比亚戏剧在伦敦艺术舞台产生的巨大影响。他的戏剧活动，得到风俗喜剧作家本·琼生等人的支持，并且作为大臣剧团成员到女王宫廷演出。随着环球剧团的崛起，莎士比亚的语言风格逐渐成为文化沙龙的艺术时尚。伦敦的许多大学生，和这位来自平民中的戏剧家保持密切联系。在国际上享有盛誉的牛津和剑桥大学，欢迎莎士比亚所在的剧团前往校园演出。17世纪出版的戏剧刊物，曾经对这些活动作过突出报道。

莎士比亚认为，一个戏剧家，"目的始终是反映人生，显示善恶的本来面目"，"最好的戏剧也不过是人生的一个缩影。"在《哈姆雷特》的剧作中他还说过，好的悲剧与好的演员，可以发掘人的内心隐秘，"使有罪的发疯，使无罪的愕悟，使愚昧无知的人，惊惶失措"，语言文学"质朴而富于技巧"，"兼有刚健与柔和之美"。莎士比亚的这种戏剧语言，丰富多彩，生动隽永。他通过学习群众日常生活的各种语言，在文学创作中形成了自己独特的风格。无论是悲剧、喜剧、传奇剧或历史剧创作，运用不同的语言展示不同人物思想感情和性格特征。《哈姆雷特》这出戏，其中哈姆雷特和克劳狄斯的矛盾构成尖锐的矛盾冲突，而悲剧又交炽着明显的喜剧氛围。这时，哈姆雷特的语言富于哲理，克劳狄斯张口矫揉造作，波格涅斯说话苍白无力，充分展示着莎士比亚创作语言丰富的表现力。

这里，我们可以引述俄国评论家别林斯基和英国评论家莫尔根关于莎士比亚戏剧的名言，以说明丰富的创作语言对增强艺术感染力的意义。

别林斯基谈到中外美学家关注的莎士比亚杰作《麦克白》这部

悲剧时说："莎士比亚笔下的麦克白是一个坏蛋，但却是一个具有深刻而强大的灵魂的坏蛋，因此，他唤起的不是反感，而是同情。你会看出他是这样一个人，他包含着胜利与失败两者的可能性，如果是另外一个方面，他就可能变成另一个人。"当苏格兰国王在军帐里等待前线的消息时，一个报信的班长便在叙述中介绍了这种高贵、勇敢的天性："勇敢的麦克白——他真不愧这勇敢的称号——根本就没有把命运看在眼里，他舞动着那柄杀人都冒了烟的钢刀，像勇敢的宠儿似的，砍开了一条道路，一直冲到了那奴才的面前，割下他的头就把他放在我们的城头上。"

《威尼斯商人》是莎士比亚一部既有早期"快乐的喜剧"特点，又有中期"悲喜剧"特点的作品。普希金说："莎士比亚创造的人物，不像莫里哀的那样，是某一种热情或某一种恶行的典型；而是活生生的、具有多种热情、多种恶行的人物；环境在观众面前把他们多方面的多种多样的性格发展了。莫里哀的悭吝人只是悭吝而已，莎士比亚的夏洛克却是悭吝机灵、复仇心重、热爱子女，而且锐敏多智。"

关于莎士比亚运用丰富的喜剧语言塑造的这个典型形象，英国评论家莫尔根在他的著名论文《论约翰·福斯塔夫爵士的戏剧性格》中曾对其性格进行过详细考察。他指出，"莎士比亚把他写成一个完全由各种矛盾构成的人物性格：他既是一个青年，又是一个老头，既是有冒险精神的，又是游手好闲的，既是一个容易受骗的人，又是一个富有机智的人，既没有心眼，又为非作歹，原则上软弱，而本性上果断，表面上胆怯，而实际上勇敢；虽是一个无赖却没有恶意，虽是一个扯谎者，却不欺诈；虽是一个骑士、一个绅士、一个军人，却是既不尊严，也不庄重，又不体面。他是这样一种性格，它虽然可以分解成各种成分，可是我相信，它是不能用任何方子构成出来的，它的成分也不是用任何方子可以配合适当的，因为要使每个特别的部分带有整体的样子，要把整体风味的给予每个特别的部分，是需要莎士比亚本人的手笔才能够办到的。"

口头语言的生动性

——贺知章致仕抒怀模式

远古时期，世界各民族的祖先口头流传的神话传说，莫不发展成为民间文学的源泉。这种生动的口头语言，为文学创作提供着无穷的生活宝藏。许多作家以其大量晚晴文学作品，出色地运用人们口头语言的精华，塑造了生动感人的艺术形象，因而以辛勤的劳动和巨大贡献被人们誉为"语言巨匠"、"文学大师"。

高尔基说，"文学家所写的人物对白，还保留着口语，这是为了要把所写的人物特征写得更形象化、更突出、更生动。"（《论文学》第333页）鲁迅更从"人生识字胡涂始"说起，指出许多白话连"明白如话"也没有做到，因而要我们"第一是在作者先把似识非识的字放弃，从活人的嘴上，采取有生命的词汇，搬到纸上来，也就是学学孩子，只说些自己的确能懂的话。"

唐代诗人贺知章的《回乡偶书》云："少小离家老大回，乡音未改鬓毛衰。儿童相见不相识，笑问客从何处来。"这首千百年来传诵不衰的诗歌，生动逼真地描绘了诗人一生奔波晚年致仕回乡，与家乡孩童相聚其乐融融而逗趣对话的情景，堪称文学史上反映致仕官员抒发豁达乐观情怀的传承文化绝唱。当年，贺知章向朝廷上书力辞连任，获准致仕离开长安。临行时，唐玄宗和杨贵妃在曲江设宴，召来文武官员为诗人饯行。显然，贺知章的诗歌创作，便是这种激流勇退、怡园自乐心境的真切写照。毛泽东会见湖南友人时，多次吟哦贺知章的这首诗，并且为此挥毫留下书法瑰宝。

钱泳《履园谭诗》云："口头语言，俱可入诗，用得合指，便成佳句。"刘熙载评陆游诗曰："放翁诗明白如话，然浅中有深，平中有奇。故足令人咀嚼。"（《艺概·诗概》）贺知章的《回乡偶书》，将口头语言引入诗篇，有叙述，有描写，有人物，有对话，有史实，有近照，有声音，有色彩，浅中有深，平中见奇，简洁明快，生动形象。李渔和朱自清说过"千古好文章总是说话"，"文章有能达到这样境界的，简直当以说话论，不再是文章了，但这是怎样一个不易达到的境界！"

"三月茵陈四月蒿，过了四月当柴烧。"一切有成就的作者，都十分注意从生活中学习这种群众口头语言。白居易写诗，据说要念给老太太听，使她们能够听懂。蒲松龄经常和人聊天喝茶，收集口头文学创作的生动语言。周立波、老舍从事创作的过程中，留心倾听农村工厂一切人的说话，"从他们口里，学习和记取生动活泼的语言。"郭小川曾经用"寿星赴会"来描述漫天飞舞雪片的景象："雪片呀，／恰似群群仙鹤天外归；／松树林呀，犹如寿星老儿来赴会。老寿星啊，／白须、白发、白眼眉。"这里，写得何其生动、传神！老舍在《戏剧语言》一文中说："文字不怕朴实，朴实也会生动，也会有色彩。""我们应当有点石成金的愿望，叫语言一经过我们的手就变了样儿，谁都感到惊异，拍案叫绝。"

唐代诗人的许多现实主义诗篇，更是运用口语化的创作语言，着力塑造着晚晴天地的典型形象。杜荀鹤（846—907 年）的《山中寡妇》写道："夫因兵死守蓬茅，麻苎衣衫鬓发焦。桑柘废来犹纳税，田园荒尽尚征苗。时挑野菜和根煮，旋斫生柴带叶烧。任是深山更深处，也应无计避征徭。"这位出身寒微的诗人，作品风格清新，语言通俗，直接将"野菜和根煮，生柴带叶烧"的口头文学话语写进诗篇，真实地反映了唐代末年鬓发焦黄的老妇在深山守寡犹纳税的痛苦生活。

鲁迅曾经称赞说，皮日休的小品文是"一塌糊涂的泥塘里的光辉和锋芒。"这位诗人的作品，正如其诗论所云，"欲以知国之利病，民之休戚者也。"《橡媪叹》写道，"深秋橡子熟，散落榛芜冈。伛偻黄发媪，拾之践晨霜。移时始盈掬，尽日方满筐。几曝复几蒸，用作三冬粮。山前有熟稻，紫穗袭人香。细获又精舂，粒粒如玉珰。持之纳于官，私室无仓箱。如何一石余，只用五斗量。狡吏不畏刑，贪官不避赃。农时作私债，农毕归官仓。自冬及于春，橡实诳饥肠。吾闻田成子，诈仁犹自王。吁嗟逢橡媪，不觉泪沾裳。"皮日休诗歌中腰弯背驼的老妇人，在"狡吏不畏刑，贪官不避赃"的情况下，熟稻"纳于官","私室无仓箱"。这样,"自冬及于春,橡实诳饥肠。"农民被榨取干净后,只能"践晨霜""拾橡子"充饥,这是一种何等悲惨的景象!

王充有云:"言了于耳,则事味于心;文察于目,则篇留于手。故辩言无不听,丽文无不写。"(《论衡·自纪》)李渔说过,文章高手浅处见才。这就是说,要"浅中见深,平中见奇",用浅显易懂的语言表达深刻的道理。唐宪宗元和年间,白居易新任左拾遗,奏请皇帝减免灾区租税,"以实惠及人。"他的《杜陵叟》,正是长安附近和江南地区农民遭受严重旱灾和酷吏掠夺后的生活缩影。

杜陵叟,杜陵居,岁种薄田一顷余。三月无雨旱风起,麦苗不秀多黄死。九月降霜秋早寒,禾穗未熟皆青干。长吏明和不申破,急敛暴征求考课。典桑卖地纳官租,明年衣食将何如?剥我身上帛,夺我口中粟;虐人害物即豺狼,何必钩爪锯牙食人肉。不知何人奏皇帝,帝心恻隐知人弊。白麻纸上书德音:"京畿尽放今年税。"昨日里胥方到门,手持敕牒牓乡村。十家租税九家毕,虚受吾君蠲免恩!

这首诗通过描绘麦苗黄死禾穗青干的画面,以及长吏"剥我身上帛,夺我口中粟"的情景,从而揭露了朝廷在"十家租税九家毕"的时候"京畿尽放今年税"的虚伪性。而"典桑卖地纳官租,明年衣食将何如"则是诗人采用杜陵叟的口语为广大灾民发出的呐喊声音。

贺知章擅长口语怡然自乐的致仕诗章,对我国诗坛产生了积极的影响。当年,唐太宗应允战功卓著的李靖主动上表请求退休,十分赞赏这位将军"识达大体,深为可嘉"的引退举动。而白居易则写下《不致仕》的劝谕诗:"七十而致仕,礼法有明文。何乃贪荣者,斯言如不闻?"按照唐朝的规定,七十岁的官员退休。作为在朝廷效力的官员,可不能贪图富贵荣华对这些礼法不闻不问,新陈代谢是不以人的意志为转移的自然规律。如果说皮日休以通俗的口语塑造了"伛偻拾橡媪"的艺术典型,那么白居易则用老妪能解的语言勾画了"伛偻入君门"的官员形象。"可怜八九十,齿坠双眸昏。

朝霞贪名利，夕阳忧子孙。挂冠顾翠楼，悬车惜朱轮。金章腰不胜，伛偻入君门。"一个人到了八九十岁，还在为子孙操劳，放心不下豪华的宅第和诱人的金印。这是一种怎样的致仕观呢？

马克思说过，语言是思想的直接现实。清人刘熙载的《艺概·诗概》写道，放翁诗"明白如话"，香山诗"亲切有味"。宋人黄庭坚的致仕诗"驽马恋栈豆，岂能辞縶缧"，读来亲切自然，也可以说是贺知章抒怀模式的别样心境。

创作语言的表现力

——《子夜》、《神曲》音响效应

民族语言、群众语言和口头语言，尽管可以用传播地域、应用范畴与表达方式进行界说，而它们在文学领域却有着颇为相近的共同性。创作语言作为在民族语言、群众语言、口头语言基础上加工、提炼的话语，则更多地呈现出作品的艺术感染力。这种表现力，更使创作语言蕴含着自己的巨大潜能或创意。晚晴文学，对于人类传承文明有着十分重要的作用。这样，伴随其语言创意穿越时空产生的文学表现力，自然会引起人们的更大关注。

欣赏文学精品，人们用"如闻其声"、"绘声绘色"、"声情并茂"等词汇来表明自己对作品的称赞和肯定。在作家的笔下，致力于展现晚晴文学形象和环境、事物的音响效应，是透视人物性格特征的焦点。茅盾的代表作《子夜》，便有不少富有强烈艺术感染力而独具音响效果的文字。

这里，我们看看吴老太爷因为躲避战乱从乡下老家被接到上海的见闻。"这时候——这天堂般五月的傍晚，有三辆一九三〇年式的雪铁龙轿车像闪电一样驶来。"上海的都市景观对于吴老太爷来说却是那样心神不安全身颤抖："长蛇阵似的一串黑怪物，头上都有一对大眼睛放射出叫人目眩的强光，啵——啵——地吼着，闪电似的冲将过来，准对着吴老太爷坐的小箱子冲将过来！近了！近了！吴老太爷闭了眼睛，全身都抖了。他觉得他的头颅仿佛是在颈脖子旋转；

他眼前是红的，黄的，绿的，黑的，发光的，立方体的，圆锥形的，——混杂的一团，在哪里跳，在那里转；他耳朵里灌满了轰，轰，轰！轧，轧，轧！啵，啵，啵！猛烈嘈杂的声浪会叫人心跳出腔子似的。"这种环境和气氛，对于二十五年如一日捧着《太上感应篇》，而不曾经历书斋以外的人生的吴老太爷来说，他心跳，他厌恶，他憋气，他头晕目眩，他心里不禁叨念着："真是罪孽！"

茅盾是我国现代著名文学家。他通过《子夜》这部杰出的现实主义巨著，反映了1930年上海民族工业资本家吴荪甫和买办金融资本家赵伯韬之间的矛盾和斗争，展示了当时中国城市和乡村错综复杂的社会关系，以及"中国在帝国主义压迫下更加殖民地化"的社会现实。这部被译成十几国文字传遍世界的作品，艺术结构宏伟，语言洗练生动。小说中吴老太爷刚到上海这个片断的音响效应表明，其中刻画人物心理状态的创作语言，更是入情入理，惟妙惟肖。在茅盾的笔下，吴公馆为欢迎吴老太爷举行盛大舞会，而他却"忿恨地瞪眼看着这些红女绿男疯狂地跳啊转啊，越来越快，越来越猛，他脸色青中带紫，灵魂在重压下终于爆裂了……""诊断的结果是受了强烈的刺激诱发了脑充血。这时大家知道：不中用了！十之八九是今夜的事了。"偌大的公馆，惟有吴太太林佩瑶的妹妹林佩珊了然于心："去罢，那五千年古老僵尸般的旧中国，也会在新时代的暴风雨中很快风化！"

但丁（1265—1321年）的长篇叙事诗《神曲》，为我们展示着人类灵魂进入超凡世界长寿社会的缩影。恩格斯谈到这位诞生在意大利佛罗伦萨的文艺复兴时期伟大先驱时说，他是"中世纪的最后一位诗人，同时又是新时代的最初一位诗人"。马克思、恩格斯非常喜爱但丁的作品，并且常常在自己的著作中引用《神曲》的诗句和人物形象来阐述革命的理论。

《神曲》原名《喜剧》，后人出于对诗人但丁的崇敬称为《神圣的喜剧》。这位在童年时失去双亲的孤儿，以惊人的毅力刻苦学习拉丁文、古典文学、诗学、修辞学，在中古文化的各个领域都获得极为渊博的知识。后来，他因反对教皇被判处终身流放，便抛弃中古文学作品通常使用的拉丁文，而用意大利俗语写作不朽名著《神曲》。

　　但丁的《神曲》，是在希伯来人的圣经文学影响下的浪漫主义作品。按照基督教的说法，人的灵魂进入超凡世界，分别打入地狱、走向净界或升上天堂。诗人创作的这一世界文学瑰宝，共分《地狱》、《净界》和《天堂》三个部分，每部分 33 曲，连同序曲共有100 曲。史诗一开始，诗人描述自己在森林迷路时遭到豹、狮、狼的拦截，罗马诗人维其尔受贝亚德之托为但丁引路。维其尔引导但丁游历地狱和净界，然后贝亚德让他登上天堂。

　　作为一部运用中世纪流行的梦幻文学形式创作的巨著，诗人在写作过程中大量采用了象征的表现方法。走进中世纪社会的黑暗森林，但丁见到狮子般的统治者的野心，母狼般的教皇的狠毒，黑豹般的佛罗伦萨的淫乐。维其尔和贝亚德，则象征着智慧和善良。

　　富于音响效应艺术表现力的创作语言，是《神曲》这部文化、哲学百科全书的显著特点。面对狮、狼、豹的袭击，维其尔作为诗人的老师出现在眼前，引导他离开这可怕的森林。走进"苦恼之城"、"罪恶之渊"的地狱之门，迎面是地狱的宽阔的走廊——

　　这里风卷尘沙，遮天蔽日，一片黑暗，叹息声、抱怨声、悲啼声，此起彼伏，不绝于耳。我心里一阵酸楚，眼泪涌了上来。我问我的老师，他们是谁，为什么在这里又哭又骂，拍手顿足，这么痛苦。他告诉我说：他们有的是懦夫，也有的是卑鄙的天使。他们对上帝不反叛，但也不忠实。天国不要他们，地狱也不收容他们，简单地说，他们想死又死不了，整天过着盲目的生活。他们没有改进的勇气，所以世上对他们也没有什么记载。他们是被正义和慈善所唾弃的人。所以，我们也不必去谈论他们。

　　但丁的史诗告诉人们，地狱走廊的幽灵，包括佛罗伦萨将权力让给他人的教皇，其灵魂是无法进入天国和地狱的（人类灵魂据说为40—60 克）。他们的抱怨和悲鸣，不啻是《神曲》声响效应的第一冲击波。

　　地狱的界河，是一条青黑色的亚开龙河。须眉皆白的老船工加龙说，但丁应该去天堂，不能去地狱。他的老师告诉老船工，今天在这里渡河是上帝的旨意。于是，加龙载着他们向彼岸划去。随着一声巨响，但丁和维其尔跌入了地狱的万丈深渊。

东方传说中的十八层地狱，在但丁的笔下仿佛一个上宽下窄的大漏斗。人类的灵魂分为九个层次在这里接受不同的惩戒。古代异教徒、贪色者、饕餮者、贪婪者、愤怒者、邪教徒、暴君，以及欺诈者（官场贿赂者、阿谀奉迎者、星卜者、伪君子、诱奸者、挑拨离间者、经济罪犯、盗窃犯）、叛国者，按照上帝的旨意待遇各各不同。

作为与光明同在的灵魂特区，但丁的老师维其尔，与荷马、苏格拉底、柏拉图和凯撒之女聚居在一起。这些灵魂的声音在人间无人不晓，上帝因而让异教徒区域给他们以特许的"绿卡"。宋人朱熹有云："凡读书须要读得字字响亮。"（《晦庵先生朱文公文集·训学斋规》）离开光明的灵魂区域，我们可以听到古埃及风流皇后克娄巴特拉、迦太基女王俤陀、古斯巴达王后荷海化等灵魂的惨叫。在这些黑暗的区域，相继传出三个狗头的魔鬼猞拜罗的哭叫、西拉克城独裁者狄奥尼西和马其顿王亚历山大的呻吟、不劳而获的暴发户的哀号，以及贪得无厌的教皇和伪善者、诈骗者、诬告者的悲鸣。走出恶沟的第十座桥，迎面许多"高塔"耸立眼前，而这些"高塔"般的巨人一侧，数以千计的阴谋家、叛国者的灵魂正在冰湖里冻得发紫，牙齿打颤连连作响。

诗人但丁由维其尔引导走出地狱和净界，伴随神采飘逸的贝亚德升入天堂。净界，又称炼狱。从净界山脚到山顶乐园，途中跨越象征人间傲慢、忌妒、愤怒、怠惰、贪财、贪食、贪色等罪过的七个层面，一共历经九层。但丁的灵魂穿越九层炼狱洗净自己，欢呼这座山所发生的惊心动魄的地震巨响，便可进入充满欢乐和光明的理想境界。天堂，神圣、公允、安宁而辉煌。这里，拥有太阳、月球、金星、木星、水星、火星、土星、恒星和水晶九重天。凡属生前行善者，和木星天"治理世界一秉至公"的君主一样，升天后得以进入水星天。太阳天的灵魂对神学和哲学造诣很深，它们比太阳发出的光芒还要明亮。几千盏明灯簇拥的太阳，正是圣经文学所描绘的拥有许多信徒的基督。贝亚德引导但丁游历九重天以后，基督教的修道院创办人禀报圣母，使玛丽亚同意让诗人见上帝一面。至此，几十年来历经流亡生涯的但丁，纵情讴歌着正直善良而建立着丰功伟绩的人们。与地狱里众多灵魂的哀叫呻吟不同，诗人在这里领悟的是，"人类之爱"可以"天下寄其身"，移群星而动太阳。

十　晚晴文学发展规律

晚晴文学发展规律，反映创作过程中的本质联系和必然趋势。老年人社会阅历广，生活经验丰富，对社会生活中的各种人物现象了然于心，印象深刻。他们在文学创作中将这些生活素材加工提炼塑造出各类不同的文学形象，使创作活动呈现着世事洞明思想深化、人情练达题材量化的内在规律。同时，晚晴文学与时代同步，深入反映其文学主人公适应当时的生活氛围，从而使创作活动具有与历史变革趋同化的特征。而作者致力于关注社会文化生活热点和亮点，则使作品不断顺应文学发展潮流的客观规律。

世事洞明思想深化
——卖炭翁、佛莱德小姐如是说

创作贵有真知灼见。作家见识高卓，为文辞达理顺，作品言远意深。刘勰《文心雕龙》曰："情以物迁，辞以情发。"古代作家认识到体察事物的重要性，"身之所历，目光所见，是铁门限。""包罗一世之襟度，因赖有昭晰之合之识见也。"作家捕捉创作对象的特征，使自己的感情交融其间，"人不敢道，我则道之；人不肯为，我则为之。"（谢榛《四溟诗话》）凡属原创作品，最忌人云亦云。

世事洞明，善于思考，勇于发现，方能把握晚晴文学创作过程中思想深化的内在规律。"横冈千万树，大半已成龙。"（通润《种松老人》）"若有志也，必在潜其心而索其道。潜其心而索其道，则有所得也必深；其所得也既深，则其所言者必远；既深且远，则庶乎可望于斯文也。不然，则浅且近矣，曷可望于斯文哉？（《孙复集·答张洞书》）"昔人谓汉太史迁之文，所以奇，所以深，所以雄雅健绝，超丽疏越者，非区区于文字之间而已也。……能尽天下之

大观，以助其气，然后吐而为辞，笔而为书。故尔欲学迁之文，先学其游可也。"（郝经《内游》）

唐代白居易尽"宫市"之大观，吐而为辞《新乐府》，笔而为书《卖炭翁》，千百年来，扣人心弦，引人深思。新疆出土的文物中发现，维吾尔族诗人坎曼尔不仅抄录了这首诗，而且记述了祖孙三代以此方法学习汉语言文字的事迹。其诗曰："古来汉人为吾师，为人学之不倦疲。吾祖学之十余载，迄今皆通习为之。"

白居易收入《新乐府》组诗中的《卖炭翁》，开宗名义在自注小序中说："苦宫市也。"这样，就将中唐时期宦官腐败专权、低价强购货物的情景用诗史般的作品给予深刻的揭露。

卖炭翁，伐薪烧炭南山中。满面尘灰烟火色，两鬓苍苍十指黑。卖炭得钱何所营？身上衣裳口中食。可怜身上衣正单，心忧炭贱愿天寒。夜来城外一尺雪，晓驾炭车辗冰辙。牛困人饥日已高，市南门外泥中歇。翩翩两骑来是谁？黄衣使者白衫儿。手把文书口称敕，回车叱牛牵向北。一车炭重千余斤，宫使驱将惜不得。半匹红绡一丈绫，系向牛头充炭直。

《卖炭翁》从"伐薪、烧炭"概括老人劳动艰辛情况，随着点明"卖炭得钱何所营，身上衣裳口中食"这个诗眼。这首诗，运用衬托、烘托、外貌描写、心理描写等多种表现方法，生动逼真地展示出卖炭老人的艺术形象和性格特征。唐代商品交易，绢帛等物可以作货币使用。德宗贞元末年，宦官设"白望"数百人于长安东西两市和热闹街坊，看到其所需要的东西，于是就宣称是宫中需要采购，像一车炭给"半匹红绡一丈绫"那样，随便付少量的价钱。面对这伙宦官，市民唯恐逃避不及。韩愈曾在《顺宗实录》中愤然抨击贞元年间这类腐败现象："名为宫市，其实夺之。"

无独有偶，唐代诗人吴融的《卖花翁》，同样是抨击宫市的力作。我们今天描绘城乡社保"应保尽保"路线图，倍感长安老人的生活困厄。"和烟和露一丛花，担入宫城许史家。惆怅东风无处说，不教闲地著春华。"清晨，卖花翁将一担担缀着露珠冒着水气的鲜花挑过来，最后送到宫内宣帝许皇后家和宣帝祖母史良娣家。这时，豪门权贵将盛开的鲜花锁进深宅大院，本来应当是希望的田野，竟不容许点缀些许春花！作者创作语言凝练，笔致委婉，视角独特，颇具深意。

狄更斯等一批颇有才华的英国"光辉的一派"长篇小说作者，曾经受到马克思的多次称赞。这些作家通过自己的创作所揭示的社会真理，比全部政治家、道德家加在一起所揭示的还要多。按照狄更斯的表达方法，所谓维多利亚时代，是英国社会最光明也最黑暗、最富饶也最贫穷的时期，它既像黄金的太平盛世，又是风云四起的乱世。以伦敦为首的资本主义大都市，吸引着来自农村的大批劳动力。劳动密集型企业的大规模机器生产，创造着前所未有的财富。然而，《荒凉山庄》把我们带进的那个乌烟瘴气令人窒息的悲惨世界，却将佛莱德小姐这些人物置身于"正义之法"的掩饰下，在马克思痛斥的"庞大臃肿的英国司法机构以及它的大法官庭"断送了一生。

狄更斯说过，大法官庭由查理二世钦定的作为英国司法机构的一部分，大法官庭又叫做正义法院。在狄更斯看来，大法官庭乃是世界一切不正义、不合理事物的化身。因为其正义法不受英国普通法约束，这里办事拖拉、本末倒置，"马拉松"式的典型案例比比皆是。18—19世纪不少现实主义作品经常描写这些法院司法不公、执法不明的情景。

如果说世事洞明思想深化是晚晴文学创作的重要规律，那么作家只有认真审视法制与社会的关系，把握生活真实与艺术真实的特征，才能着力塑造作品的艺术典型。在中国封建社会，有些地方宣称"熟不拘礼"，流传"人世间法无定法非法法也，天下事了犹未了不了了之"一类对联。而狄更斯的作品却这样叙述着工人与资本家的对话："哪条法律可以帮助我？""这条法律对你根本不适用，这需要钱，这需要大量的钱。"（《艰难时世》，上海译文出版社）

《荒凉山庄》是一部以揭露英国法律的陈旧腐朽为主要内容的作品。狄更斯运用大法官庭来剖析英国社会，从而通过一系列烘托、比喻和象征的写作方法揭示出事物的本质，进一步深化了作品的主题。

狄更斯在这部小说中叙述了一桩半个世纪纠缠不清悬而未决的贾迪斯诉讼案，而佛莱德小姐则被这个案件拖了一辈子，最后变成了疯疯癫癫的老太婆，案件的主人公约翰·贾迪斯说，英国变态社会的大法官庭案件，好比是"发霉的芦苇"，谁要是挨近它就要受到腐蚀。他认为，谁要想保持幸福和宁静，谁就不要对法官的最后宣判抱任何希望。佛莱德小姐的悲剧，在于她始终不理解贾迪斯了然于心的审判法则。在这场由腐败的大法官庭承办贾迪斯的遗产继承权案件中，佛莱德小姐正是和所有与它沾带的人一样，在无望而焦虑的等待中消磨终生。她直到变成白发苍苍而疯疯癫癫的老太婆，还养了许多自己钟爱的小鸟。这些关在笼子里的小鸟，尽管都取名为"生命"、"宁静"、"青春"、"快乐"、"希望"，可是都市生活给这些笼鸟带来的却只有痛苦、失望和死亡。

作家只能写出自己想象到的东西，只能写出自己见识到的东西。狄更斯创作《荒凉山庄》佛莱德小姐等人物形象的成功，正在于他能"潜其心而索其道"，"既深且远"至于"斯文"，不仅从故事情节的处理上表现了以大法官庭为代表的英国法律的腐朽性和破坏性，而且深刻地表现出在资本主义条件下法所具有神秘的、邪恶的性质。马克思在分析"异化"现象时，曾经向人们指出过"死的劳动对活的劳动的统治"的情况。狄更斯的《荒凉山庄》和半个世纪后卡夫卡创作的《审判》，都在不同程度上描述了法律被人制造而它又用来控制人的"无名的恐怖"。1974年刚从耶鲁大学法学院毕业不久的希拉里女律师，负责起草弹劾总统的程序和法律依据。而这些法律在24年后正好用在自己的丈夫——克林顿总统的身上。在这方面，佛莱德小姐的笼鸟"快乐"、"希望"，与希拉里律师"饲养的宠物"似乎没有什么两样。

刘熙载的《文概》有云："文以识为主。认题立意，非识之高卓精审，无以中要。才、学、识三长，识为尤重，岂独作史然耶？"列夫·托尔斯泰在《文学的规则》中说："作品的主题必须是崇高的。"狄更斯围绕《荒凉山庄》佛莱德小姐等人的生活命运揭示的主题，充分说明晚晴文学创作有着自身的发展规律。

作为小说贾迪斯案件原型的仁宁斯一案，从大法官庭1798年开始受理调查，直到20世纪初才宣布结案。在小说人物中，佛莱德小姐被逼成疯疯癫癫的老太婆，老汤姆为了等这笔遗产最后在绝望中自杀。英国腐败的法律和大法官庭，就像神话中可怕的蜘蛛精，总是将不慎上网的生灵无情地加以扑灭。作者创作立意的深化，表现为文学主题的升华。朱虹谈到狄更斯的《荒凉山庄》时说："这部长篇小说基调低沉、色彩阴暗，辛辣、嘲笑的笔法勾画着维多利亚主义思想羁绊下的'盛世险象'，字里行间蕴藏着要捣毁这丑恶、龌龊世界的满腔怒火。"为了突出作品的思想主题，小说中着力描写了一个店址靠近大法官庭的废品回收商店。商店老板将发霉的法律文件以及腐烂发臭的废品堆满铺面，结果它们"自动燃烧"使这个绰号"大法官庭"的商号化为灰烬。显然，这是狄更斯创作思想深化的神来之笔。

人情练达题材量化

——周进入世与芋老人论世

作家占有大量而准确的材料，便为创作奠定了坚实的基础。创作题材丰富，从中提炼主题，写作左右逢源。魏庆之和朱熹有云："凡作者须饱材料"、"大要七分实"。可以说，人情练达题材量化，是晚晴文学创作的又一内在规律。

题材是为主题服务的。作家拥有丰富的素材，则要选择最典型、最有代表性的材料表达思想主题。魏禧《宗子发文集序》曰："人生平耳目所见闻，身所经历，莫不有其所以然之理，虽市侩优倡大猾逆贼之情状，灶婢丐夫米盐凌杂鄙亵之故，必皆深思而谨识之，酝酿蓄积，沉浸而不轻发。及其有故临文，则大小浅深，各以类触，沛乎若堤池之不可御。辟之富人积财，金玉布帛竹头木屑粪土之属，无不预贮，初不必有所用之。而当其必需，则粪土之用，有时与金玉同功。"

我国自先秦以来的古典小说中，鲁迅认为只有《儒林外史》和稍后20多年的《红楼梦》堪称"伟大的作品"。他在《中国小说史略》中写道："迨吴敬梓《儒林外史》出，乃秉持公心，指谪时弊，机锋所向，尤在士林，其文又感而能谐，婉而多讽，于是说部中乃始有足称讽刺之书。"这部小说30多万字，故事年代假托明朝，实际写的是清朝，用以深刻地揭示封建末世精神道德和文化教育的严重危机。作为鲁迅所说的一部伟大的古典小说，它的特殊艺术构思在于全书没有主要人物，然而却有许多不太相干而独立性很强的故事。每个故事有一个或几个人为中心，其他人物作为陪衬。随着各个故事环环相扣逐一传递下去，各阶层众多人物构成画卷式丰富多彩连绵不断的画面。这些"集诸碎锦，合为帖子，虽非巨幅，时见珍异"的画幅，极富儒林文化心理结构中不同人物个性的典型特征。例如书中写的周进、马二先生，显然是通过观察生活中的几十个或几百个周进、马二先生，从而进行艺术加工，塑造科举时代生动的众生相。

面对封建末世众生相，吴敬梓世事洞明，了然于心，不肯成为功名道路上的作茧自缚者。由于家庭变故，他将封建老儒之家的财产斥卖殆尽，在"困穷途而瑟缩"的情况下靠卖文维持生活。这位自号文木老人的作家垂暮之年作客扬州，直到生命的最后一天依然笑声爽朗。他在晚霞中访友归来斟酒自饮，不意当天卧而痰涌西去。

明清科举制度，以桎梏人的思想最酷毒的八股文为考试的主要项目。这种文章，是按一定格律和调子填词的文字游戏。科举制分为院试、乡试和会试、复试、殿试几种方式。院试（考秀才）以前，分别由知县、知府安排县试和府试。秀才中了举人后，会试、殿试分别由礼部与皇帝主持。殿试一甲三名为状元、榜眼、探花。一、二、三甲总称进士。吴敬梓在《儒林外史》第三回、第七回写的周进和范进，先后中了进士，分别钦点广东与山东学道。

吴敬梓以犀利的笔锋揭破了那些利欲熏心、寡廉鲜耻的假儒面目，同时也揭示了儒林文化腐败毒素危害下的陋儒行径。薛家集"三十年前水流东，三十年后水流西"的描写，正好反映了这种功名富贵场的世态炎凉。

这天，县衙门忙人夏总甲推荐周进到薛家集教私塾。然而，周进考到60多岁还是童生。"头戴一顶旧毡帽，身穿元色绸旧直裰，那右边袖子同后边上坐处都破了，脚下一双旧大红绸鞋，黑瘦面皮，花白胡子。"当不上秀才的老童生，在多等级阶梯的科举制度下，充当薛家集的一名落拓的穷塾师，社会生活给予他的待遇是凌辱、困顿和辛酸。在以"饮食文化"、"酒席文化"盛极一时的旧中国，"苦读了几十年书，秀才也不曾做得一个"的周进，只能以自己的"旧毡帽"作为秀才"新方巾"的陪衬。"老友从来不同小友序齿"，意思是说明代"童生进了学，不怕十几岁，也称为'老友'，若不是进学，就到八十岁，也还称'小友'。"薛家集"在庠"新秀才梅玖的傲慢骄横，由此可见一斑！

吴敬梓运用白描方法，惟妙惟肖地刻画了周进一类人物在科举制度下备受欺凌的生活情态。当时，因为周进是花甲之年的老童生，端起饭碗遇到一个小秀才，结果就被人踩在脚底下。至于举人老爷王惠那种在周进面前不可一世的豪饮派头，就更是穷凶极恶狂妄至极："管家捧上酒饭、鸡、鸭、鱼、肉，堆满春台。王举人也不让周进，自己坐着吃了。收下碗去。落后和尚送出周进的饭来，一碟老菜叶，一壶热水。周进也吃了。叫了安置，各自歇宿。""次早，天色已晴，王举人起来洗了脸，穿好衣服，拱一拱手，上船去了。撒了一地的鸡骨头、鸭翅膀、鱼刺、瓜子壳，周进昏头昏脑，扫了一早晨。"明代科举制度下"功名富贵"的马太效应，不啻是薛家集最为强烈的生活聚焦。吴敬梓对儒生故事题材的量化处理，为人们探索晚晴文学创作规律提供有益的启示。

明末清初周蓉的《芋老人传》，同样在世事洞明题材量化方面揭示着晚晴文学发展规律。作品提炼生活素材，描述芋老人与相国食芋及其对话，用来说明"位、时之移人"的道理，时至今日仍然不无启迪作用。

高尔基说："文学家如果能从二十个——五十个，不，几百个商人、官吏、工人之中，抽取最具特质的阶级的特征、习惯、趣味、动作、信仰、谈吐等——拿来统一在一个商人、官吏、工人身上，那么，文学家就可以借着这样的手法，创作出典型来。"周蓉描述的浙江慈水渡口的芋老人形象，显然是千万"野老鄙夫"、"知道者"的典型。面对渡口那位饥不择食的考生，"老人略知书，与语久，命妪煮芋以进。尽一器再进，生为之饱，笑曰：'他日不忘老人芋。'"这里，尽管记述的是唯有老人芋之一进再进，并非是老人言之翻版复述，可老人"略知书"之雅量已尽在不言之中。

鲁迅笔下的孔乙己和吴敬梓所写的周进、范进一样，是"社会上的或一种生活"的产物。别林斯基说："典型的本质在于：例如，即使在描写挑水人的时候，也不要只描写某一个挑水人，而是要借一个人写出一切挑水的人。"（《别林斯基论文学》第 129 页）《芋老人传》中的相国，正是社会上不少涉足仕途者形象的集合与量化。唐朝宰相李绅有过不少反映"宦海升沉"的自我吟唱之作，而最初写下的那首"谁知盘中餐，粒粒皆辛苦"的悯农诗，却是人所共知耳熟能详。早年在慈水渡口饱食老人芋的书生倘若像李绅醉心宫中鸡舌宴，还会记住"困于雨，不择食"的情景么？

《芋老人传》曰："老人老矣，所闻实多。"《保卫延安》作者杜鹏程谈到素材多多益善时说过："从一百个类似的细节中选取一个细节（值得羡慕的富有），谁能估量出这个细节会发生多么强烈的光和热！"芋老人通过丞相过去吃芋头"香而甘"，而"今者堂有炼珍，朝分尚食，张筵列鼎"，面对老太太煮好的芋头无法下咽的情景，一针见血地指出了时、位之移人的实质，而这种透彻的分析，又是以其掌握社会上升官发迹者宠幸爱妾致使妻子忧郁而死、贪污受贿而被罢官等大量事实为依据的。

周蓉的《芋老人传》，不仅从丞相食芋揭示了社会上大量存在的官吏腐败现象，而且从历史的高度展示着将、相、卿等封建官吏沉沦覆亡的过程。"老人邻有西塾，闻其师为弟子说前代事，有将、相，有卿、尹，有刺史、宋令，或绾黄纡紫，或揽辔褰帷，一旦事变中起，衅孽外乘，辄屈膝叩首迎款，惟恐或后，竟以宗庙、社稷、身名、君宠，无不同于芋焉。"当初在慈水渡吃过芋头的丞相听到这些话赔罪说"老人您是个深通大道的人啊!"说到这里,一个"野老鄙夫"的哲学家、思想家的形象已经屹立在人们面前。

反映历史变革的趋同化

——从金岳霖到米龙老爹

历史有它自己的步伐,而不是让人任意雕刻的大理石。晚晴文学与历史同行,则是文化事业发展的客观规律。《金岳霖先生》,写的是从西南联大走来的老教授的趣事——

金先生晚年深居简出。毛主席曾经对他说:"你要接触接触社会。"金先生已经八十岁了,怎么接触社会呢?他就和一个蹬平板三轮车的约好,每天蹬着他到王府井一带转一大圈。我想象金先生坐在平板三轮车上东张西望,那情景一定非常有趣。王府井人挤人,熙熙攘攘,谁也不会知道这位东张西望的老人是一位一肚子学问,为人天真、热爱生活的大哲学家。

这就是汪曾祺笔下的金岳霖先生的晚年袖珍画像。——金先生一生心系哲学,哲学是教人聪明的学问。何谓聪明,王安石云:善听则聪,善视则明。金先生按照毛主席所说的"接触社会",不顾八旬高龄,每天坐上三轮车去王府井,其热爱生活的哲理宛如世事洞明,肝胆相照。

纵览中外晚晴文学,大凡写人生悲欢离合、喜怒哀乐者,其作品可谓层出不穷。这些作品像司马迁的公孙杵臼、高阳酒徒那样典型,像吴承恩、曹雪芹的孙悟空、刘姥姥那样传神,像莎士比亚、莫里哀的泰门、阿巴公那样生动,莫不真切地描绘着社会生活的人物画卷。"中西哲学融合西九中一"的金岳霖,更是独具神韵!

抗战时期的西南联大,是由清华大学等几所高校的师生组织起来,南下途中成立长沙联大,而后迁到云南所办的大学。这就像武汉大学和湘雅医院迁往四川乐山、贵阳花溪一样。我国是一个农业人口众多的国家。2008年各地农民工达2亿人,春运客流高峰几近24亿人次。而回顾晚年金先生的这篇文字,即有相当的篇幅记述山乡生活的情趣。这里，正反映着作家珍视抗战时期联大农村生活的历史观。

作为晚晴文学作品，《金岳霖先生》反映主人公金秋时节的生活素材，或许不是散文的主体。然而，作家在这里展示的长者金老的桑榆晚景，已经活脱地勾画出与徐志摩、林徽因一辈人的东方哲人的形象。

金岳霖是现代中国被称为"可以不借助人只借助符号写作的哲学家"。他早年毕业于清华大学。1920 年获美国哥伦比亚大学哲学博士学位，后来留学英国剑桥大学。当爱因斯坦宣称"中国无逻辑"时，金岳霖在 1935 年和 1940 年分别出版《逻辑》、《论道》等大学教材。1948 年写出《知识论》，建立着以知识论为骨架的哲学体系。在战时被迫南迁的清华、北大等高校组成的西南联大，随时有遭空袭的危险，校园里却依然充满浓厚的学术空气。当昆明拉起空袭警报时，金岳霖带着几十万字的《知识论》手稿跟着大家四处奔走。没想到警报解除时，他的手稿忘记带走，多年心血顿时化为乌有。几年后重写《知识论》这部经典著作，而出版已经是 35 年后的 1983 年。金岳霖说："中国哲学家都是不同程度的苏格拉底式人物。现代人的求知不仅有分工，还有一种训练有素的超脱法或外化法。现代研究工作的基本信条之一，就是要研究者超脱他的研究对象。"

莫泊桑（1850—1893 年）作为普法战争历史的"书记"，通过《米龙老爹》塑造的典型艺术形象，揭示着晚晴文学创作适应历史变革的趋同化规律。这位当年在巴黎大学攻读法学的年轻人，普法战争爆发时应征入伍，退役后拜著名作家福楼拜为师，以《羊脂球》闻名于世。作为批判现实主义作家的杰出代表和短篇小说之王，他写过 300 多篇短篇小说，还有许多长篇小说、游记、文学评论作品。

《米龙老爹》通过描写一位普通老农在法兰西平原诺曼底省田庄孤胆杀敌的故事，着力刻画了机智、勇敢而视死如归的晚晴文学画廊英雄形象。莫泊桑的小说如同一面历史的镜子，面对普鲁士军队的铁蹄对法国土地的蹂躏，以及当时的统治阶级官僚苟且偷生望风而逃的情景，充分反映了广大下层人民与侵略者进行殊死斗争的可歌可泣的爱国主义精神。

　　随着莫泊桑这篇小说的聚焦镜头，我们一开始便看到诺曼底省的田园风光：喜笑颜开的生活画面在烈日下出现，地面上一望全是绿的，蔚蓝的天色一直和地平线相接。强健的汉子端详着房屋边一枝赤裸裸的没有结实的葡萄藤。——"那枝葡萄，正种在老爹从前被人枪决的地点。"

　　那是 1870 年普鲁士军队占领诺曼底省的时期。法军在相距这个村落 10 法里内外一带静伏不动。田庄上一个老年的庄主，名叫彼德的米龙老爹，正安置普军参谋处的人员。米龙老爹 68 岁，身体短瘦，脊梁略带弯曲，两只大手简直像一对蟹螯。一头稀疏得像是乳鸭羽绒样的乱发，使得他头颅上肌肉随处都可以被人望见。项颈上的枯黄而起皱的皮显出好些粗的静脉管，这些静脉管，延到腮骨边失踪却又在鬓脚边出现。

　　小说创作以人物、情节和环境构成法兰西历史"书记"的小说世界，从而能够更为集中表现生活中的矛盾冲突。《米龙老爹》采用倒叙的写作方法，从和平时期的宁静生活引出主人公被枪决这件事，继而追叙他在当年的杀敌经过和英勇气概。作为全方位刻画人物的文学作品，肖像描写既能展现人物音容笑貌、服饰色彩等外在特征，也可以展现人物心理和思想感情等内在活动。米龙老爹"稀疏的乱发"、"像蟹螯般的大手"、"延到腮骨边鬓脚边的静脉管"，如同特写镜头凸现着这位主人公的肖像。小说开头的这些描述，出色地勾画着米龙老爹貌不惊人的农民本色。

　　时代氛围，社会环境和人物活动环境，为刻画米龙老爹的英雄形象展示着广阔丰富的时代背景。莫泊桑正是通过对普法战争中诺曼底省田庄特定斗争环境的描写，使读者领悟到人物的行为、思想和事件的性质，从米龙老爹敢作敢为、视死如归的大无畏气概中受到精神上的强烈震撼。

　　普军团长"用法国话发言"，说到米龙老爹与伽尔卫尔附近骑兵之死的情景。老翁"打定主意"，平静地叙述了自己取下镰刀，"蓦地一下，只有一下，如同割下一把麦似的"收拾第一个敌兵的经过。

随着，米龙老爹剥下了他全身的服装配备，从靴子剥到帽子，后来藏到名叫马林石灰窑的地道。根据这位老翁的自供：他用热忱爱国的农人的智勇兼备的心计，一连几天盘算着如何杀些普鲁士人。每天夜晚，他总逛到外面去找机会，骑着马在月光下面驰过荒废无人的田地，时而在这里，时而在那里，如同一个迷路的德国骑兵，一个专以猎取人头的猎人似的，杀过了一些普鲁士人。每次，工作完了以后，这个年老的骑士任凭那些尸首横在大路上，自己却回到了石灰窑，藏起了自己的坐骑和军服。"账目是公正的：我一共杀了十六人，一个不多，一个不少。从前你们欠了我的账，现在我付清楚了。我们现在是收付两讫。"

马村和伽尔卫尔一带，仓后濠沟、石灰窑地道、庄前大道、路边矮树丛，场所不断变动，有如电影蒙太奇镜头频繁闪回，为米龙老爹英勇杀敌斗争提供着广阔的时空活动领域。最后，米龙老爹慷慨牺牲，则是一个普通平民与一群武装到牙齿的侵略者的思想性格、精神面貌的撞击和较量。"我本不要找你们惹事，我，我不认识你们！我也不知道你们是从哪儿来的。现在你们已经在我家里，并且要这样，要那样，像在你们自己家里一般。我如今在那些人身上复了仇。我一点也不后悔。"米龙老爹结束自己的陈述时，"挺起了关节不良的脊梁，并且用一种谦逊的英雄的休息姿势在胸前叉起了两只胳膊。"——马克思说，独立感比面包还要重要。

历史是人民写的。叶剑英曾于1925年在澳门写下《满江红》这首词："革命成功阶级灭，牺牲堂上悲白发。更方期，孤育老能养，酬忠烈。"普法战争中，法兰西国家正是在以米龙老爹为代表的普通平民的殊死斗争中捍卫着自己的尊严。当普军团长低声向米龙老爹传授"救您牲命"的秘诀时，"他终于鼓起了他的胸膛，向那普鲁士人劈面唾了一些唾沫。""团长发呆了，扬起一只手，而那汉子又向他的脸上唾了第二次。"不到一分钟，始终安闲自在的老翁，脸上带着对亲属的微笑被敌人枪决。反映历史趋同化，表现人们抗击侵略者的英勇气概，这就是莫泊桑的晚晴文学观。

顺应文学潮流的一体化
——《长恨歌》与宫女诗

　　马克思主义文艺理论经典著作告诉我们，晚晴文学的发展与经济繁荣不一定是成正比的。然而，顺应文学发展潮流，却是晚晴文学取得重要创作成就的规律之一。以年逾花甲的唐明皇李隆基为主人公的《长恨歌》，从唐宪宗元和初年问世以来广泛流传，显然与当时社会文化生活中这类题材的创作热点不无联系。

　　托尔斯泰说过："欲望越小，人生就越幸福。""不幸的家庭各各不同。"李隆基和杨玉环以其难以言状的穷奢极欲，为晚年君主与少妇贵妃谱写了一曲"天长地久有时尽，此恨绵绵无绝期"的人生悲歌。唐元和元年（806 年）冬，白居易因应举考试及第时"出言太直"得罪考官，于是来到老子终焉之地，屈居周至县尉。当时安史之乱已过去几十年，包括李隆基在内前往马嵬坡为杨玉环招魂的诗文难以数计。白居易和陈鸿等人结伴同游西秦岭仙游寺，以李隆基的黄昏恋为题材，在文学史上留下了荡气回肠的千古绝唱。白居易的《长恨歌》，和唐宋时期卢纶、王勃、岑参、朱庆余、李商隐、苏轼、苏辙等人的作品，以及建国后冯牧、臧克家、赵朴初、贺敬之、谢冰心、王蒙、张光年、刘白羽、徐迟、柏杨、关山月、李准、马识途、阎纲等人的创作，为关中地区这一千年寺院增添着引人注目的文化景观。

　　白居易创作《长恨歌》，"不但感其事，亦欲惩尤物，窒乱阶，垂于将来也。"（陈鸿《长恨歌传》）他的诗篇顺应文学创作中的"贵妃热"思潮，而又在这类题材作品中出类拔萃，脍炙人口。其重要特色在于突出反映安史之乱前后君妃情感与政治生涯之间的强烈反差，绘声绘色地为读者展示了李隆基、杨玉环的黄昏恋悲喜剧。

　　文学作品的独特艺术形象，展现着不同时期不同品格的人物相比较而存在的生活特征。白居易通过《长恨歌》开篇点明，"汉皇"（即李隆基）是一个"重色思倾国"的人物，尽管年逾花甲，依然为"求之不得"深闺美女费尽心机。在这个唐玄宗"思倾国"而导致"倾国"的纲领性提示下，诗人着力描绘安史之乱前后的不同景象，对主人公心态作了十分生动的对比。想当日，"骊宫高处入青云，仙乐风飘处处闻。缓歌慢舞凝丝竹，尽日君王看不足。""云鬓花颜金步摇，芙蓉帐暖度春宵。春宵苦短日高起，从此君王不早朝。承欢侍宴无闲暇，春从春游夜专夜。后宫佳丽三千人，三千宠爱在一身。"没料到，顷刻之间，"渔阳鼙鼓动地来，惊破霓裳羽衣曲。九重城阙烟尘生，千乘马骑西南行。"君主重色轻国，妃子以色邀宠，这正是"长恨"悲歌的内在原因。

陈鸿在《长恨歌传》中说："白乐天深于思也。有出世之才，以为往事多情而感人也深；故为《长恨词》以歌之。"惟其如此，白居易将君妃情感世界与其政治生涯作出了鲜明的对比。凭谁问，"七月七日长生殿，夜半无人私语时。在天愿作比翼鸟，在地愿为连理枝。天长地久有时尽，此恨绵绵无绝期。"君不见，"翠华摇摇行复止，西出都门百余里。六军不发无奈何，宛转蛾眉马前死。花钿委地无人收，翠翘金雀玉搔头。君王掩面救不得，回看血泪相和流。"对于"不早朝的君王"来说，他到头来只能是掩面救不得"马前蛾眉"的必然结局。

《长恨歌》的主人公李隆基，与杨玉环生离死别长恨不已的思念之情，通过阴阳区域的反差形成了强烈对比。这里，诗人运用浪漫主义的表现方法，将叙事、虚构与抒情熔为一体，为人们创造了一种扑朔迷离的超凡世界文学氛围。这种夸张与想象，虚拟与传奇的写法，如果按照通常的纪实方式，是难以表达主人公的思想意念的。"春风桃李花开日，秋雨梧桐叶落时。西南宫内多秋草，落叶满阶红不扫。梨园弟子白发新，椒房阿监青娥老。夕殿萤飞思悄然，孤灯挑尽未成眠。迟迟钟鼓初长夜，耿耿星河欲曙天。鸳鸯瓦冷霜华重，翡翠衾寒谁与共。悠悠生死别经年，魂魄不曾来入梦。"李隆基这位梨园之神为霓裳舞者消逝"孤灯未眠"，"方士殷勤觅，天地求之遍"，"上穷碧落下黄泉，两处茫茫皆不见。"正在这时，"忽闻海上有仙山，山在虚无缥缈间。中有一人字太真，雪肤花貌参差是。金阙西厢叩玉扃，转教小玉报双成。闻道汉家天子使，九华帐里梦魂惊。揽衣推枕起徘徊，珠箔银屏迤逦开。云鬓半偏新睡觉，花冠不整下堂来。风吹仙袂飘飘举，犹似霓裳羽衣舞。"

　　安史之乱发生时，唐朝君臣逃奔巴蜀。杨贵妃在马嵬坡缢死，便成为长恨悲歌的关键情节。唐玄宗寂寞悲伤，从巴蜀还都西安。道士上天入地作法，在海上虚无缥缈的仙山找到杨贵妃。诗人的这些描述，和民间传说杨玉环在马嵬坡被前夫所救，然后历尽艰险逃往海外的故事如出一辙。据说，日本多处留下杨玉环的纪念地。无论是女主人公对人世的留恋，抑或是逃往海外对玄宗的追思，实际上无异于一首"昭阳殿里恩爱绝"的长恨之歌。

　　白居易继承和发展我国古代诗歌的艺术传统，以其写实讽谕诗、长篇歌行叙事诗展示着自己作为继杜甫之后的艺术大师的实绩。如同《新乐府序》所说，白居易以"其事核而实，使采之者传信也"为创作基础，注意刻画具有高度社会概括性和命运独特性的典型形象。他的《新丰折臂翁》，从特殊的视角反映了88岁老翁当年自残以避兵役的"以悲为喜"的心理。《长恨歌》这首千古绝唱的叙事诗，则从开篇描绘玄宗贵妃结合的喜剧写到黄昏之恋重色轻国导致政治悲剧的过程。其中，作者抒情、细节描写、文学故事、创作高潮、悲剧评论，构思精巧，浑然一体。今天，面对唐诗、古寺和隋塔融汇一体的独特景观，仙游寺文物管理部门镌刻20块约0.3米高、0.15米宽的石碑，镶成"毛泽东手书《长恨歌》"的巨壁，立于白居易当年的创作故地。白居易的《长恨歌》和《琵琶行》，一直是后代戏曲创作的题材。他在《与元九书》中说："自长安抵江西三四千里，凡乡校、佛寺、逆旅、行舟之中，有题仆诗者；士庶、僧徒、孀妇、处女之口，每每有咏仆诗者。"其诗作流传到少数民族地区和朝鲜、日本等国，对文学发展产生着重要影响。鲁迅还曾收集史料准备创作关于杨贵妃的长篇小说。

　　李白当年在唐玄宗的御花园观赏牡丹，借助月下仙子、巫山神女和汉宫飞燕三个不同世界的女性形象，展现了宫中杨妃超凡脱俗的风貌。这种应帝王之命的即景之作，自然是安史之乱以前宫廷文学潮流"一体化"的反映。其《清平调》有云:"云想衣裳花想容,春风拂槛露华浓。若非群玉山头见,会向瑶台月下逢。""一枝红艳露凝香,云雨巫山枉断肠。借问汉宫谁得似,可怜飞燕倚新妆。"前者极力铺叙唐玄宗对杨妃的宠幸,有如春风甘露使她出脱得风韵非凡。诗人若非来到群玉山和瑶台仙境,何以会有这种月下逢仙的奇遇?后者泼墨描述楚怀王在高唐观与巫山神女梦中艳遇,以及西汉成帝的皇后赵飞燕讲究妆饰发型创新的情景,这些或许都是唐皇花甲之年的淫逸生活对晚晴文学的折射之光吧。而杜牧的《过华清宫绝句》:"一骑红尘妃子笑,无人知是荔枝来",李商隐的《马嵬》和《华清宫》:"如何四纪为天子,不及卢家有莫愁","当日不来高处舞,可能天下有胡尘",李益的《过马嵬》:"托君休洒莲花血,留寄千年妾泪痕",则将唐皇在骊山日日饮宴夜夜歌舞酿成安史之乱和杨妃血染莲花的悲剧写得淋漓尽致。

纵观唐代诗坛,绝代佳丽杨妃和花甲唐皇的爱情悲剧,是与"后宫三千"、"少苦老苦"的惨痛生活际遇联系在一起的。元稹在《长恨歌》的影响下创作的讽谕诗《连昌宫词》,尽管其中的连昌宫并非玄宗贵妃同游之地,而望仙楼、端正楼亦属华清宫建筑,但诗人的想象与老人诉说的连昌宫兴废,却逼真地展示着当时唐代社会生活的画卷。"曲江临池柳,恩爱一时间。""白头宫女在,闲坐说玄宗。"白居易云:"天宝五载以后,杨贵妃专宠,后宫人无复进幸矣。六宫有美色者,辄置别所。上阳是其一也。"因而,诗人针对后宫长期幽闭、与世隔绝的生活情景进行高度的艺术概括,在《上阳白发人》的诗篇中倾注着自己对这些女性的深切同情和对宫妃制度的强烈愤怒:

上阳人,上阳人,红颜暗老白发新。绿衣监使守宫门,一闭上阳多少春!玄宗末岁初选入,入时十六今六十。同时采择百余人,零落年深残此身。忆昔吞悲别亲族,扶入车中不教哭。皆云入内便承恩,脸似芙蓉胸似玉。未容君王得见面,已被杨妃遥侧目。妒令潜配上阳宫,一生遂向空房宿。宿空房,秋夜长,夜长无寐天不明。耿耿残灯背壁影,萧萧暗雨打窗声。春日迟,日迟独坐天难暮。宫莺百啭愁厌闻，梁燕双栖老休妒。莺归燕去长悄然，春往秋来不记年。唯向深宫望明月，东西四五百回圆。今日宫中年最老，大家遥赐"尚书"号。小头鞋履窄衣裳，青黛点眉眉细长。外人不见见应笑，天宝末年时世妆。上阳人，苦最多。少亦苦，老亦苦，少苦老苦两如何！君不见昔时吕向《美人赋》，又不见今日上阳宫人白发歌！

十一　中外晚晴文学比较（上）

比较文学的概念，最早见于法国诺埃尔和拉普拉斯 1816 年出版的《比较文学教程》。鲁迅评论各民族文学特征的《摩罗诗力说》，钱钟书的《谈艺录》、《管锥编》，朱光潜的《诗论》，朱自清的《新诗杂话》，堪称中国比较文学研究的典范。晚晴文学的创作主体，揭示反映着社会生活本质内容的文化传媒的显著特征。不同国家和地区的晚晴文学，充分展现着各个民族广大成员在社会与经济生活中的时代风貌。它们或者以其作品反映着西方国家上流社会"卓越的现实主义历史"，或者诠释着长寿时代的跨世纪赡养难题。一个民族的文化是不能离开社会生活而存在的，不同的社会制度义利观呈现着不同的形态。比较文学的研究告诉我们，作家创造的各具特色的文学形象的典范性，乃是世界上著名文学作品的魅力所在。钱钟书和刘梦溪说："心同理同，东西攸同"，"比较的目的是尚同。"

晚晴题材的社会性
——《人间喜剧》与《安居》

巴尔扎克十分注意创作的社会性。他敢于和但丁《神的喜剧》（《神曲》）试比高低，因而将自己的著作命名为《人间喜剧》。从 19 世纪 30 年代起，他在 20 年内计划写作长篇、中篇、短篇小说 137 部，1829 年到 1848 年实际出版 97 部作品。其作品分为三类：风俗研究有《高老头》、《欧也妮·葛朗台》等，哲学研究有《长寿药酒》、《不可知的杰作》等，分析研究方面有《婚姻生理学》和《夫妇纠纷》等作品。

我们知道，有些作家像美国的富兰克林、海明威那样泡在浴缸里或是站着写作，巴尔扎克却是用通常的坐着写作的姿式，在 70 多个小时内完成了《高老头》这一名著。巴尔扎克说，为了使"咖啡这种物质释放类似电流的东西"，他一生喝下的这种饮料达 3 万杯以上。

恩格斯说："巴尔扎克在他的《人间喜剧》中给我们提供了法国社会特别是巴黎上流社会的卓越的现实主义历史。"（《致玛·哈克奈斯》，《马克思恩格斯选集》第 4 卷）巴尔扎克在巴黎大学毕业后，家庭境况日益衰落。他在一间狭小阴暗的楼梯间开始了创作生涯。为了推倒债务大山，他只好不停地写作。巴尔扎克说过，拿破仑用宝剑完成的事业，他"将用笔来完成"。

巴尔扎克立意充当社会的"书记"，其《人间喜剧》小说总集具有重大的认识价值和深刻的社会意义。1842 年，《人间喜剧》第一卷初版问世，作者在"前言"中对这一部法国社会"风俗史"的创作宗旨、艺术构思作了充分的说明。在政治方面，巴尔扎克非常重视法国社会阶级斗争的学说，并且通过小说总集和其他论文称赞圣西门、傅立叶等"现代的改革家"、"卓越的改革家"。在经济学方面，巴尔扎克接受法国经济学家西斯蒙第的学说，探讨过资本主义发展规律，找出了资产阶级通过革新生产与交换方式积累财富战胜贵族阶级的秘密。

唯物主义的哲学思想，为巴尔扎克的文艺创作理论奠定了基础。因而，作为一个带有贵族色彩的作家，他能在《人间喜剧》前言中要求面向当代生活，成为"社会风俗史家"，并且努力用自己刻画的人物成为"典型形象"。他还指出，文学必须通过艺术手段概括社会生活，"文学真实不等于现实生活真实"。巴尔扎克通过小说总集的前言宣布，过去和别人合作用笔名发表的一系列迎合社会庸俗风气的内容粗俗、情节荒诞的神怪小说，是一些"文学上的乌七八糟的东西"，"用我的名字发表的作品我才承认是我的。"

巴尔扎克说，"我所写的是整个社会的历史"。他认为，正如动物化石反映一部生物史那样，一个典型环境可以反映出整个社会的面貌。这个见解，使作者能够通过对社会环境的变迁以及随之引起的风俗变化的观察研究来反映社会现实。《欧也妮·葛朗台》这部代表作，正是以其塑造的狡诈、贪婪、吝啬的资产阶级暴发户等人物形象，提供了社会生活领域极为生动的细节和形象逼真的背景，深入地揭示了法国贵族阶级没落衰亡和资产阶级上升发展时期的社会百态和本质特征。

巴尔扎克塑造欧也妮·葛朗台的人物形象，力图揭露这一暴发户发迹的社会意义。在复辟王朝时期，葛朗台控制当时的市场，蓄意哄抬物价，大搞公债投机活动。与此同时，其侄儿查理则在勾结海盗、贩卖人口、偷税走私以及放高利贷等。牛顿买股票受挫以后说，我算不准人类的疯狂。一句话，金钱便是葛朗台的灵魂。为此，每顿饭的食物，每天点的蜡烛，他都要亲自分发。妻子卧床不起，他则感到请医生太费钱。他为钱而活着，深夜悄悄地关在密室欣赏满屋的黄金。妻子死后，赶紧要女儿别继承母亲的遗产。在他眼里，只有金钱，而没有亲人："孩子，你给了我生路，我有了命啦。你把欠我的还了我，咱们两讫了。这才叫公平交易。人生是一场交易。"这里，巴尔扎克以其细致、敏锐的观察，将法国社会暴发户典型形象的内在特征、心理变化、精神状态及其社会关系揭露得入木三分、淋漓尽致！

晚晴影视文化，如何应对赡养老人这个世界性难题的挑战？我们无需借助西方价值系统，也难以恪守老祖宗遗训。在现代人生存竞争日趋激烈、空巢家庭不断涌现的情况下，内蒙古包头草原钢城、北京方庄与展览馆路拓展空巢不空心居家养老服务，引导人们走上社会化养老探索之路。上海、河北还提出推进机构养老社区服务和农村互助养老等倡议。

珠江电影制片人的编导，准确把握时代的脉搏，及时为观众推出了阿喜婆颐养天年笑逐颜开的影片《安居》，从而获得第18届电影金鸡奖最佳故事片奖、最佳导演奖（胡炳榴）和特别奖（潘予饰阿喜婆）。开始，阿喜婆与儿媳不和，一个人住在广州西关旧房子里。她性格孤僻，极难侍候，儿子阿东为她找的钟点工都被她赶跑。唯一能和她说心里话的粤剧搭档阿东伯，也去了养老院。正当阿喜婆居家孤独时，钟点工姗妹来到了他的身边。儿子阿东仍然像过去那样忙碌，但姗妹和阿喜婆之间渐渐有了相互理解和沟通。她将积蓄下的 2000 元钱交给姗妹，鼓励钟点工回乡开小餐馆自立门户，自己则听从儿子的劝告，寻求别样的社区安居网络，走向养老院新的生活天地。

清人王夫之云："无论诗歌与长行文学，但以意为主。意犹帅也。无帅之兵，谓之乌合。李、杜所以称大家者，无意之诗，十不得一二也。烟云泉石，花鸟苔林，金铺锦帐，寓意则是。"（《姜斋诗话》卷下）文以意为主，意者帅也。《安居》的主旨意蕴，则从长寿时代社会保障与人们幸福安康息息相关的老年问题切入，着力探讨人类在经济现代化历史进程和紧张节奏中的情感归宿问题。

随着银幕镜头闪回，观众看到阿喜婆一家奔波在都市生活中的忙碌情景。儿子和儿媳为了在市场竞争中不被淘汰，每天马不停蹄上下班，汇入喧嚣嘈杂的城市生活人流。儿子在商业活动中疲于奔命，但始终惦记他的妈妈，给阿喜婆反复寻找老人满意的钟点工，为她修好窗户护栏。儿子儿媳只是心里内疚，他们不能赶到妈妈那里为老人欢度生日，也没有能在这些年为她添个孙子。

庄子曰："不精不诚，不能感人。"清人陈延焯云："情有所感，不能无所寄，意有所郁，不能无所泄。古之为词者，多抒其性情，所以悦己也。今之为词者，多为其粉饰，务以悦人，而不恤其丧己，而卒不值有识者一噱。"（《白雨斋词话》）作为一部反映晚晴生活题材的影片，作者力图把握社会生活的脉膊，聚焦市场经济条件下人们伦理观念、情感归宿等方面的心态变化，致力展现主人公对于不同养老模式的思考，因而给观众心灵世界带来巨大的艺术冲击力量。

生活中的理想是美好的，而美好的人生需要我们去创造。影片《安居》并不回避生活中并不尽如人意的地方。面对现代社会经济运行规律中的激烈角逐竞争，年轻一代所能做到的，或许是用物质生活去解决情感问题，把情感的交流物化（关春瑜《改革开放中的家庭伦理》，1998 年 12 月 4 日《羊城晚报》）。这样，阿喜婆进行感情交流的对象，是家里的那台有声有色的电视机。可喜的是，随着社会的发展，她终于走出困惑和苦闷期，摆脱对钟点工挑三拣四的不满和无奈状态，对儿子打电话祝寿感到心满意足。阿喜婆对都市养老院的新生活产生着强烈的向往，为人类探索解决世界性老年赡养难题迈出了自己的步伐。影片《安居》启迪我们，按照机构养老和居家养老的总体布局，走出一条城乡社保"应保尽保"，专业化、互动式、志愿者服务相结合的协调发展之路，应当是老中青几代人的历史抉择和共同使命。

作品创意的功效性

——妈祖神话与黄金选题

马克思说："任何神话都是用想象和借助想象以征服自然力，支配自然力，把自然力加以形象化。"（《政治经济学批判导言》，《马克思恩格斯选集》第 2 卷第 113 页）神仙思想在我国春秋战国时期已经产生，秦汉以后方术盛行。南北朝时期，梁武帝宣布佛教为国教，使神仙与皇帝一样享有更高的礼遇。

真正属于人民大众的文化，是不能离开社会功效性而独立存在的。文学研究，不会认同人云亦云式的丛林法则，也无法避开现实生活中的边际效应。普列汉诺夫指出："每种劳动有自己的歌，歌的拍子总是十分精确地适应于这种劳动所特有的生产动作的节奏。"他还说，在非洲黑人那里，"划桨人配合着桨的运动歌唱；挑夫一面走一面唱；主妇一面舂米一面唱。"（《没有地址的信》，第 37、39 页）显然，神仙文化倘若离开社会功效性，则会成为一种与人们现实生活无缘、空幻玄虚的"理念"。秦代以来寻仙药、见神仙、求长生的"方仙道信仰"的形成（当年圆明园运 200 斤黑铅炼丹，雍正 12 天后即服仙丹升天而去），是由人们对生命感悟等内在因素和海滨蜃气等自然条件外在因素所决定的。人类从动植物生、长、荣、枯，思及自身生、老、病、死，生发出人生短促的悲凉，从而试图超脱自然规律的制约，产生追求自身性命永生与道德精神流芳的自然崇拜。这种"天人合一"的思维方式特点，对中国传统文化思想产生着深远的影响。孙悟空对传承者说，"经不可轻传，也不可空取"，众比丘僧下山在舍利国诵经没有卖个好价钱，"只讨得他三斗三升米粒黄金。"马书田的《超凡世界》说，龙女用龙宫一串价值三千大千世界的宝珠，几经解释立地成佛。看来，"佛经传承"似乎也有个价值观念问题。明代以来，澳门半岛（大陆西江上游冲积的泥沙，已造成一道陆岛相连的长堤）广为流传的妈祖女神的传说，反映了中华民族古代海洋神仙文化发展创意思维、关注现实生活的特征。

澳门，又称香山澳、澳江、镜海。南宋时（12世纪中叶）属香山县。澳者，曲线湾岸以泊舰船之谓也，或曰氹仔、路环，今日横琴特区两山相对如门也。这座阿妈神名城，16世纪被葡萄牙人称为"马交"（Matcau），英文为Macao，"马交"即闽语妈祖（妈阁庙）的意思。1751年出版的志书《澳门纪略》，描述了晚晴文化中别具一格的这则民间神话故事。明代年间，闽人乘船来澳，因一位老妪登舟随行，竟能使船疾行数千里，一夜之间神速抵澳，最后登陆于蚝镜澳的娘妈角。顿时，见老妪登岸失踪，而在朝霞之中呈现着妈祖的形象。从此，这位老妪便被认为是闽人妈祖的化身。

神话传说作为人们的口头文学，显然在其形成和发展过程中不断注入着新的思想内容。正如无始无终、无边无际、因缘和合的佛教文化中的观世音形象，经历过男性文学到女性文学的发展过程，妈祖文化则有着青年文学到晚晴文学的飞跃。全球最高（19.99米）的汉白玉妈祖雕像矗立在澳门路环叠石塘山顶，1998年10月28日落成开光。妈祖原名林默娘，生于宋太祖元年（960年）农历三月二十三日，康熙年间妈祖女神敕封为天后。可以说，流传千年的妈祖神话，与春节文化比较似乎有着更为深邃明晰的历史内涵。江苏天文学家指出，夏代和秦代，正月初一、十月初一分别为元旦。南北朝将整个春季称为春节。而正月初一为春节，则出自袁世凯时期1913年7月的一个文本。妈祖28岁于重阳日在福建湄州岛升天。热心行医、海上救助和天气预报的妈祖女神列入晚晴文学画廊，似乎也反映着一种人心归向的祥和心态。

妈祖文化，是具有中国澳门和港台特色的民俗文化。梅士敏等在《澳门日报》发表文章说，澳门港台供奉天后的庙宇560多间，澳门与台湾天后庙是千百年古庙。莲峰庙历史悠久，传世逾400年。钦差大臣林则徐系福建人，他在1839年9月3日巡阅澳门宣示主权并查禁鸦片，便虔诚地前往妈阁庙向天后娘娘进香。

葡萄牙人占驻澳门以后，这里的渔民百姓更是热切地呼唤着海上的保护神。于是，妈祖信仰便成为影响深远的精神支柱。所有渔船，几乎都供着妈祖神像。渔船成群结队经过妈祖庙前燃放鞭炮，以感谢天后娘娘赐福。正月初四财神日，则在这里祭拜祖先、天神和水神。妈祖这一文学形象，不仅是渔民护航的最高海神，而且是昭示人们救灾、御乱、护卫妇孺以及占卜吉凶的神明。这样，妈祖庙便成为澳门城标城徽象征。每年农历三月二十三日天后诞辰，海陆居民团体联合组成演戏委员会，在妈阁庙前搭棚上演神功戏，堪称100多年澳门文化史的一件盛事。

在全球拥有1亿多信仰者的海洋文化妈祖形象，对于无神论者关注适应市场经济健康发展的文化导向，或许是有某种启迪作用的。古人所谓"知识"者，从"矢"从"口"、从"音"从"戈"也。"知识"是原始社会先民获取猎物维持生存的根本途径。惟其如此，无论是"筷子文化"、"刀叉文化"，还是"阿波罗文化"、"浮士德文化"，都要适应国情变化，尊重客观规律，引领社会思潮。

中华民族具有坚韧顽强的凝聚力，其重要原因在于，人们能够随着时代的推移开拓创新，从全局上总揽具体社会生活领域的行为规范。这种立足全民族根本利益进行"顶层设计"的理性之光，从某种意义上来说也是我们实现城乡社保"应保尽保"，人人共享经济社会发展成果的参照坐标。

纵览世界范围的文明发展史，19世纪70年代以后，人类开始从蒸汽时代过渡到电器时代。伴随生产力的发展和科学的进步，新康德主义的弗莱堡学派认为价值问题是哲学研究的中心问题。随后，不少哲学家将价值哲学的研究扩展到文学、艺术、历史、法律等领域。显然，研究文学作品创意的功效性、价值观，也是分析、鉴赏晚晴文学精品的题中应有之义。毛泽东说："世界上没有什么超功利主义，我们是以最广和最远为目标的革命的功利主义者，而不是只看到局部和目前的狭隘的功利主义者。"（《毛泽东选集》第 3 卷第 864 页）作为世界观具体表现的文化价值观，应与社会的深刻变革相适应。面向 21 世纪，我们要使文学创作工作者和所有劳动者的切身利益实现好、维护好、发展好。

价值规律是一个大学。晚晴文化和传统文化，莫不存在一个有效性、方向性、创造性的问题。《韩非子·问辩》有云："夫言行者，以功用为之的彀者也。夫砥砺杀矢而以妄发，其端未尝不中秋毫也，然而不可谓善射者，无常仪的也。设五寸之的，引十步之远，非羿、逢蒙不能必中者，有常也。故有常则羿、逢蒙以五寸的为巧，无常则以妄发之中秋毫为拙。"这就是说，对于言论和行动，必须以实用作为判断价值的标准。锋利的箭胡乱射出去落在一点，没有确定的目标不是好射手。羿和逢蒙五寸大的目标不为神巧；没有目标而射中秋毫之物，那也是笨拙无用的，韩非子的"以功用为之的彀"，"以妄发之中秋毫为拙"，司马迁的"天下熙熙，皆为利来；天下攘攘，皆为利往"，从不同的角度反映着我国传统文化中的目的论、功利性或价值观。

文学作品是社会生活的反映，是作家生命的延伸。然而，作品并不能直接成为作家谋生的手段。一个人乃至一个民族，如果没有正确的精神支柱，把金钱看得高于一切，搞拜金主义，那就没有希望。在讨论作品的功利性时，我们可以重温马克思《莱茵第六届省议会的辩论》："作家绝不把他的作品看作一种手段。作品就是目的本身，作品对作家自己或对别人全不可能是手段，所以遇到必要时，作家可以牺牲他的存在而给它们（作品）以存在。"作品作为一种商品，其个人功利只是它在传媒运作过程中的副产品，或曰"谋生的辅助手段"。古人说，墙之有，可避风，利也；窗之无，可透光，用也。文化的发展与经济的繁荣不一定是成正比的。

陆游诗云："利欲驱人万火牛，江湖浪迹一沙鸥。"从托尔斯泰 82 岁放弃出版社稿费的举动看来，但丁的《神曲》，李商隐的《晚晴》，曹雪芹的《红楼梦》，海明威的《老人与海》，如果说要用于作者谋生，恐怕更有一个深层次的社会功利的复杂因素，或者说切身利益与长远利益的关系问题。

文学创作塑造典型形象的重要方法，在于充分揭示不同人物的思想性格特征。这里，通过聚焦外国戏剧创作中的黄金题材效应，人们可以剖析西方资产阶级功利主义的实质，看到作家笔下不少晚晴文学典型形象揭示的见利忘义、唯利是图的"弄巧卖乖人生真谛"。

古希腊、罗马文学，作为人类童年时代的文学，以其丰富的思想内容、不朽的艺术魅力和现实主义与浪漫主义相结合的创作方法，展示着原始公社制度解体，以及奴隶制度发生、发展、繁荣和衰亡的历史。作为古希腊杰出的文艺理论家，柏拉图首先在西方提出文艺必须为政治服务，倡导"政治标准第一"的主张。希腊被罗马灭亡后，其文化遗产在罗马得以传承发展。骄奢淫逸的贵族、奴隶主、富商不许上演政治讽刺喜剧，而使世态风俗喜剧得以在适宜的气候，尽可能地反映罗马时代的现实社会生活。

早年在罗马剧场工作，当过优伶和商人的迪图斯·普劳图斯，年逾七旬时写过100多部喜剧。这些作品以其滑稽笑闹的喜剧因素，在观众中产生着强烈的艺术感染力量。莎士比亚、莫里哀的戏剧创作，都曾从他的作品中取材或得到借鉴。《一坛黄金》这出喜剧，是普劳图斯戏剧中占有重要地位的作品。它通过一坛黄金提出罗马的社会问题，揭示了当时的贫富矛盾和金钱在人际关系、社会活动与家庭生活中的腐蚀作用。普劳图斯塑造的主人公尤克里奥老翁，原本是勤劳朴实的贫苦百姓，由于偶然的机会发现一坛金子，结果藏来藏去把自己弄得神魂颠倒，成为一个几近丧失人性的吝啬鬼。最后，尤克里奥将金子送给女儿陪嫁，这样才使自己摆脱终日惶恐不安的处境。古希腊戏剧包括悲剧和喜剧，代表着希腊文学的最高成就，也是欧洲戏剧艺术发展史的开端。悲剧的前身是酒神颂歌，喜剧的前身是民间祭神狂欢舞和滑稽戏。普劳图斯的戏剧创作，充分运用独白、旁白、对话等表现形式，寓思想内容于滑稽笑闹之中，对推动戏剧文学繁荣产生着重要影响。

法国古典主义喜剧创建者莫里哀的《悭吝人》，可以说是普劳图斯戏剧黄金效应的突出例证。他的这个最后的喜剧，取材于普劳图斯的喜剧《一坛黄金》。但其主人公并非罗马剧场的尤克里奥老翁，而是"爱钱胜过名声、荣誉和道德"即法语中成为"吝啬"同义词的阿巴公。这个阿巴公年过花甲，放高利贷，悭吝成性，嗜钱如命。他让儿子娶富婆寡妇，女儿嫁大款老头，自己却要不花分文跟美貌的姑娘成亲——而这姑娘是儿子的情人。莫里哀以极为辛辣的笔触刻画了阿巴公形象，深刻地剖析了具有原始资本积累特征的资产者的本质。

　　莫里哀以笔下的阿巴公形象，揭露了西方资产阶级功利主义的实质。而作为戏剧杰作，其创意却是功在观众利在文化的。莫里哀这位阿里斯托芬和莎士比亚之后的伟大喜剧作家，时刻铭记自己"攻击我的世纪的恶习"的承诺，将批判的目光主要放在教会、贵族社会恶德败行，以及资产阶级悭吝特征和贪婪本性等方面，从而为人们写出了古典主义的典范之作。布瓦洛认为莫里哀的戏剧艺术"也许能冠绝古今"（《西方文论选·诗的艺术》）。雨果称赞莫里哀的喜剧是法国戏剧的高峰。歌德、巴尔扎克等人的创作，无不从莫里哀的作品中得到启迪和借鉴。

　　莫里哀终生从事戏剧艺术，身兼剧团主持人、编剧、导演、演员等职务。哪怕负债入狱，他都没有改变自己的意愿。莫里哀生前没有得到法兰西学士院院士称号，创作的功利和高额的稿酬与他是无缘的。然而，当他在舞台上倒下以后，学士院大厅里却安放了他的一个庄严的石像。像座上写着："就他的光荣而论，并没有缺少什么；就我们的光荣而论，倒是缺少了他。"

文学形象的典范性
——马贡多沉浮与天荡山风云

　　文学形象的典范性，是文艺创作的魅力所在。"有第一等襟抱，第一等学识，斯有第一等真诗。如太空之中，不着一点；如星宿之海，万源涌出；如土膏既厚，春雷一动，万物发生。古来可语此者，屈大夫（屈原）以下数人而已。"沈德潜《说诗晬语》的这些话，说明作家在见识上高人一着，方能在创作中胜人一等。马尔克斯《百年孤独》的马贡多小镇沉浮，罗贯中《三国演义》天荡山风云，可以说是特定历史舞台上具有晚晴文学形象典范意义的人生重头戏。

加夫列尔·加西西·马尔克斯的长篇小说《百年孤独》，是评论界和读者公认的一部经典著作。荣获诺贝尔文学奖的这位作家，通过描写100多年来生活在马贡多小镇的布恩地亚家族七代人的坎坷命运，刻画了这里不同典型人物的典型性格，反映了浑浑沌沌的马贡多由愚昧落后产生的荒谬，由独裁专制造成的与世隔绝的局面，从而表现了拉丁美洲百年孤独的不寻常的历史。

马贡多小镇的变迁和族长霍塞·布恩地亚的命运连在一起。布恩地亚和妻子乌苏拉是表兄妹，而他们的亲人之间近亲结婚以后，小孩都长猪尾巴。为了摆脱这种困扰，布恩地亚带着移民历尽艰险走了两年，来到这处荒凉的河滩建立了名为马贡多的村子。他的妻子还生了一个正常的男孩。

马尔克斯是出生于哥伦比亚的著名的魔幻现实主义作家。《百年孤独》的典型人物莫不具有梦幻般的神奇特征。在马尔克斯的笔下，马贡多村子出现在河滩以后，便有一位叫做墨尔基阿德斯的长者和吉卜赛人来到这里，很快打破了"沉睡在沼泽地中的村庄"的宁静。他们在马贡多吹笛击鼓，介绍最新发明。什么磁铁呀，放大镜望远镜呀，把人们弄得目瞪口呆，也使布恩地亚神魂颠倒。他一会儿要用磁铁采金，一会儿想用放大镜制作武器。乌拉苏叫他别拿吉卜赛式的怪想法往孩子脑袋里灌。

乌苏拉年逾百岁时，一队吉卜赛工人在马贡多铺枕木和铁轨。随着火车涌进来的五花八门的神奇发明，搞得人们眼花缭乱。他们通宵达旦地观赏一只只光线惨淡的电灯泡，又为看了外国商人放映的电影而怒火中烧。因为一个人物明明年事已高寿终正寝，可是另一部片子中，这同一个人却又死而复生。还有那些留声机，电话机，简直让马贡多的居民不知所措。他们总是处于不停的摇摆和游移之中，一会儿高兴，一会儿失望，一会儿百思不解，一会儿疑团冰释，以至谁也搞不清现实的界限究竟在哪里。

乌苏拉一心一意想修补破败的家宅，但她的生命和家宅同步衰颓。最后几个月，她竟变成了一个裹在衬衣里的干洋梨，举起来的手臂看上去象一只猴爪。人们估计她的年龄至少有120岁。马贡多小镇记得她的人没有几个了。

《百年孤独》这部魔幻小说，最后以梦魇的手法描述了马贡多小镇的失落。一个炎热的中午，乌苏拉和布恩地亚的次子奥雷良诺，在墨尔基阿德斯原来的房间看到一位反光中站着的老人。脸色阴郁的老人问他，是否看得出羊皮纸书是用什么语言写成的，奥雷良诺毫不犹豫地回答："是用梵文写的。"这老人是墨尔基阿德斯显形。他告诉奥雷良诺，只有学会梵文，才能解开书上的谜。于是，奥雷良诺费尽周折弄到这本《梵文入门》，除了去厨房和厕所外，从不离开墨尔基阿德斯老人的房间。连续三年埋头研读梵文中揭示马贡多的秘密。

布恩地亚家的第七代后裔出生，婴儿长一条猪尾巴。产婆告诉人们，孩子这条无用的尾巴，在换牙时就可以割掉。可是，孩子不到换牙那天，便被全世界最凶狠的蚁群吞噬。马尔克斯的魔幻现实主义创作，发出拉丁美洲文学爆炸中的最强音。《百年孤独》中的奥雷良诺，经过一系列的小镇变故大彻大悟。他捧起那本《梵文入门》的羊皮读下去，发现墨尔基阿德斯老人100年前预见着这个家族的结局，其中的密码暗示着时间、空间的发展推移，细枝末节无不涉及。奥雷良诺一面读一面预测自己的归宿。很快他明白了，这本书一读完，马贡多这座幻景城将被飓风卷去，这里的事情永远不会重复。因为命中注定百年孤独的世家决不会在世上出现第二次。

《百年孤独》这部小说，充分体现了魔幻现实主义创作的特点。马尔克斯以其现代派表现手法，将严谨的情节变成虚实交错的魔幻故事，作品一问世就引起世界文坛的轰动。这位目前活跃在新闻传媒界的作家，以其小说"把现实和幻想融为一体，勾画了一个丰富多彩的梦幻般的世界"，因而跻身于当代世界作家的行列。作品被欧美大学教授推荐为新生必读书，并列为北京龙年书市第二名。

卢梭说过，"青年是掌握智慧的时期，老年是运用智慧的时期。"如果说，《百年孤独》通过描述墨尔基阿德斯老人带领吉卜赛人给马贡多引进了社会文明，或者说这位长者使奥雷良诺读懂了羊皮书预示的小镇结局，那么，我国古典小说《三国演义》通过第70回的天荡山风云，展示了当年大战长沙（兴汉门一带）的黄忠运用智慧夺取胜利的精神风貌。今天我们所说的"宝刀未老"这句话，正是出自罗贯中所说的黄忠年近七旬跃马上阵的壮举："竖子欺吾年老！吾手中宝刀却不老！"

我们知道，青出于蓝而胜于蓝，刻舟求剑乃唯心论，新陈代谢是不以人的意志为转移的自然规律。然而，从黄忠计夺天荡山的过程来研究具体作战部署，人们将会认识事物在一定条件下发生变化的奇正相生规律。当时，孔明聚众将商议，"今葭萌关紧急，必须阆中取翼德，方可退张郃也。"只见罗贯中笔下写道：

忽一人厉声而出曰："军师何轻视众人耶！吾虽不才，愿斩张郃首级，献于麾下。"众视之，乃老将黄忠也。忠曰："老将严颜，可同我去。但有疏虞，先纳下这白头。"玄德大喜，赵云谏曰："今张郃亲犯葭萌关，军师为儿戏。若葭萌一失，益州危矣。何故以二老将当此大敌乎？"孔明曰："汝以二人老迈，不能成事，吾料汉中必于此二人手内可得。"赵云等各各哂笑而退。

却说黄忠、严颜到关上，严颜曰："愿听将军之令。"两个商议定了。黄忠引军下关，与张郃对阵。张郃出马，见了黄忠，笑曰："你许大年纪，犹不识羞，尚欲出战耶！"忠怒曰："欺吾年老！吾手中宝刀却不老！"遂拍马向前与郃决战。二马相交，约战二十余合，忽然背后喊声起伏。原来是严颜从小路抄在张郃军后。两军夹攻，张郃大败。

《三国演义》又云，黄忠、严颜引兵出征后，"连输数阵，至在关上"，玄德惊慌，赵云疑惑，唯有孔明深知个中奥妙："此乃老将骄兵之计也。"果不出所料，黄忠笑着对前去接应的刘封说："小将军看我破敌！"

罗贯中说，是夜，黄忠引五千军开关。原来夏侯尚、韩浩二将连日见关上不出，尽皆懈怠；被黄忠破寨直入，人不及甲，马不及鞍，二将各自逃而走，军马自相践踏，死者无数。忠曰："不入虎穴，焉得虎子？"策马先进。士卒皆努力向前。张郃军兵，反被自家败兵冲动，都屯扎不住，望后而走；尽弃了许多寨栅，直奔至汉水傍。

作者笔下，张郃寻见夏侯尚、韩浩议曰："此天荡山乃粮草之所；更接米仓山，亦屯粮之地；是汉中军士养命之源。倘若疏失，是无汉中也。当思所以保之。"夏侯尚曰："米仓山有吾叔夏侯渊分兵守护，那里正接定军山，不必忧虑。天荡山有吾兄夏侯德镇守，我等宜往投之，就保此山。"

小说接着写道，张郃、夏侯尚等商议，如何守住天荡山。赶到山前，黄忠已领兵而至，但闻金鼓大震。顿时火光冲天，上下通红。原来黄忠预先使严颜埋伏于山僻去处准备柴草。只待双方交战一齐点火。张郃、夏侯尚束手无策，只得弃天荡山奔定军山而去。

罗贯中叙述的黄忠计夺天荡山的故事，堪称老年人运用智慧而不斗力的典范。当时，他点的副将严颜，也是一员老将。经过实战较量，原来心存疑虑的人终于承认："老将黄忠，甚是英雄，更有严颜相助，不可轻敌。"由于黄忠采用骄兵之计，使对方放松警惕。一夜之间，"尽复诸营"，并且夺得"军器鞍马无数"，一举攻占天荡山。这位零陵老将黄忠说过："昔廉颇年八十，尚食斗米，肉十斤。诸侯畏其勇，不敢侵犯赵界，何况黄忠未及七十乎？"

黄忠赶到天荡山，一个回合便将在长沙兴汉门较量过的军士斩于马下。整个战役，"黄忠有谋，非止勇也。"

十二　中外晚晴文学比较（下）

朱光潜说：比较文学研究，不外是两个方面，纵向的文化传统和横向的各民族的相互影响。晚晴文学比较研究中的创作客体，往往凸现出文化的题材内容和典型意义的客观效果与时代氛围。不同作家的文学创作理念渗入题材内容，具体转化为传媒客观感性形象的美学形态。比较文学通过文学文本研究、文化对话等现象的分析，从而凸现出文学创作中桑榆情结社会效果的生活氛围。各各不同的生活背景、民族习俗、历史条件、社会环境，为晚晴时空的人物活动展示着无比生动瑰丽的文学画卷。

作家思维的创造性

——巴金《短简》与高乃依《熙德》

中外作家都很重视形象思维活动的创造性。高尔基称赞"契诃夫一生都是依靠着他的灵魂生活的"，"艺术家是这样的一个人，他善于提炼自己个人的——主观的印象，从中找出具有普遍意义的——客观的东西，他善于用自己的形式表现自己的观念。"（《论文学》第6页）不同区域的作家根据创作理念创造性地反映社会生活的特点，对自己所选择题材的人物命运、矛盾冲突、发展结局作出安排，使其创造意识进入题材与文本，构成传媒客观感性形式各具特色的美学形态。

中华泱泱大国的散文，最自由、最流畅、最直接地表达人们的思想与情感。巴金、冰心、季羡林……许多散文大家的精品，以其宝刀不老的笔墨神韵，展示着豁达的人生态度和生活情怀。全国各地报刊传媒，据说每天发表的散文多达20万字。它们致力格高、境阔、文洁、意新，同时在文风平易上一展风姿。巴金所写的怀念鲁迅先生的《短简》，就是 1936 年初冬留下的独具艺术价值、史料价值的晚晴文苑奏鸣曲。巴金这篇作品按时间顺序记述的"永远不会忘记的事情"，结尾呼应开头，升华着全文意境和思想感情：

> 我的书桌上摆了一本《中流》。我读了信，随手把刊物翻开，我见到这样的一句话，便大声念了起来：
> "他的垂老不变的青年的热情，到死不屈的战士的精神，将和他的深湛的著作永留人间。"
> 朋友，我请你也记住这一句话，这是十分真实的。

"热情垂老不变"的篇末点题，归真返璞，信手拈来，回应着文章开篇的思维活动："朋友，你要我告诉你关于那个老人的最后的事情。我现在不想说什么话，实在我也不能够说什么。我只给你写下一些零零碎碎的事情，我永远不能忘记的事情。"随着巴金写作《短简》的形象思维过程，我们耳边"仿佛还响着那个老人'救救孩子'的声音"。

高尔基写给伊叶·列宾的文学书简说："作家必须在自己的思想和感情上是自由的，必须仅仅是代表自己、为了自己、关于自己才说话的。"（《外国作家谈创作经验》第 1040 页）列夫·托尔斯泰还指出："只有当你每次浸下了笔，就像把一块肉浸到墨水瓶里的时候，你才应该写作。"（《名言大观》第 273 页）文学形象经过作家综合加工，融合创作主体的观点、情趣、爱恨，这种受生活逻辑、艺术逻辑制约的创作活动，乃是创作主体对客体内容的化解、组合与创新。

高乃依的《熙德》，是取材于中世纪西班牙的故事，渗入着作家创造意识的法国古典主义的第一部悲剧。当时，君主专制是"起开化作用的中心"，同时，王权借助资产阶级振兴民族的经济，用以巩固自己的统治。古典主义正是君主专制与资产阶级之间调和的产物。而作为这种文学思潮发端国家的法国，其戏剧美学则包括崇尚"理性"、模仿古人、致力描写"类型"人物、主张和谐韵律典雅风格、明场暗场处理原则、三一律（重理性、讲共性、结构法规）等内容。高乃依发表《论三一律》的论文，指出悲剧应当如同亚里士多德所说，将"时间限制在一昼夜内，或者力求不过多地超出这个限度"。他还表示，要"寻找方法扩大地点的广度"，即"由于地点绝对一致这个意见不可能适用于一切题材时，用发生在同一城市的行动来满足地点一致的要求"。为此，他的《熙德》和莎士比亚的剧作，无不以其创作实践突破了"三一律"的羁绊。

《熙德》围绕唐高迈斯和唐杰葛这两个老贵族之间的冲突，设计了他们的子女唐罗狄克、施曼娜之恋的危局与悬念，从而体现了高乃依关于悲剧冲突、悲剧人物的戏剧观。在这部悲剧中，唐罗狄克作为主人公，热恋着伯爵唐高迈斯的女儿施曼娜，而后则以两个老贵族的争吵和唐杰葛挨打受辱，奋起与老伯爵唐高迈斯决一死战。唐高迈斯的丧命，如同莎士比亚的《罗密欧和朱丽叶》一样，使家庭的仇恨酿成爱情悲剧的祸根。罗密欧与朱丽叶的悲剧结局促成两个家族的和好。高乃依却没有为人们设计成一个爱情的喜剧结局。请看这段对白：

唐罗狄克	爱情真神妙！
施曼娜	痛苦也到了极点！
唐罗狄克	我们受了多少苦，流了多少泪！
施曼娜	唐罗狄克，谁想得到？
唐罗狄克	施曼娜，谁能知道？
施曼娜	谁想得到我们的幸福，眼看要成功了，却那么快消失了？
唐罗狄克	谁想到离岸口那么近了，却绝对意外地，起了风暴，摧毁了我们的希望！

高乃依面对剧中青年人无法解脱的痛苦，向人们解释他的创作意蕴说："唐罗狄克和施曼娜具有应有的正直品质，他们易被情欲诱惑，也正是这种情欲成为他们不幸的原因。"当然，高乃依的自我表白，并不能淡化老贵族家族矛盾冲突酿致爱情悲剧的内因。后来，当施曼娜朝见国王希冀君主裁决这个涉老婚姻难题时，又面临摩尔人舰队入侵的危局。国王为促成恋人的结合，让唐罗狄克率军出征。在与摩尔人的战斗中，唐罗狄克只用 3 个小时便神奇地击败敌人，

摩尔人全军覆没，国王被俘。这样，唐罗狄克赢得了"熙德"（君王）的称号。

作为一部诞生在古典主义思潮中心颇具作家创造意蕴的悲剧，《熙德》的主题旨在"净化爱情"。然而，这种16世纪的贵族阶级的道德规范，并不能取代爱情的真谛和维护国家利益的理念。谈到古典主义悲剧"行动一致"的原则和情节结构的完整性统一性时，高乃依说：所谓"行动一致"，"对悲剧来说，则是危局的一致"。从唐高迈斯与唐杰葛两个老贵族的冲突，到唐高迈斯在与唐罗狄克决斗中死去，这种矛盾正像高乃依所说："摆脱第一个危局，不会使事件结束，因为解脱本身又使主人公陷入新的危局。"

我们从中外晚晴文学比较的广阔视野中思考《熙德》的悲剧意义，可以看到高乃依在艺术处理上遇到的无法圆满解决的涉老婚姻难题。贵族的荣誉与子女的爱情和爱国的情怀之间的契合统一，乃是剧作家留给人们深长思之的话题。《熙德》有一段国王的台词说："我惟恐这样的决斗给大家开了先例，我要大家知道，这个我向来不喜欢的流血办法，我虽然已经允许，但是心里并不赞成。"这种反映作家创作心理活动的道白，显然与作品的整体构想不无关系。

文学理念的深邃性

——冰心《等待》与雨果《九三年》

作为反映客观社会实践中的意识形态的文学创作活动，中外比较文学呈现着怎样的趋势？中国比较文学学会会长乐黛云指出："比较文学通过文学文本研究文化对话和文化误读现象，研究时代、社会主体及诸种文化因素在接受异质文化中对文本所起的过滤作用，以及一种文本在他种文化影响中所发生的变形。这种研究既丰富了客体文化，拓宽了客体文化影响范围，也有益于主体文化的更新。"她还说："当前比较文学发展的一个重要特点，就是和文化研究紧密结合在一起。"

冰心发表在1979年7月18日人民日报的散文《等待》，通过展示天安门诗抄广为流传的文化氛围，着力描绘广大群众与"四人帮"进行激烈斗争的壮丽画卷。这篇仅 1300 多字的晚晴文学作品，以小见大，主题深刻，充分显示着文学创作中桑榆情结的社会效应。

郑燮云："千古好文章，只是即景即情，得事得理，固不必引经断律，称为辣手也。"（《郑板桥集·与丹翁书》）冰心的作品，以其独特的艺术风格，柔和细腻的笔调，稍带忧愁的色彩，委婉含蓄的手法，清新明丽的语言，构成了自己的创作特色。她的《等待》这篇散文的突出特点，就是选择极富象征意义的生活事物和自然景观，设置和解除我们等孩子们归来的悬念，以表达首都人民缅怀周恩来总理的深切感情。文章开门见山围绕"等待"说开去，"她走了"、"我不放心……我又放心"，这种焦虑不安而无比关切的人物内心活动，逼真地将长辈和后人与社会舞台的历史活动叠印在一起，从而有力强化着作品的深邃社会意义。

李渔云："言者，心之声也，欲代此一人立言，先宜代此一人立心。"（《闲情偶寄》卷三）美国著名记者斯诺的夫人说过，中国要出现《战争与和平》这样的作品，我看要加强读者心理学的研究。《文学报》的文章认为，我们要有自己的文学畅销书，重要的是要尊重读者，尤其是要改变藐视读者的心态。作品言为心声，要受到读者欢迎，这就必须善于表达广大读者的心声。曾经写过《生命从 80 岁开始》、《空巢》的冰心用《等待》的题目，便使读者想到等待谁，为什么等待，以及最后的结果这些问题。这位当年与丁玲、沅君、苏雪林、凌叔华齐名的作家，善于把握读者心理规律进行写作，必然会使作品在传播过程中很好地产生客观效应。

冰心的《等待》，叙述紧凑，节奏明快。文章开始："我拿起话筒，问'X 楼吗？'请你找'XX 来听电话，我是她母亲。'"一下子便为读者设置了这位母亲急切地询问女儿去向的悬念。接着，从对方意味深长的回答，即女儿会给母亲带回"好菜"吃晚饭这番话，更是引出了文章扣人心弦的"等待"情结。

文章富有波澜起伏，才会产生引人入胜的艺术效果。老母亲等待孩子们所去的劳动人民文化宫一带，老赵的亲戚昨天晚上"得到上头的密令"，"准备几十根大木棍，随时听命出动。"可是，孩子们对母亲说，"娘，您放心，他们不敢怎么样，就是敢怎么样，我们那么多的人，还怕吗？""我知道，您也不怕，您还爱听我们报告呢。"

《中国有畅销书吗？》一文的作者说："中国作家普遍缺乏虚构能力，也就是想象力不足。中国成功的作家大致分为两种：一类是靠写经历。另一类是靠写心灵和自我。"（1998 年 12 月 15 日《文学报》）冰心善于写经历写心灵的纪实散文，然而却为读者展示着想象十分丰富的文学氛围。"我最怕等待的时光！这时光多么难熬啊！"当母亲和老伴挽臂徐徐走向紫竹院公园时，双方凝神对视之间，脑际想象着"四十七年前在黄昏的未名湖畔我们曾这样地散步过，但那时我们想的只是我们自己最近的将来"，紧接着，这位从大洋彼岸慰冰湖畔走来的作者，又在笔下展开想象的翅膀："今天我们想的却是我们的孩子和孩子的遥远的将来。"

想象之花根植于深邃社会理念的沃土。尽管老母亲在公园还看不到一丝绿意，然而，在她的想象里，天下人的孩子已在天安门广场"画出了一幅幅壮丽庄严的场面，唱出了一首首高亢入云的战歌"。而这"春天在望"之际，又想象着公园的"游船又将下水了"。

冰心老人的《等待》一文，以小寓大，内涵丰富。她所撷取的广大群众在"四五"斗争风浪中的几朵浪花，使人们倾听到波澜壮阔的时代大潮的澎湃涛声。这篇散文短小精悍，力图根据读者心理特征设计细节悬念，揭示人物性格，用以反映人类社会活动的生活实践，对于繁荣晚晴文学创作显然有着重要启示。

文学创作的客观社会效果，是由文学理念在读者中产生的具体影响决定的。这种影响，无不受到时代条件、历史环境诸多因素的制约。从晚晴文学的角度，我们看看雨果的小说《九三年》关于"沉思中的郭文"的描述，便可以引出如何看待人道主义与革命的关系等许多思考。

17—18 世纪，是欧洲古代政治走向现代政治的分水岭。1793 年的法国大革命，曾被人们称为"人类历史上的一次伟大的转折"。雨果的小说《九三年》，反映的是法国人民挣脱路易十六的封建枷锁，雅各宾派建立资产阶级共和国以后，以交通闭塞的旺岱惊心动魄的斗争为中心的历史画卷。

小说中的叛军领袖朗德纳克，过去是法国皇室中的老色鬼。此人流亡英国而后潜回旺岱，在这块领地尚有一定号召力，一星期便有300个教区随他策划骚动。这个冷酷凶残的家伙，铁下一条心，要与已经成为共和主义者的侄孙郭文决一死战。郭文作为共和国联队指挥官兼远征军司令，与曾经担任过他的家庭教师的政治委员西穆尔登，便在这种情势下的孤岛面临着不寻常的兵刃和灵魂的格斗。

按照作者的设计，尖锐的矛盾冲突围绕朗德纳克焚烧城堡时遇到的小孩而展开。当共和军无法打开城门拯救烈火中的三个幼儿时，那个叛军领袖却从秘密地道中折回用钥匙打开了铁门，穿过烈火将小孩救出来。后来，朗德纳克被侄孙郭文俘虏。郭文在思考、衡量。"每一个选择都似乎是对的"，结果使朗德纳克披上斗篷逃命。

雨果没有给读者提供合乎人物性格发展的逻辑依据。《九三年》中的叛军领袖朗德纳克，由一个残暴毒辣的"魔鬼"变成一个怜悯孩童的"上帝"，而郭文在高呼"共和国万岁"走上断头台以后，西穆尔登则用手枪结束了自己的生命。雨果在《悲惨世界》这部震古烁今的名作中记述过一位老共和党人的名言："法国革命自有它的理论根据，它的愤怒在未来的岁月中会被人谅解的。它的成果便是一个改进了的世界。……进步的暴力便叫做革命。暴力过去以后，人们认识到这一点：人类受到了呵斥，但前进了。"可是，他在70多岁所写的《九三年》这部最后的长篇小说，却将人道主义置于革命之上，宣扬用人道主义取消革命乃至否定革命，从而反映雨果的晚年停留在资产阶级民主主义立场。雨果的创作思想、性格的局限与弱点，均在其令人迷惘的文学理念中有着明显的例证。

平心而论，雨果作为19世纪前期浪漫主义文学运动的领袖人物，以其83岁人生历程创作的大量诗歌、戏剧、小说、文学理论作品产生过重要影响。他的《〈克伦威尔〉序》和《巴黎圣母院》，乃是浪漫主义文艺理论的经典和浪漫主义文学的纪念碑式作品。《悲惨世界》约130万字，各国版本之多堪称世界出版行业之最。雨果对英法联军侵略中国烧劫圆明园表示愤怒。他在晚年还完成了《自由自在的精神》等4部诗集，以及反对天主教，批判封建君主专制的《教皇》、《至高的怜悯》两部政论。

美国山姆大叔的金融危机，不能不使人们从中外比较文学的视角引发对现代文化思潮风云激荡的深切关注。乌拉圭作家加莱亚诺，以其敏锐的笔触写出西班牙语第一畅销书《被切开的血管》，揭示了西方金融寡头掠夺世界财富的真实面目。我国西部作家路遥，却以深邃的目光观察当今时代平凡的世界，从而使其小说在中国社科院专家和网络评选中双双名列首位。

文化观念的时空性

——东西方渔翁之异同

中外晚晴文学，是环球文明发展进程中不同时空的社会生活在作家头脑中反映的产物。人类社会物质文明、精神文明、政治文明和生态文明的实践活动，各各不同的生活背景、民族习俗、历史条件、社会环境，为桑榆人物历史舞台展示着无比广阔瑰丽的画卷。

马克思说过，每滴水都在太阳照耀下闪烁着光辉，普天之下的紫罗兰总是各自散发着独特的幽香。清人许印芳云："盖诗文所以足贵者，贵其善写情状。天地人物，各有情状。以天时言，一时有一时之情状；以地方言，一方有一方之情状；以人事言，一事有一事之情状；以物类言，一类有一类之情状。诗人题目所在，四者凑合；情状不同，移步换形，中有真意。"（《诗法萃编》卷六）

苍穹斗换星移，文苑异彩纷呈。在白朴、乔吉和庄子的笔下，以及《格林童话》、《天方夜谭》等经典作品中，渔翁作为静观现实的审视者、思维空间的超脱者、贪婪人生的见证者和人间鬼域的惩罚者，构建着晚晴时空人物画廊"顶层设计"的独特的风景。

白朴和关汉卿、马致远、郑光祖合称元曲四大家。祖籍山西的作家白朴，文辞恬淡清丽，独具一格，杂剧和散曲具有浓厚的抒情性。其《沉醉东风·渔夫》一曲，风格洒脱飘逸，语言清新流畅："黄芦岸白苹渡口，绿杨堤红蓼滩头。虽无刎颈交，却有忘饥友，点秋江白鹭沙鸥。傲杀人间万户侯，不识字烟波钓叟。"作者漠视功名利禄，以"烟波钓叟"自喻，颇有些"不与世俗为伍"的达观气度。

白朴描写的渔夫，宛如静观现实的隐逸者，乔吉的《中吕·满庭芳》，向人们展现着思维空间的超脱者情怀。"秋江暮景，胭脂林障，翡翠山屏。几年罢却青云兴，直泛沧溟。卧御榻弯得腿疼，坐羊皮惯得身轻。风初定，丝纶慢整，牵动一潭星。携鱼换酒，鲜鱼可口，酒热扶头。盘中不是鲸鲵肉，鲟鲊初熟。太湖水光摇酒瓯，洞庭山影落渔舟。归来后，一竿钓钩，不挂古今愁。"乔吉的散曲风格俊逸清丽，体现前人质朴自然的生活风格。我们看他的渔翁词两首，作者表达了超凡脱俗的隐逸情趣。"一竿钓钩，不挂万古愁"，更以情与景交融的生活氛围进一步展现了厌弃功名、向往林泉的心态。这种颇具特色的艺术境界，正如柳宗元描绘孤舟独钓寒江雪而受到美国总统奥巴马关注的蓑笠翁形象，逼真地表达着历经宦海风波的官员往返江湖的愿望。

王维吟诵的屈原与渔夫对话的诗篇"君问穷通理，渔歌入浦深"，曾在文学史上受到不少人关注。上下求索的视野越过文化时空，我们将目光停在2500年前的春秋时期，《庄子·渔父》从另一种视角描述着孔子与渔夫的对话。当花白胡子的老人面对69岁孔子拜师求教时，这位渔翁便从超然物外的视角阐述了自己的"治国方略"——"我愿意用我的看法来分析一下您所从事的事业。你所从事的，是人生的事业。天子、诸侯、大夫、庶人，四者各自尽职尽责，天下就治理得井然有序。四者不守本位，就会造成莫大的动乱。"渔翁还跟孔子谈到人们中有八种毛病四种灾难。这些毛病包括：不是自己的事硬要去作，人家不理睬而强要进言，揣度别人的意思尽说好话，不讲是非百般奉承，喜欢讲别人的坏话，破坏别人的友谊，虚伪地夸耀称赞别人，两边讨好投人所好。四种灾难是：

好大喜功，专断擅权，知过不改变本加厉，赞同自己就说他好。人们面对不同的生活时空社会氛围，孕育着不同的文学作品。

中外不少寓言、传说和童话故事，反映了渔翁作为贪婪人生的见证者和人间鬼蜮的惩罚者的精神风貌。雅各·格林与威廉·格林兄弟，都是德国著名的语言学家、语言学奠基人。他们深入民间搜集世代流传的民间故事，用科学方法进行研究、整理、加工并被译成多种文字流传全世界。《渔夫和他的妻子》，便通过塑造辛勤劳动的渔翁与贪得无厌的妻子的形象，将两种不同的人生观作了鲜明的对比。

在格林童话中，一生辛勤劳动的渔夫形象是与老太婆的神态举止互为映衬的，过去，老渔夫和妻子一直住在海边又小又脏的破屋里。他每天总是去钓鱼。勤劳节俭，正直本分，乃是人类社会生活中普通劳动者的天然本色。这一天，渔夫钓到的会说话的大鲤鱼，"是一个被人施魔法的王子"。他放走了这条神奇的鲤鱼，从而引出来一个发人深省的故事。

作为与老太婆有着不同品格的人物，老渔夫不想向鲤鱼"要一所村舍"，也不愿意"要一座城堡"。当然，更不愿意看到她当皇帝和教皇。每次，当老太婆吆喝老渔夫去海边乞求鲤鱼满足这些贪欲时，渔夫总是自言自语"这是不对的"。"我肯定，这样做不对。""这事肯定没有好结果。"老太婆不满足"坐在有几十英尺高的、用整块金子做的宝座上，头戴三英尺高的、四周镶着宝石的大金冠"，竟然指使渔夫再到鲤鱼那里去，要让她当上教皇。当时渔夫说："基督教世界只有一位教皇，鲤鱼不能为你做这件事。"可是，老太婆容不得渔夫"胡说八道"，她"一定要在今天就当上教皇"。作为威权主义信徒，结果如愿以偿，她又"整夜翻来覆去，想着还能当什么人"，最后决定"要支配太阳和月亮"。"如果我不能命令太阳和月亮升起，我可受不了，连一小时都平静不下来，因为我不能在需要它们的时候，让他出来。"

老太婆"要做太阳和月亮的主人"，这正像老渔夫所预言的那样，"肯定没有好结果。"作为贪婪人生的见证者，老渔夫看到她已回到原来破屋的位置上。格林的童话，不仅说明"魔术王子"无法改变人们的命运，也在告诉大家皇帝和教皇难以成为救助劳苦大众的神仙上帝。

放眼世界纵观全球，文化时空无头无尾无边无际，而《天方夜谭》的渔夫和《打渔杀家》的萧恩，则是人间鬼蜮的惩罚者形象。用山鲁佐德和苏丹的话串起来的《天方夜谭》，又名《一千零一夜》。这些中古时代阿拉伯著名民间故事，内容包括寓言、童话、冒险故事和名人轶事等，从8世纪以来流传到世界各国，对文学以及音乐、绘画创作产生过很大影响。

《天方夜谭》中的渔夫，很老很穷，为了给妻子和3个孩子弄到吃的东西，整天不知道该怎么办才好。这天，他一连撒下几网，不过是捞些旧罐子和石头。随着，他"最后撒一次网"。网里有一个封上口的金瓶子，当他打开瓶盖时，瓶子里冒出一个巨人要将他杀死。原来，巨人的国王当初一怒之下将他关进这个瓶子，已经扔进海洋300多年。面对魔鬼巨人的挑衅，渔夫决定要用智慧来把它打败。渔夫说："你这么大，你的一只脚就有瓶子那么大，你不是在瓶子里的，你说这话之前怎么不先想想？难道你没有脑子吗？"巨人很生气，他重新变小，钻到瓶子里去了。巨人在瓶子里说，"你看，我在瓶子里。"渔夫飞快拿过瓶塞，盖在瓶子上，然后说，"嘿，巨人，我要把瓶子扔回海里去了，还要告诉所有的渔夫不要把它拿过来。"

《天方夜谭》的"魔鬼巨人"与渔翁的竞争，最后让渔翁以神速的反击克敌制胜。而格林童话海洋文化中的老渔夫，就像往返江湖的戏剧人物萧恩那样正直善良。萧恩原想当一个安分的平民百姓，但是以后为搜刮渔税的豪绅、赃官所激怒，在忍无可忍的情况下除掉了横行霸道的劣绅。老英雄萧恩除恶务尽的坚强意志，充分表现着晚晴文学形象以当然或必然的生命存在形式，对封建压迫者、剥削者的愤慨心情。

附　　录

中外 500 名著名作家代表作一览

△60 岁以上作家

中 国 部 分

作　　家		年　代	代 表 作
晏　婴	春秋政治家	？—前 500	《晏子使楚》
左丘明	春秋鲁国人	生卒年不详	《左传》
△老　聃	春秋思想家	约前 580—约前 500	《老子》
△孔　丘	春秋末期思想家、教育家	前 551—前 479	《论语》
△墨　翟	战国初期思想家、教育家	约前 468—前 376	《墨子》
△孟　轲	战国思想家、教育家、散文家	约前 372—前 289	《孟子》
△庄　周	战国时期思想家、散文家	约前 369—前 286	《庄子》
△屈　原	我国最早的伟大诗人、战国楚国人	约前 340—约前 278	《离骚》、《天问》、《九章》、《九歌》

作　家		年　代	代 表 作
△荀　况	战国赵国人,思想家、教育家、文学家	约 前 313—前 238	《荀子》
宋　玉	战国楚国人,辞赋家	生卒年不详	《九 辩》、《风赋》、《高唐赋》等
韩　非	战国末期思想家、散文家	约 前 280—前 233	《韩非子》
△李　斯	战国思想家、文学家	约 前 284—前 208	《谏逐客书》
贾　谊	西汉时期文学家、政论家	前 201—前 169	《过秦论》《论积贮疏》《吊屈原赋》
晁　错	西汉时期政论家、文学家	前 200—前 154	《论守边备塞书》《论贵粟疏》
枚　乘	西汉辞赋家	?—前 140	《七发》
刘　安	西汉文学家、思想家	前 179—前 122	《淮南子》
△司马相如	西汉辞赋家	前 179—前 117	《子虚赋》、《上林赋》
东方朔	西汉文学家	前 154—前 93	《答客难》、《非有先生论》、《七谏》
枚　皋	西汉辞赋家	生卒年不详	辞赋 120 多篇
司马迁	西汉时期史学家、文学家、思想家	前 145—约前 90	《史记》
王　褒	西汉辞赋家	?—前 61	《洞箫赋》、《九怀》、《圣主得贤臣颂》

作　家		年　代	代表作
△刘　向	西汉经学家、目录学家、文学家	前77—前6	《别　录》、《九叹》、《说苑》等
△扬　雄	西汉文学家、哲学家、语言学家	前53—后18	《长杨赋》、《甘泉赋》、《法言》
班婕妤	西汉女文学家	约前48—约前6	《自悼赋》、《捣素赋》、《怨歌行》
斑　彪	东汉史学家、文学家	3—54	《史记后传》、《北征赋》
△王　充	东汉唯物主义哲学家	27—约97	《论衡》
△班　固	东汉史学家、文学家	32—92	《汉书》、《两都赋》、《白虎通义》
△班　昭	东汉女史学家、文学家	约49—120	《东征赋》等16篇,《女诫》7篇
△张　衡	东汉天文学家、文学家	78—139	《二京赋》、《四愁诗》、《同声歌》
王　逸	东汉文学家	生卒年不详	《楚辞章句》
赵　晔	东汉史学家、文学家	生卒年不详	《吴越春秋》、《韩诗谱》
△蔡　邕	东汉文学家、书法家	132—192	《述行赋》、《饮马长城窟行》
辛延年	东汉诗人	生卒年不详	《羽林郎》
孔　融	汉末文学家	153—208	《论盛孝章书》、《荐祢衡表》等
△曹　操	三国魏国政治家、军事家、文学家	155—220	《蒿里行》、《龟虽寿》、《观沧海》

作　家		年　代	代表作
徐　干	汉末文学家	170—217	《室思》6章
杨　修	汉末文学家	175—219	《神女赋》、《孔雀赋》、《答临淄侯笺》
王　粲	汉末文学家	177—217	《七哀诗》、《登楼赋》
陈　琳	汉末文学家	？—217	《饮马长城窟行》
蔡　琰	汉末女诗人	177—？	《悲愤诗》
曹　丕	三国魏国文学家	190—249	《燕歌行》、《典论·论文》、《与吴质书》
何　晏	三国魏国文学家	190—249	《道德论》、《无为论》、《论语集解》
曹　植	三国魏国著名文学家	192—232	《野田黄雀行》、《七步诗》、《洛神赋》
阮　籍	三国魏国文学家、思想家	210—263	《咏怀诗》、《大人先生传》
△傅　玄	西晋文学家、哲学家	217—278	《豫章行·苦相篇》、《杂诗》、《云歌》
嵇　康	三国魏国文学家、思想家、音乐家	224—263	《与山巨源绝交书》、《琴赋》
△张　华	西晋文学家	232—300	《鹪鹩赋》、《女史箴》

作　家		年　代	代表作
陈　寿	西晋史学家、文学家	233—297	《三国志》、《古国志》、《益都耆旧传》
潘　岳	西晋文学家	247—300	《关中诗》、《笙赋》、《秋兴》、《西征赋》
左　思	两晋诗人、文学家	约250—约305	《招隐诗》、《娇女诗》
陆　机	西晋文学家	261—303	《叹逝赋》、《文赋》、《辨亡论》
陆　云	西晋文学家	262—303	《为顾彦先赠妇》、《答兄机》、《谷风》
张　载	西晋文学家	生卒年不详	《剑阁铭》、《迴汜赋》、《七哀诗》
郭　璞	东晋文学家、训诂学家	276—324	《游仙诗》、《江赋》、《穆天子传注》、《山海经注》
△葛　洪	东晋道教理论家、医学家、文学家	284—364	《抱朴子》、《神仙传》、《西京杂记》
△干　宝	东晋史学家、文学家	生卒年不详	《周易注》、《晋纪》、《搜神记》
谢道韫	东晋女诗人	生卒年不详	《登山》、《拟嵇中散咏松》

作　家		年　代	代表作
△陶渊明	东晋诗人	365—427	《归园田居》、《桃花源诗并记》、《咏荆柯》
△颜延之	南朝宋诗人	384—456	《祭屈原文》、《五君咏》、《陶征士诔》
谢灵运	南朝宋诗人	385—433	《石壁精舍还湖中作》、《石门岩上宿》
范　晔	南朝宋史学家、文学家	398—445	《后汉书》、《后汉书皇后纪传》
刘义庆	南朝小说家	403—444	《世说新语》、《幽明录》、《徐州先贤传》
谢惠连	南朝宋诗人	407—433	《泛湖归出楼玩月》
鲍　照	南朝宋诗人	约 414—466	《拟行路难》、《鞠城赋》
△沈　约	南朝梁文学家	441—513	《石塘濑听猿》、《早发定山》、《伤谢朓》
△江　淹	南朝梁文学家	444—505	《恨赋》、《别赋》
谢　朓	南朝齐著名诗人	464—499	《玉阶怨》、《王孙游》
△陶弘景	南朝思想家、医学家	456—536	《本草经集注》、《药总诀》

作　家		年　代	代表作
△萧　衍	梁武帝	464—549	《梁武帝御制集》
△徐　摛	南北朝梁文学家	472—549	与庾肩吾齐名
△徐　陵	南北朝陈文学家	507—583	《徐孝穆集》
△江　总	南北朝陈文学家	519—594	《江令君集》
萧　纲	梁简文帝	503—551	《梁简文帝集》
萧　绎	梁元帝	508—554	《金楼子》
王　褒	南北朝北周文学家	生卒年不详	《王司空集》
△刘　勰	南宋梁文学理论家	约465—约532	《文心雕龙》
△钟　嵘	南朝梁文学批评家	？—约518	《诗品》
郦道元	北魏地理学家、散文家	466—527	《水经注》、《本志》13 篇,《七聘》
萧　统	南朝梁文学家	501—531	《昭明文选》、《文章英华》
徐　陵	南朝陈文学家	509—583	《出自蓟北门行》、《关山月》
杨炫之	北魏散文家	？—555	《洛阳伽蓝记》
△庾　信	北周文学家	513—581	《拟咏怀》、《哀江南赋》、《枯树赋》
△颜之推	北齐文学家	约530—约590	《颜氏家训》20 篇、《冤魂志》、《集灵记》
卢思道	隋诗人	535—586	《从军行》
△薛道衡	隋诗人	540—609	《出塞》、《豫章行》
王　绩	唐初诗人	585—644	《野望》

作　家		年　代	代表作
卢照邻	唐初诗人	约 635 一约 689	《长安古意》、《行路难》
骆宾王	唐初文学家	约 640—?	《帝京篇》、《在狱咏蝉》、《讨武檄文》
△杜审言	唐初诗人	约 645—708	《渡湘江》
苏味道	唐诗人	648—705	《正月十五夜》
王　勃	唐文学家	650—676	《送杜少府之任蜀川》、《滕王阁序》
杨　炯	唐代诗人	650—693	《战城南》、《从军行》、《出塞》
宋之问	唐代诗人	约 656—712	《题大庾岭北驿》、《渡汉江》
沈佺期	唐代诗人	约 656—714	《夜宿七盘岭》
△贺知章	唐代诗人	659—744	《回乡偶书》、《咏柳》
△张若虚	唐代诗人	约 660—720	《春江花月夜》
陈子昂	唐文学家	661—702	《登幽州台歌》、《上军国机要素》
刘知几	唐文史学家、文学理论家	661—721	《史通》20 卷 49 篇,《思慎赋》
上官婉儿	唐女诗人	664—710	《彩书怨》
△张九龄	唐代诗人	678—740	《感遇》诗 12 首

作　家		年　代	代表作
王之涣	唐代诗人	688—742	《凉州词》、《登鹳雀楼》
孟浩然	唐代诗人	689—740	《过故人庄》、《春晓》、《望洞庭湖赠张丞相》、《江上思归》
王昌龄	唐代诗人	约 698—756	《从军行》、《出塞》
△寒　山	唐代诗人，古代长寿作家之冠	约 680—约 793	《寒山子诗》
△王梵志	唐代诗人	约 590—660	格言诗
上官仪	唐代诗人	约 616—664	上官体八对诗
△李　峤	唐代文学家	644—713	《汾阴行》
△张　说	唐代文学家	667—730	《张燕公集》
△李　邕	唐代文学家	678—747	《麓山寺碑》
△祖　咏	唐代诗人	669—约 746	《望蓟门》
张　旭	唐代诗人	生卒年不详	《自然景物诗》
△韩　偓	唐代诗人	844—923	《韩内翰别集》
△刘长卿	唐代诗人	709—780	《刘随州集》
綦毋潜	唐代诗人	692—约 749	园林诗
△萧颖士	唐代散文家	717—768	《萧茂挺文集》
△张志和	唐代诗人	约 730—约 810	《玄真子》
李群玉	唐代诗人	813—860	《李群玉诗集》
△李　益	唐代诗人	748—827	《李君虞诗集》
△戴叔伦	唐代诗人	732—789	《女耕田行》

作　　家		年　　代	代表作
△王　维	唐代诗人、画家	701—761	《山居秋暝》、《终南山》、《少年行》、《老将行》、《辋川集》
△李　白	唐代著名诗人	701—762	《蜀道难》、《将进酒》、《行路难》、《静夜思》
△崔　颢	唐代诗人	约 704—754	《黄鹤楼》、《长干行》、《长安道》
△高　适	唐代诗人	706—约 765	《燕歌行》、《封丘作》、《别董大》
储光羲	唐代诗人	707—760	《田家即事》、《田家杂兴》
杜　甫	唐代著名诗人	712—770	《望岳》、《画鹰》、《兵车行》、《丽人行》、《北征》、《三吏》、《春望》、《羌村》、《三别》
岑　参	唐代诗人	715—770	《走马川行奉送封大夫出师西征》、《白雪歌送武判官归京》
裴　迪	唐代诗人	716—？	《华子冈》、《鹿柴》、《栏柴》、《白石滩》

作　家	年　代	代 表 作
△元　结　唐文学家	719—772	《舂陵行》、《欸乃曲五首》
△顾　况　唐代诗人	约725—约814	《公子行》、《行路难》、《过山农家》
韦应物　唐代诗人	737—791	《滁州西涧》、《观田家》
卢　纶　唐代诗人	748—约800	《塞下曲》、《晚次鄂州》、《擒虎歌》
沈既济　唐代小说家	约750—800	《枕中记》
△孟　郊　唐代诗人	751—814	《游子吟》、《游终南山》、《秋怀》
△陆　贽　唐政论家、文学家	754—805	《翰苑集》、《议论表疏集》
△张　籍　唐代诗人	约767—830	《野老歌》、《江南曲》、《秋思》、《猛虎行》
韩　愈　唐代著名文学家	768—824	《师说》、《进学解》、《杂说》、《山石》
李公佐　唐小说家	770—850	《南柯太守》、《谢小娥传》、《庐江冯媪传》
△刘禹锡　唐文学家、哲学家	772—842	《西塞山怀古》、《杨柳枝词》、《陋室铭》

作　家		年　代	代表作
△白居易	唐代著名诗人	772—846	《卖炭翁》、《长恨歌》、《琵琶行》
柳宗元	唐代文学家、哲学家	773—819	《童区寄传》、《永州八记》
陈　鸿	唐代文学家	生卒年不详	《长恨歌传》
元　稹	唐代诗人	779—831	《田家词》、《连昌宫词》、《莺莺传》
△贾　岛	唐代诗人	779—843	《长江集》
蒋　防	唐代文学家	生卒年不详	《霍小玉传》
李　贺	唐代诗人	790—816	《李凭箜篌引》、《金铜仙人辞汉歌》、《致酒行》
△薛　涛	唐代女诗人	768—831	《薛涛诗集》
鱼玄机	唐代女诗人	约 844—871	《鱼玄机诗》
杜　牧	唐代文学家	803—852	《阿房宫赋》、《江南春》、《泊秦淮》
温庭筠	唐代诗人、词人	约 812—866	《经五丈原》
李商隐	唐代诗人	约 813—858	《晚晴》、《乐游原》、《安定城楼》
陆龟蒙	唐代文学家	？—约 881	《杂讽九首》、《野庙碑》、《蚕赋》
△韦　庄	五代前蜀诗人、词人	836—910	《台城》、《秦妇吟》、《菩萨蛮》
△司空图	唐代诗人、诗论家	837—908	《二十四诗品》
聂夷中	唐代诗人	约 837—884	《咏田家》
△杜荀鹤	唐代诗人	846—907	《山中寡妇》

作　家		年　代	代表作
郑　谷	唐代诗人	生卒年不详	《鹧鸪》
李　煜	五代南唐词人	937—978	《虞美人》（春花秋月何时了）、《浪淘沙》
李　昉	北宋文学家	925—996	主编《太平御览》、《文苑英华》、《太平广记》
柳　开	宋初散文家	947—1000	《塞上》
王禹偁	北宋文学家	954—1001	《小畜集》
杨　亿	北宋文学家	974—1020	《括苍集》、《韩城集》
△范仲淹	北宋政治家、文学家	989—1052	《岳阳楼记》、《海上渔者》、《渔家傲》
△晏　殊	北宋词人	991—1055	《踏莎行》（小径红稀）、《浣溪沙》
△宋　祁	北宋文学家	998—1061	《宋景文集》
△叶梦得	南宋文学家	1077—1148	《建康集》、《石林词》
△洪　迈	南宋文学家	1123—1202	《容斋随笔》
△尤　袤	南宋诗人	1127—1194	《淮民谣》
△吴文英	南宋词人	约1200—约1260	《梦窗四稿》
△王应麟	南宋作家	1223—1296	《困学纪闻》
梅尧臣	北宋诗人	1002—1060	《田家语》、《猛虎行》

作　家		年　代	代　表　作
柳　永	北宋词人	约 1004—1054	《雨霖铃》、《八声甘州》、《望海潮》
△欧阳修	北宋文学家、史学家	1007—1072	《醉翁亭记》、《秋声赋》
苏舜钦	北宋诗人	1008—1048	《沧浪亭记》
苏　洵	北宋散文家	1009—1066	《辨奸论》
△曾　巩	北宋散文家	1019—1083	《墨池记》
△王安石	北宋著名政治家、思想家、文学家	1021—1086	《答司马谏议书》、《船泊瓜州》
△晏几道	北宋词人	约 1030—1106	《临江仙》、《鹧鸪天》
△苏　轼	北宋散文家	1037—1101	《石钟山记》、《赤壁赋》、《游金山寺》、《水调歌头》、《念奴娇》
△苏　辙	北宋散文家	1039—1112	《武昌九曲亭记》、《黄州快哉亭记》
△黄庭坚	北宋诗人、书法家	1045—1105	《山谷集》
秦　观	北宋词人	1049—1100	《鹊桥仙》、《踏莎行》、《黄楼赋》
△贺　铸	北宋诗人	1052—1125	《捣练子》
陈师道	北宋诗人	1053—1102	《后山诗话》
晁补之	北宋文学家	1053—1110	《七述》、《摸鱼儿》
△张　耒	北宋诗人	1054—1114	《田家三首》

作　家		年　代	代表作
△周邦彦	北宋词人	1056—1121	《浣溪纱》
△李清照	南宋女词人	1084—约1151	《如梦令》、《声声慢》
△曾　几	南宋诗人	1084—1166	《寓居吴兴》
陈与义	南宋诗人	1090—1139	《伤春》、《牡丹》、《虞美人》、《临江仙》
△张元干	南宋诗人	1091—1170	《贺新郎》
△陆　游	南宋著名诗人	1125—1210	《夜读兵书》、《示儿》、《诉衷情》、《卜算子》
△范成大	南宋诗人	1126—1193	《四时田园杂兴》、《鹧鸪天》
△杨万里	南宋诗人	1127—1206	《小池》、《初入淮河四绝句》、《竹枝词》
张孝祥	南宋诗人	1132—1170	《六州歌头》、《念奴娇》
△辛弃疾	南宋著名词人	1140—1207	《破阵子》、《永遇乐》、《水龙吟》
△谢枋得	南宋诗人	1226—1289	《叠山集》
△宇文虚	金代文学家	1079—1146	《在金日作》
△党怀英	金代文学家	1134—1211	早年从辛弃疾诗风
△赵秉文	金代文学家	1159—1232	《滏水集》
△李俊民	金代文学家	1176—1260	《庄靖集》

作　　家		年　　代	代　表　作
△段成己	金代文学家	1196—1254	《二妙集》
陈　亮	南宋哲学家、文学家	1143—1194	《水调歌头》、《中兴五论》
△叶　适	南宋哲学家、文学家	1150—1223	《习学记言》、《播方集序》
△姜　夔	南宋词人、诗人	1155—1221	《白石道人歌曲》
朱淑真	宋代女作家	生卒年不详	《断肠集》
严　羽	南宋文学批评家	生卒年不详	《沧浪诗话》
△刘克庄	南宋文学家	1187—1269	《北京人》、《苦寒行》、《军中乐》
△元好问	金文学家	1190—1257	《论诗绝句三十首》、《遗山先生文集》
董解元	金戏曲作家	生卒年不详	《西厢记诸宫调》
△白　朴	戏曲作家	1226—约 1312	《墙头马上》、《梧桐雨》、《东墙记》
△刘辰翁	南宋词人	1232—1297	《柳梢青》
文天祥	南宋民族英雄	1236—1283	《正气歌》、《过零丁洋》
关汉卿	元戏曲作家	生卒年不详	《窦娥冤》、《救风尘》、《望江亭》
王实甫	元代戏曲作家	生卒年不详	《西厢记》、《破窑记》、《丽堂春》
△马致远	元戏曲、散曲作家	约 1250—1324	《东篱乐府》、《汉宫秋》

作　家		年　代	代表作
郑光祖	元戏曲作家	生卒年不详	《倩女离魂》、《王粲登楼》
△施耐庵	元末明初小说家	1296—1370	《水浒传》
高　明	元末明初戏曲家	约1305—1359	《琵琶记》
△宋　濂	明初文学家	1310—1381	《王冕传》、《送东阳马生序》
△刘　基	明初文学家	1311—1375	《卖柑者言》
△方　回	元代文学家	1227—约1306	《桐江集》
△姚　燧	元代文学家	1238—1313	《牧庵集》
△赵孟頫	元代书画家、诗人	1254—1322	《重江叠嶂》
△张养浩	元代散曲家	1270—1329	《云庄类稿》
△马祖常	元代文学家	1279—1338	《石田集》
△杨维桢	元代文学家	1296—1370	《东维子集》
△王　冕	明初画家、诗人	1287—1359	《竹斋集》
△危　素	明初文学家	1303—1372	《危太朴集》
△李东阳	明代诗人	1447—1516	《怀麓堂集》
△文徵明	明代诗人	1470—1559	《甫田集》
△杨　慎	明代文学家	1488—1559	《升庵集》
△黄　峨	明代女文学家	1498—1569	《杨夫人乐府》
△茅　坤	明代文学家	1512—1601	《白华楼藏稿》、《茅鹿门集》
李攀龙	明代文学家	1514—1570	《沧溟集》
△罗贯中	元末明初小说家	约1330—约1400	《三国演义》、《隋唐志传》、《三遂平妖传》

作　家		年　代	代 表 作
高　启	明代诗人	1336—1374	《登金陵雨花台望大江》、《高太史大全集》
唐　寅	明代画家、文学家	1470—1523	《把酒对月歌》、《焚香默坐歌》
△吴承恩	明代小说家	约 1500—1582	《西游记》
△归有光	明代散文家	1507—1571	《项脊轩志》、《寒花葬志》
△王世贞	明代文学家、戏曲理论家	1526—1590	《袁江游记》、《海游记》
△李　贽	明代思想家、文学家	1527—1602	《焚书》、《藏书》
汤显祖	明代曲家、文学家	1550—1616	《牡丹亭》、《王茗堂诗集》
袁宗道	明代文学家	1560—1600	《白苏斋集》
熊大木	明代通俗小说编著者、刊行者	生卒年不详	《全汉志传》、《唐书志传》、《宋传》、《大宋中兴通俗演义》
△屠　隆	明代戏曲家	1542—1605	《昙花记》、《白榆集》
△赵南星	明代文学家	1550—1627	《笑赞》、《赵忠毅集》
袁宏道	明代文学家	1567—1610	《袁中郎全集》
袁中道	明代文学家	1570—1623	《李温陵传》

作　家		年　代	代　表　作
△冯梦龙	明文学家、戏曲家	1574—1646	《喻世明言》、《醒世恒言》、《警世通言》
凌濛初	明末文学家、戏曲家	1580—1644	《初刻拍案惊奇》、《二刻拍案惊奇》
金圣叹	明末清初文学批评家	1608—1661	《沉吟楼诗选》
△黄宗羲	明末清初思想家	1610—1695	《明儒学案》、《南雷文案》
李　渔	清代戏剧理论家	约1611—约1679	《闲情偶寄》
毛宗岗	明清文学家	生卒年不详	修订《三国演义》
△钱谦益	清初文学家	1582—1664	《有学集》
△方维仪	清初女诗人	1585—1668	《宫闱诗史》
△方以智	明清思想家、科学家	1611—1671	《通雅》、《物理小识》
侯方域	清初散文家	1618—1654	《李姬传》
△叶　燮	清代文学家	1627—1703	《己畦诗文集》
△姜宸英	清代文学家	1628—1699	《苇间诗集》
△汪　琬	清代散文家	1624—1690	《钝翁类稿》
△毛奇龄	清代文学家	1623—1716	《西河诗话》
△朱彝尊	清代文学家	1629—1709	《经义考》
△戴名世	清代文学家	1653—1713	《南山集》
曹　寅	清代文学家	1658—1712	《词钞》
△赵执信	清代诗人	1662—1744	《饴山堂集》

作　　家		年　代	代　表　作
△厉　鹗	清代文学家	1692—1752	《宋诗纪事》
△郑　燮	清代文学家	1693—1765	《孤儿行》
丘逢甲	近代诗人	1864—1912	《岭云海日楼诗钞》、《小仓山房诗文集》
△袁　枚	清代著名诗人	1716—1797	《随园诗话》
△王　昶	清代文学家	1724—1806	《明词综》
△纪　昀	清代文学家	1724—1805	《阅微堂笔记》
△蒋士铨	清代文学家	1725—1785	《临川梦》
△赵　翼	清代文学家	1727—1814	《瓯北诗集》
△毕　沅	清代学者	1730—1797	《续资治通鉴》
△顾炎武	明末清初思想家考据学家、诗人	1613—1682	《日知录》、《天下郡国利病书》
△王夫之	明末清初思想家文学家	1619—1692	《姜斋诗书》、《船山记》
△王士祯	清诗人、诗论家	1637—1711	《带经堂集》、《渔洋山人精华录》
△蒲松龄	清代著名文学家	1640—1715	《聊斋志异》
△洪　昇	清代戏曲作家	1645—1704	《长生殿》、《回文锦》
孙尚任	清代著名戏曲作家	1648—1716	《桃花扇》
△方　苞	清代散文家	1668—1749	《狱中杂记》、《左忠毅公逸事》
△沈德潜	清代诗人、诗论家	1673—1769	《沈归愚诗文全集》
△刘大櫆	清代文学家	1698—1779	《论文偶记》

作　家		年　代	代表作
吴敬梓	清代小说家	1701—1754	《儒林外史》、《文本山房集》
曹雪芹	我国著名文学家	约 1715—约 1764	《红楼梦》
袁　枚	清代诗人	1716—1798	《征漕农》、《黄生借书说》
△姚　鼐	清代散文家	1732—1815	《登泰山记》、《古文辞类纂》
△章学诚	清代史学家	1738—1801	《文史通义》
高　鹗	清代文学家	约 1738—约 1815	《红楼梦》后 40 回
△李汝珍	清代小说家	约 1763—约 1830	《镜花缘》
张维屏	清末文学家	1780—1859	《三元里》
梅曾亮	清末文学家	1786—1856	《柏枧山房文集》
龚自珍	清末思想家、文学家	1792—1841	《病梅馆记》
俞万春	清末文学家	1794—1849	《荡寇志》
△魏　源	清末思想家、史学家	1794—1837	《海国图志》
△翁方纲	清代诗人	1733—1818	《两汉金石记》
△侯　艺	清代女文学家	1768—1830	《再生缘》
△方东树	清代文学家	1772—1851	《汉学商兑》
△梁章钜	清代文学家	1775—1849	《制义丛话》
△何绍基	清代诗人	1799—1873	《东洲草堂诗文集》

作　家		年　代	代　表　作
△林则徐	清末政治家	1785—1850	《四洲志》
△顾太清	清代女词人	1799—1876	《天游阁集》
△姚　燮	清代文学家	1805—1864	《复庄诗问》
刘熙载	清代文学家	1813—1881	《昨非集》
谭嗣同	清末政治家、思想家	1865—1898	《仁学》
△郭嵩焘	清代散文家	1818—1891	《史记札记》
△王　韬	清末政论家	1828—1897	《弢园尺牍》
△王闿运	清代文学家	1832—1916	《湘绮楼全集》
△黎庶昌	清代散文家	1837—1897	《续古文辞类纂》
△吴汝纶	清代散文家	1840—1903	《桐城吴先生全书》
△冯　煦	近代文学家	1843—1927	《蒿庵类稿》
△樊增祥	近代文学家	1846—1931	《樊山全集》
王鹏运	近代词人	1849—1904	《半塘定稿》
△辜鸿铭	近代学者	1857—1928	《读易文集》、《孔子改制考》
△康有为	资产阶级改良派人物	1858—1927	《大同书》
洪仁玕	清末思想家、文学家	1822—1864	《资政新编》
△黄遵宪	近代诗人、政治家	1852—1924	《人境庐诗草》
△林　纾	近代文学家、翻译家	1852—1924	《京华碧血录》
△严　复	我国近代翻译家	1854—1921	《严几道诗文钞》
△陈　衍	近代文学家	1856—1937	《石遗室诗集》

作　家		年　代	代 表 作
△章炳麟	近代文学家	1868—1936	《章氏丛书》
梁启超	近代政治家、文学家	1873—1929	《饮冰室合集》
刘　鹗	近代小说家	1857—1909	《老残游记》
吴趼人	近代著名小说家	1866—1910	《二十年目睹之怪现状》、《趼人十三种》
李宝嘉	近代小说家	1867—1906	《官场现形记》
△曾　朴	近代小说家	1872—1935	《孽海花》
陈天华	近代文学家	1875—1905	《猛回头》、《警世钟》
王国维	近代学者、文学评论家	1877—1927	《红楼梦评论》、《曲录》、《人间词话》
秋　瑾	近代女诗人	1879—1907	《秋瑾集》
刘师培	近代文学家	1884—1919	《中国文学教科书》
苏曼殊	近代文学家	1884—1918	《断鸿零雁记》、《碎簪记》
△柳亚子	近代诗人	1887—1958	《柳亚子诗词选》

外 国 部 分

作　家		年　代	代 表 作
△埃斯库罗斯	古希腊悲剧作家	前 525—前 456	《被缚的普罗米修斯》、《俄瑞斯忒斯》
△索福克勒斯	古希腊悲剧作家	前 496—前 406	《俄狄浦斯王》、《安提戈理》
△欧里庇得斯	古希腊悲剧诗人	前 485—前 406	《美狄亚》、《希波吕托斯》
△阿里斯托芬	古希腊喜剧作家	前 446—前 385	《阿卡奈人》、《骑士》、《云》
维吉尔	罗马诗人	前 70—前 119	《牧歌》
贺拉斯	罗马诗人和文艺批评家	前 65—前 8	《讽刺诗集》、《长短句集》、《歌集》
△奥维德	罗马诗人	前 43—公元 18	《变形记》
荷　马	古希腊诗人	前 9—前 8 世纪	《伊利亚特》、《奥德赛》
伊　索	希腊寓言家	？—前 6 世纪	《伊索寓言》
△阿普列尤斯	古罗马作家	约 124—约 200	《变形记》
△迦梨陀娑	印度古代诗人、戏剧家	330—432	《沙恭达罗》、《鸠摩罗出世》
紫式部	日本古代作家	978—1050	《源氏物语》
但　丁	意大利文艺复兴先驱	1265—1321	《神曲》、《论俗语》

作　家		年　代	代表作
薄伽丘	意大利文艺复兴小说家	1313—1375	《菲洛柯洛》、《菲亚美达》、《十日谈》
乔　叟	英国诗人	1343—1400	《坎特伯雷》
△拉伯雷	法国小说家	1493—1553	《巨人传》
△塞万提斯	西班牙作家	1547—1616	《堂吉诃德》、《奴曼西亚》
△朴仁老	朝鲜李朝诗人	1561—1642	《芦溪集》
△维　伽	西班牙作家、诗人、戏剧家	1562—1635	《最好的法官是国王》
莎士比亚	英国文艺复兴时期戏剧家	1564—1616	《罗密欧与朱丽叶》、《威尼斯商人》、《哈姆雷特》
△高乃依	法国古典主义戏剧创始者	1606—1684	《熙德》、《贺拉斯》、《论悲剧》、《论三一律》
△弥尔顿	英国诗人	1608—1674	《失乐园》、《复乐园》、《力士参孙》
△拉封丹	法国诗人	1621—1695	《寓言诗》、《故事诗》
莫里哀	法国古典主义剧作家	1622—1673	《冒失鬼》、《多情医生》、《堂璜》、《吝啬鬼》
△拉　辛	法国古典主义悲剧作家	1639—1699	《安德罗玛克》、《爱丝苔尔》

作　家		年　代	代　表　作
△笛　福	英国著名小说家	1660—1731	《鲁滨逊漂流记》、《摩尔·弗兰德斯》
△斯威夫特	英国作家	1667—1745	《格利佛游记》
△伏尔泰	法国启蒙思想家	1694—1778	《哀狄普斯》、《奥尔良少女》
△哥尔多尼	意大利喜剧作家	1707—1793	《一仆二主》、《狡猾的寡妇》
菲尔丁	英国小说家、剧作家	1707—1754	《弃婴托姆琼斯的故事》、《屈打成医》
△卢　梭	法国启蒙思想家	1712—1778	《论科学与艺术》、《忏悔录》
△狄德罗	法国启蒙思想家、美学理论家	1713—1784	《修女》、《拉摩的侄儿》、《他与我》
莱　辛	德国剧作家、文艺理论家	1729—1781	《年轻的学者》、《拉奥孔》
△歌　德	德国诗人、剧作家	1749—1832	《浮士德》、《少年维特之烦恼》、《亲和力》
席　勒	德国诗人、剧作家	1759—1805	《强盗》、《阴谋与爱情》、《奥尔良的姑娘》
△丁荼山	朝鲜李朝诗人	1726—1836	《耿津农歌》
阮　攸	越南古典诗人	1765—1820	《金云翘传》

作　家		年　代	代　表　作
△克雷洛夫	俄国寓言家	1768—1844	《用咖啡渣占卜的女人》
△华兹华斯	英国消极浪漫主义诗人	177 0—1850	《抒情歌谣集》、《序曲》、《远游》
奥斯汀	英国女作家	1775—1817	《傲慢与偏见》
△司汤达	法国小说家	1783—1842	《红与黑》、《巴黎修道院》
△欧　文	美国文学奠基人	1783—1859	《纽约外史》
拜　伦	英国诗人	1788—1824	《唐璜》
雪　莱	英国浪漫主义诗人	1792—1822	《被解放了的普罗米修斯》
济　慈	英国浪漫主义诗人	1795—1821	十四行诗
△哈利伯顿	加拿大文学奠基人	1796—1865	《钟表商》
海　涅	德国诗人、政论家	1797—1856	《歌集》、《浮士德博士》
巴尔扎克	法国文学家	1799—1850	《人间喜剧》91部小说
普希金	俄国诗人	1799—1837	《叶甫盖尼·奥涅金》、《自由颂》
普雷舍伦	南斯拉夫诗人	1800—1849	《花环》
△雨　果	法国作家	1802—1885	《巴黎圣母院》
△大仲马	法国小说家、戏剧家	1802—1870	《三个火枪手》、《基督山伯爵》
豪　夫	德国童话作家	1802—1827	《冷酷的心》

作　家		年　代	代　表　作
△梅里美	法国作家	1803—1870	《攻克堡垒》、《科伦巴》、《双重误会》
△乔治·桑	法国女小说家	1804—1876	《莫普拉》、《木工小史》
△霍　桑	美国浪漫主义小说心理小说开创者	1804—1864	《红字》、《古宅青苔》
埃切维里亚	阿根廷诗人	1805—1851	《女俘》、《慰安集》、《屠场》
△安徒生	丹麦作家,著名童话大师	1805—1875	《丑小鸭》、《皇帝的新装》、《卖火柴的小女孩》
△朗费罗	美国诗人	1807—1882	诗集《夜吟》、诗剧三部曲《基督》
果戈里	俄罗斯批判现实主义作家	1809—1852	《死魂灵》、《外套》
别林斯基	俄国文学评论家	1811—1848	《文学的幻想》、《关于批评的讲话》
△斯　托	美国女作家	1811—1896	《汤姆叔叔的小屋》
狄更斯	英国小说家	1812—1870	《匹克威克外传》、《艰难时世》、《双城记》
赫尔岑	俄国作家	1812—1870	《谁之罪》、《克鲁波夫医生》

作　家		年　代	代 表 作
△冈察洛夫	俄国作家	1812—1891	《平凡的故事》、《奥勃洛摩夫》
△布朗宁	英国诗人	1812—1889	《指环和书》
谢甫琴科	乌克兰诗人	1814—1861	《科布扎歌手》、《高加索》
夏洛蒂·勃朗特	英国女小说家	1816—1855	《简 爱》、《教师》、《雪莉》
艾米莉·勃朗特	英国女作家	1818—1848	《呼啸山庄》
△鲍狄埃	法国诗人	1816—1887	《国际歌》
△屠格涅夫	俄国作家	1818—1883	《猎人笔记》、《贵族之家》
△惠特曼	美国诗人	1819—1892	《草叶集》
波德莱尔	法国诗人	1821—1867	《巴黎的忧郁》
△陀思妥耶夫斯基	俄国作家	1821—1881	《白痴》、《罪与罚》、《死屋手记》
福楼拜	法国小说家	1821—1880	《包法利夫人》、《情感教育》
韦尔特	德国诗人	1822—1856	《工业》、《大自然》、《刚十八岁》
裴多菲	匈牙利著名诗人	1823—1849	《诗 集》、《仙梦》、《自由与爱情》

作 家		年 代	代 表 作
△小仲马	法国小说家、剧作家	1824—1895	《茶花女》
△车尔尼雪夫斯基	俄国文学批评家	1828—1889	《怎么办?》、《俄国果戈里文学》
△泰　纳	法国文学评论家	1828—1893	《论拉封丹的寓言诗》、《论智慧》
△易卜生	挪威戏剧家	1828—1906	《玩偶之家》《国民公敌》
△列夫·托尔斯泰	俄国著名作家	1828—1910	《复活》、《战争与和平》
△凡尔纳	法国科幻小说家	1828—1905	《海底两万里》、《环绕月球》
志贺直哉	日本作家	1832—1971	《暗夜行路》、《菜花与少女》
基　维	苏兰作家	1834—1872	《库勒沃》、《七兄弟》
△马克·吐温	美国作家	1835—1910	《卡拉维拉斯县驰名的跳蛙》、《王子与贫儿》
杜勃罗留波夫	俄国文学评论家	1836—1861	《俄罗斯语言爱好者谈话良伴》、《外省散记》
△巴鲁迪	埃及诗人	1838—1904	《巴鲁迪诗集》

作　家		年　代	代表作
△乔万尼 奥里	意大利作家	1838—1915	《斯巴达克思》
都　德	法国小说家	1840—1897	《小东西》、《磨坊书简》
△左　拉	法国作家	1840—1902	《鲁贡玛卡的自然史和社会史》
△哈　代	英国作家	1840—1928	《德伯家的苔丝》、《无名的裘德》
△奥热什 科娃	波兰女作家	1841—1910	《最后的爱情》、《涅漫河畔》
△弗尔菲	澳大利亚小说家	1843—1912	《如此人生》、《黑格比浪漫史》
△加尔多斯	西班牙小说家	1843—1920	《金泉》、《勇敢的人》、《民族轶事》
△显克微支	波兰作家，获诺贝尔文学奖	1846—1910	《旅美书简》、《你住何处去》
△法朗士	法国作家，获诺贝尔文学奖	1844—1924	《科林斯人的婚礼》、《霞娜达克传》、《文艺生活》
△斯特林堡	瑞典戏剧家、小说家	1849—1912	《在海边》、《朱丽小姐》、《债主》
爱明内斯库	罗马尼亚诗人	1850—1889	《穆雷萨》
莫泊桑	法国作家	1850—1893	《羊脂球》、《项链》、《米龙老爹》

作　家		年　代	代 表 作
斯蒂文森	英国作家	1850—1894	《金银岛》、《新天方夜谭》
△伐佐夫	保加利亚作家	1850—1921	《旗与琴》、《拯救》
王尔德	英国作家	1854—1900	《格雷的肖像》、《少奶奶的扇子》
△普列汉诺夫	俄国文学批评家	1856—1918	《别林斯基文学观》、《车尔尼雪夫斯基文学观》
△肖伯纳	英国戏剧家	1856—1950	《鳏夫的房产》、《圣女贞德》
△康拉德	英国小说家	1857—1924	《水仙号上的黑家伙》、《黑暗的中心》
纳赫拉	墨西哥诗人	1859—1895	《最悲哀的夜晚》、《蝴蝶》
△柯南道尔	英国著名侦探小说家	1859—1930	《福尔摩斯侦探案》68 部
契诃夫	俄国小说家	1860—1904	《小公务员的死》、《变色龙》、《套中人》
△泰戈尔	印度现代诗人	1861—1947	《吉檀迦利》、《飞鸟集》、《龙拉》
欧·亨利	美国短篇小说家	1862—1910	《白菜与国王》、《西部之心》

作　家		年　代	代　表　作
△绥拉菲莫维奇	前苏联作家	1863—1949	《铁流》、《草原上的城市》
二叶亭四迷	日本作家	1864—1909	《浮云》、《小说总论》
△伏尼契	英国女作家	1864—1960	《牛虻》
△叶　芝	爱尔兰诗人,获诺贝尔文学奖	1865—1939	《十字路口》、《驶向拜占庭》
△罗曼·罗兰	法国著名作家	l866—1944	《群　狼》、《丹东》、《约翰·克利斯朵夫》、《甘地传》
夏日漱石	日本作家	1867—1916	《哥儿》、《过了春分的节》
△高尔斯华绥	英国小说家	1867—1933	《福赛特家史》、《现代喜剧》
△高尔基	苏联作家	1868—1936	《母　亲》、《海燕》、《我的大学》
△李科克	加拿大作家	1869—1944	《我所见到的英国》、《文学的失误》
△纪　德	法国作家	1869—1951	《人间食粮》、《蔑视道徒的人》
△库普林	俄国作家	1870—1938	《决斗》、《火坑》
△亨利希·曼	德国小说家	1871—1950	《论左拉》、《伟大的爱》

作　家		年　代	代　表　作
△德莱塞	美国小说家	1871—1945	《嘉莉妹妹》、《欲望三部曲》
△巴比塞	法国作家	1873—1935	《哀求者》、《炮火》、《镣铐》
△杨　森	丹麦作家	1873—1950	《哥特的复兴》、《国王下台》
△毛　姆	英国小说家	1874—1965	《人间枷锁》、《叶的震颤》、《阿金》
△托马斯·曼	德国小说家	1875—1955	《布登勃洛克一家》、《王爷殿下》
杰克·伦敦	美国作家	1876—1916	《狼的儿子》、《海狼》、《热爱生命》、《阶级斗争》
△海尔曼·黑塞	德国文学家	1877—1962	《彼得·卡门青》、《东方之行》
△辛克莱	美国作家	1878—1968	《煤炭大王》、《世界的终点》
福斯特	英国小说家	1879—1870	《天使不敢涉足的地方》
△萨多维亚努	罗马尼亚作家	1880—1961	《安东察客店》、《斧头》、《巨蟹宫》
普列姆·昌德	印度小说家	1880—1936	《戈丹》、《热爱祖国》、《博爱新村》
△马丁·杜加尔	法国作家	1881—1958	《谛波父子》、《祖父的遗嘱》

作　家		年　代	代表作
△茨威格	奥地利作家	1881—1942	《初次经历》、《约瑟夫·富歇》
乔伊斯	爱尔兰小说家	1882—1941	《尤利西斯》
△温塞特	挪威女小说家	l882—1949	《玛塔欧莉夫人》、《马湾的主人》
△阿·托尔斯泰	前苏联作家	1882—1945	《苦难的历程》、《彼得大帝》
哈谢克	捷克斯洛伐克小说家	1883—1923	《好兵帅克》、《女仆安娜的纪念日》
卡夫卡	奥地利作家	1883—1924	《变形记》、《审判》、《城堡》
△莫洛亚	法国作家	1885—1967	《雨果传》、《巴尔扎克传》、《雪莱传》
吉拉尔德斯	阿根廷小说家	1886—1927	《玻璃铃铛》、《萨伊马卡》
△谷崎润一郎	日本小说家	1886—1965	《源氏物语》
△奥尼尔	美国戏剧家	1888—1953	《天边外》
△西伦佩	芬兰作家	1888—1964	《少女西利亚》、《琼斯皇帝》、《安娜·克里斯蒂》
△艾略特	英国诗人	1888—1965	《四个四重奏》、《大教堂凶杀案》

作　　家		年　代	代 表 作
△米斯特拉尔	智利女诗人, 1945 年获诺贝尔文学奖	1689—1957	《孤寂》、《有刺的树》
△帕斯捷尔纳克	前苏联作家，获 1958 年诺贝尔文学奖	1890—1960	《日瓦戈医生》、《崇高的疾病》
△史沫特莱	美国女作家、记者	1890—1950	《大地的女儿》
△爱伦堡	前苏联作家	1891—1967	《前夜之歌》、《巴黎的陷落》
△帕乌斯托夫斯基	前苏联作家	1892—1968	《查理的命运》、《闪烁的云彩》
△费　定	前苏联作家	1892—1977	《感情的考验》、《纽伦堡的审判》
芥川龙之介	日本小说家	1892—1927	《罗生门》、《点心》、《百草》
△赛珍珠	美国女作家，获 1938 年诺贝尔文学奖	1892—1973	《大地》、《北京来信》
△安德里奇	南斯拉夫作家	1892—1975	《特拉夫尼克纪事》、《德里纳河》
△普伊曼诺娃	捷克斯洛伐克女作家、诗人	1893—1958	《十字路口的人们》、《玩火》
马雅可夫斯基	前苏联诗人	1893—1930	《列宁》、《好!》

作　家		年　代	代 表 作
李箕永	朝鲜小说家	1895—	《人间课堂》、《贫穷的人们》
△蒙塔莱	意大利诗人	1896—1981	《乌贼骨》、《境遇》
△福克纳	美国小说家	1897—1962	《士兵的报酬》、《斯诺普斯》
△阿拉贡	法国诗人	1897—1982	《欢乐之火》、《安尼赛》、《受难周》
布莱希特	德国剧作家	1898—1956	《夜半鼓声》、《三分钱小说》
△雷马克	德国小说家	1898—1970	《西线无战事》、《凯旋门》
宫本百合子	日本女小说家	1898—1951	《宫田神宫》、《杉垣》、《知风草》
△德永直	日本作家	1899—1958	《没 有 太 阳 的街》、《多余的人》
马甫连科	前苏联作家	1899—1951	《草 原 上 的 太阳》、《亚洲故事》
△海明威	美国小说家,曾获诺贝尔文学奖	1899—1961	《永别了,武器》、《老人与海》
△川端康成	日本小说家,曾获诺贝尔文学奖	1899—1972	《千只鹤》、《古都》
△阿斯图利亚斯	危地马拉小说家	1899—1974	《总统先生》、《危地马拉传说》
崔曙海	朝鲜小说家	1901—1932	《出走记》、《血痕》

作　家		年　代	代 表 作
△马尔罗	法国作家	1901—1976	《征服者》、《人类的命运》
法捷耶夫	前苏联作家	1901—1956	《毁灭》、《青年近卫军》
△斯坦贝克	美国小说家，1962年获诺贝尔文学奖	1902—968	《愤怒的葡萄》、《我们的不满的冬天》
△拉克斯奈斯	冰岛小说家	1902—	《洁静的葡萄树》、《世界之光》
△斯坦库	罗马尼亚作家	1902—1974	《猎狗》、《战火纷飞的岁月》
小林多喜二	日本小说家	1903—1933	《蟹工船》、《地下党员》、《牢房》
伏契克	捷克斯洛代克作家	1903—1943	《绞刑架下的报告》
△西默农	比利时侦探小说家	1903—	《雪是脏的》、《贝贝董热真相》
△奥斯特洛夫斯基	前苏联作家	1904—1936	《钢铁是怎样炼成的》
盖达尔	前苏联作家	1904—1941	《学校》、《铁木儿和他的伙伴》
△聂鲁达	智利诗人，1971年获诺贝尔文学奖	1904—1973	《诗歌总集》、《霞光》

作　家		年　代	代 表 作
△辛　格	美国犹太作家	1904—	《莫斯卡特一家》、《撒旦在戈雷》
尤若夫	匈牙利诗人	1905—1937	《美丽的乞丐》、《在城市的边缘》
△斯　诺	美国记者、报告文学作家	1905—1972	《西行漫记》、《中国巨变》
△肖洛霍夫	前苏联作家	1905—1984	《静静的顿河》、《一个人遭遇》
△萨　特	法国作家、哲学家	1905—1980	《密室》、《存在主义是人道主义》
△卡奈蒂	英国作家	1905—	《迷惑》、《婚礼》、《群众与权势》
△贝凯特	法国小说家、1969年获诺贝尔文学奖	1906—	《莫尔菲》、《莫洛依》、《等待戈多》
△燕卜荪	英国文学批评家	1906—1984	《酝酿的风暴》、《晦涩的七种类型》
△君特·艾希	德国广播剧作家	1907—1972	《诗集》、《地下铁道》、《雨的音信》
△莫拉维亚	意大利作家	1970—	《中国瓷瓶》、《罗马故事》
△井上靖	日本著名作家	1907—	《天平之甍》、《楼兰》、《敦煌》

作　家		年　代	代 表 作
赖　特	美国作家	1908—1960	《今日的主》、《黑人的力量》
△波夫娃	法国女作家	1908—1986	《被宴请者》、《钦差大臣》
△达木丁苏伦	蒙古诗人、学者	1908—	《被抛弃的姑娘》、《蒙古文学概况》
瓦普察洛夫	保加利亚诗人	1909—1942	《马达之歌》、《祖国之歌》
△松本清张	日本推理小说家	1909—	《点与线》、《隔墙有墙》
米吉安尼	阿尔巴尼亚作家	1911—1938	《自由诗》、《觉醒》
△马克斯·弗里施	瑞士小说家	1911—	《圣·克鲁兹》、《中国长城》、《施蒂勒》
△戈尔丁	英国小说家	1911—	《继承人》、《铜蝴蝶》
△米沃什	波兰作家	1911—	《白昼之光》、《无名的城市》
△柯切托夫	前苏联作家	1912—1973	《茹尔宾一家》、《青春常在》
△亚马多	巴西小说家	1912—	《无边的土地》、《老海员们》
△怀　特	澳大利亚小说家，获诺贝尔文学奖	1912—	《幸福谷》、《人类之树》、《风暴眼》

作　家		年　代	代表作
△迈哈福兹	埃及小说家	1912—	《命运的嘲弄》
加　缪	法国小说家	1913—1960	《反面和正面》、《局外人》
△西　蒙	法国作家	1913—	《作弊者》、《风》、《弗兰德公路》
赵基天	朝鲜诗人	1913—1951	《图门江》、《生之歌》、《我的高地》
△克里山·钱达尔	印度作家	1914—1977	《人生的转折点》、《空中楼阁》
△贝　娄	美国作家、1970年获诺贝尔文学奖	1915—	《奥吉·玛琪历险记》、《最后的分析》、《莫斯比的回忆》
△韩素音	英国籍女作家	1917—	《爱情至上》、《青山长存》
△伯　尔	德国小说家	1917—1985	《火车正点》、《一次出差的结局》
△索尼仁尼琴	前苏联作家	1918—	《伊凡·杰尼索维奇的一天》
△水上勉	日本小说家	1919—	《雾和影》、《饥饿海峡》
△辉　瑾	越南诗人	1919—	《灵火》、《天越来越亮》

作　家		年　代	代　表　作
△司马辽太郎	日本小说家	1923—	《龙马奔走》、《从长安到北京》、《汉风楚雨》
△杜鲁门·卡波特	美国作家	1924—	《别的声音、别的房间》
三岛由纪夫	日本小说家	1925—1970	《烟草》、《虚假的告白》、《金阁寺》
△赫尔曼·康德	德国作家	1926—	《南海拾零》、《大礼堂》、《版权》
△富恩特斯	墨西哥作家	1926—	《最明静的日子》、《美洲新小说》
△马尔克斯	哥伦比亚作家，1982年获诺贝尔文学奖	1926—	《百年孤独》、《落叶》
△艾特玛托夫	吉尔吉斯作家	1928—	《面对面》、《一日长于百年》
盖达布	蒙古诗人	1929—1979	《卡尔·马克思》
有吉佐和子	日本女作家	1931—1984	《并非因为肤色》、《暖流》
△别洛夫	俄罗斯作家	1932—	《炎热的夏天》、《河湾》
△沃尔·索英卡	尼日利亚作家	1934—	《发明》、《沼泽地的居民》
△巴尔加斯·略萨	秘鲁作家	1936—	《城市与狗》、《绿房子》

主要参考文献

　　编辑哲学的核心价值是什么？"二十五史"点校修订本工程主任杨牧之说："看看古今中外的书目，可以明白什么叫文化。"(《编辑要有国际视野》)图书是没有围墙的大学。书目可以构建文化围墙的精神家园。

文学的基本原理	以群主编	上海文艺出版社 1979 年版
文学概论	曹廷华	高等教育出版社 1995 年版
中国古代散文的发展	冯其庸	北京出版社 1964 年版
中国文学史	中国科学院文学研究所中国文学史编写组	人民文学出版社 1979 年版
中国文学通史	陈玉刚著	西苑出版社 1996 年版
中国文学批评史	郭绍虞著	上海古籍出版社 1979 年版
美·艺术·时代	天津美学学会	百花文艺出版社 1992 年版
古人论写作	南京大学等	吉林人民出版社 1982 年版
李商隐研究	吴调公著	上海古籍出版社 1982 年版
王维研究	师长泰主编	三秦出版社 1996 年版
欧洲文学史	杨周翰等	人民文学出版社 1979 年版
外国文学教程	王忠祥等	湖南教育出版社 1985 年版
欧洲文学发展史	弗里契著	新文艺出版社 1954 年版
别林斯基论文学	别林斯基	新文艺出版社 1958 年版
三曹集	曹操 曹丕 曹植	岳麓书社 1992 年版
唐诗别裁	沈德潜	中华书局 1973 年版
宋词选	胡云翼选注	上海古籍出版社 1978 年版

（续表）

史记	司马迁	中州古籍出版社 1994 年版
中国历代散文选	刘盼遂等主编	北京出版社 1987 年版
毛泽东读古书实录	黄丽镛	上海人民出版社 1996 年版
毛泽东与佛教	王兴国	中国书籍出版社 1996 年版
中国小说史略	鲁迅	人民文学出版社 1976 年版

后　记

走近文化珍珠港

当今时代，谁在读书？哪个看文学书？读书给人力量、智慧、安全。读书使人勇敢、温暖、幸福。

什么是文化？拉丁文 Cultura，文化是培育、种植和园艺活动。《清华大学学报》论文《马克思的文化概念》说，现在世界上有 164 种文化。王国维说，科学不可无系统。科学的发现重在边缘区域。从年龄结构上看来，全球最为年轻的巴西、墨西哥，近几年开始创办忘年大学文化专业，而与我国海南特区一样长寿老人之多的国家，则为出版界带来文学名著热销的景象。我们怎能不更为激发"老骥伏枥，志在千里"的世纪情怀！

20 世纪 80 年代，我国西部地区报刊提出晚晴文学的命题。山东大学和海南出版部门的同志，先后对于晚晴文学研究提出若干思路。中南大学和涉老、广播电视部门的同志，相继编选整理晚晴文学作家作品与思潮流派文本资料。曾在北京参加国家新闻出版总署业务培训班的人员，21 世纪伊始得以组织《中外晚晴文学研究》课题设计方案。黑龙江报刊记者发出过成立晚晴文学研究者联谊会的倡议。

目前，人们正在时代的高起点上，推动文化内容形式、体制机制、传播手段创新，解放和发展文化生产力。文化正在成为民族文化凝聚力、创造力的重要源泉，成为综合国力竞争的重要因素。如果有人说，南京大学、复旦大学、北京大学、四川大学、中山大学、武汉大学、杭州大学的专家学者，分别以旷达、典重、张扬、清幽、洒脱、灵秀、迷蒙的艺术神韵，昭示着先秦、两汉、唐、宋、元、明、清几个朝代的文学创作风貌，即独具魅力的中国记忆、民族形象，那么，国内文学研究工作者的外国文学史，便向我们展现着异彩纷呈、目不暇接的域外文学画卷。傅雷在 1962 年说过，老年、中年、青年三代脱节，国内外沟通停止，什么叫标准和前人达到的高峰，恐怕下一辈都不太知道。惟其如此，各地的同志集成整合文化资源，尝试推出《中外晚晴文学研究》，可以说是如何用中国学术话语体系诠释当今晚晴文化的一种探索吧。

2007 年以来，北京、江苏、山东、湖北等地不同学科研究生，于学习过程中接受《中外晚晴文学研究》文本。据说，后人从《康熙字典》中发现不下 2 万处错误。今天我们在世界图书出版广东有限公司的关心支持下校阅整理书稿，则是希望藉以鉴赏中外文学名著，开阔晚晴文化视野，观照桑榆天地之窗，走近人类文明奥区，从而感悟文学时空为霞满天的景象。本书编写过程中得到北京出版部门刘弦、朽木等专家学者与文化传媒界同志许多帮助，其中包括文献资料等方面的建议。遥想小荷连天碧，百代过客春复春。"夫建大功于天下者，必先修于闺门之内。"是为珍珠港后记。

（丁晴　叶晋　陈雍　周雪玲　林兰波）